一个人，遇见一本书

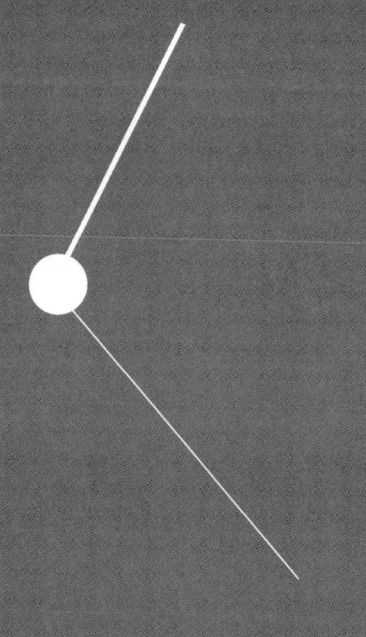

TopBook
饕书客

最后的华尔兹

Save Me
the
Waltz

〔美〕泽尔达·塞尔·菲茨杰拉德 著
Zelda Sayre Fitzgerald

秦 瞳 | 译

陕西新华出版传媒集团
陕西人民出版社

图书在版编目(CIP)数据

最后的华尔兹 /(美)泽尔达·塞尔·菲茨杰拉德著; 秦瞳译. ——西安陕西人民出版社,2016

ISBN 978-7-224-11889-6

Ⅰ.①最… Ⅱ.①泽… ②秦… Ⅲ.①自传体小说-美国-现代 Ⅳ.①I712.45

中国版本图书馆CIP数据核字(2016)第134675号

出 品 人:惠西平
总 策 划:宋亚萍
策划编辑:关 宁 韩 琳
责任编辑:王 倩 王 凌
设　 计:哲 峰

最后的华尔兹

作　　者　〔美〕泽尔达·塞尔·菲茨杰拉德
译　　者　秦瞳
出版发行　陕西新华出版传媒集团 陕西人民出版社
　　　　　(西安北大街147号 邮编:710003)
印　　刷　西安印刷包装产业基地发展有限公司
开　　本　787mm×1092mm　32开　9.875印张
字　　数　208千字
版　　次　2016年9月第1版　2016年9月第1次印刷
书　　号　ISBN 978-7-224-11889-6
定　　价　35.00元

泽尔达和她的小说

代 序

美国人心里有点不喜欢泽尔达,觉得她耽误了她丈夫的才华,要不是她挥霍无度,她丈夫本该有大把的时间去写传世之作,而不是码小专栏挣钱养家,她的丈夫就是写了《了不起的盖茨比》的菲茨杰拉德。

泽尔达出身名门,父亲是阿拉巴马州的大法官,母亲也是大家之女,外祖父一支里有好多显赫人物,比《乱世佳人》里的斯嘉丽小姐还要体面。

泽尔达是家里最小的女儿,从小就是掌上明珠,这样家庭里的女孩儿多少有些憨傻,她们不见得多物质,只是从小就过惯了讲究日子,不大会过别的日子,最拿手的本事就是花钱。

娶了这样的太太,菲茨杰拉德是有压力的,他家世平平,全靠写字挣钱,第一本小说《人间天堂》(*This Side of Paradise*)出版后大获好评,他才有了资本娶法官的千金。

这桩婚事开始差点儿黄了。普天之下岳父母的心情都一样,一听女婿并非出身门阀世家,心里先凉了半截,再一听是"自由职业者",几乎就要拔腿走人了。但看到小伙子温柔体贴，是个暖男，看起来脾气蛮好的，再加上自己家的小姐是个什么秉性，老两口也明白，虽然长得漂亮，但一脑子奇思怪想，全没有大家闺秀的消停样子，一般人把这样的闺女娶过去是没法过日子的。

以前的大家小姐都是职业化程度很高的主妇，斯嘉丽的妈妈一人掌管几百奴隶，一季棉花下来，过手账目几十万，按现在的价值换算上百上千万也是有的，可她却纹丝儿不乱，绣着花养着娃就把事情全搞定。因为大家族的女儿从小都是当 CEO 培养的。按这个道理，贾府不大会娶林妹妹，她没有将人之才，小宇宙里只有 me me me，当家只会搞得鸡飞狗跳，还是宝姐姐才对大家族的口味，一身烟火气，是个万事做得周全的妙人。

泽尔达嫁给菲茨杰拉德之后确实在家务上一塌糊涂，两口子到欧洲生活后，用人们报虚账，一个月吃了十四公斤的黄油，泽尔达仰着漂亮的小脸说："十四公斤是多少啊？很多吗？"贴身保姆都看不下去了，旁敲侧击地说："夫人，您没发现用人们最近手头宽裕，竟然买了新自行车吗？"

泽尔达小姐对黄油没概念，对鲜花和美酒却如数家珍，特别是在巴黎这种销金窟，打发时间主要靠花钱。有一阵子她看见花就买，一出手就是上百法郎。她觉得金钱并不重要，重要的是扎马蹄莲的丝带断断不能用白色的；上好的芭蕾舞鞋可遇不可求，一旦碰到必要囤上一百双才可以；而穿什么颜色的衣服应该看今天是什么样的天气，万万马虎不得。

菲茨杰拉德深爱泽尔达，由着她任性，他天性温暖安静，不喜欢约束别人，但他那时要花大量的时间去写《了不起的盖茨比》。泽尔达无所事事，就有了一场外遇，她自己写在小说里了，对象是个漂亮的法国空军中尉，一头金发，半夜里开着飞机送情书，别提多拉风了。

菲茨杰拉德知道后气得直哆嗦，握着拳头去决斗。泽尔达站在中间拦着她情夫，她没来由地觉得自己丈夫缺乏男子气概，决斗什么的一定输，她情夫偏偏又含情脉脉地说："你放心好了，我不会打死他的。"这简直把菲茨杰拉德气疯过去，但也没有办法，他是文弱书生，根本不是法国飞行员的对手。

菲茨杰拉德的苦闷于是只能跟海明威说说。

二十世纪二十年代，巴黎左岸聚集了好多艺术家，随便进个咖啡馆就能碰到文坛的半壁江山，但当时他们都是一副倒霉相，一边喝咖啡一边琢磨怎么赊账。拿泽尔达的话说，巴黎乌烟瘴气，全世界的牛鬼蛇神都在这里了。

泽尔达瞧不上他们，对所谓的文艺圈、上流圈感到厌倦透了，觉得他们又虚伪又做作，除了吹牛没什么别的本事。

伍迪·艾伦应该是不同意她的看法的，他认为二十世纪二十年代是最好的年代，为此他在 2011 年还专门拍了一部电影《午夜巴黎》，向他心目中的这些大师致敬。

这部电影讲一个好莱坞编剧穿越回二十年代的巴黎去朝圣的故事。男主角怀揣一颗小粉丝的心——见了菲茨杰拉德、海明威、毕加索、达利、马蒂斯。他每见一个人都激动得不能自持，冲上去满脸都是"我要做你门下走狗"的表情，搞得这些巴黎落魄文人都蛮不自在的。

第一个出场的人物就是泽尔达，她在一个小酒馆里喊他，操浓重的阿拉巴马口音,劈头就是一句"You look lost"。这是一句双关语,字面意思是,"你迷路了吗"。但文学老炮儿听到这里都会嗨起来,因为导演直接点题"迷惘的一代"(Lost Generation)。

泽尔达在电影里活泼热情,喜怒无常,菲茨杰拉德英俊斯文,完全被泽尔达左右,两个演员都找得神似。海明威一副混不吝的样子,跟条大虫似的盘在角落里,两眼直勾勾地看着那些显贵。虽然穿越回去时间挺紧凑的,导演还是因为过于偏爱菲茨杰拉德夫妇,让泽尔达跳了一次河。

这部电影属于知识分子的意淫之作,算不得什么了不起的好片子,但它精巧有趣,充满了小机锋和小典故,非常适合小范围内把玩,但奥斯卡不知道出于什么心理,还是把那一年的最佳编剧给了伍迪·艾伦。

实际上,海明威在巴黎混得并不如意,没人知道他,他的《太阳照常升起》还没有完成,满脑子都是疯狂的想法。菲茨杰拉德和他一见如故,两人一度互相欣赏,但海明威讨厌泽尔达,泽尔达小姐也不喜欢海明威,她觉得这个所谓硬汉是个"假货""骗子",而且换老婆的频率未免也太快了。

泽尔达那时正在迷另外一件事,她想成为一名芭蕾舞女演员,不是说说而已,她是认真的。

她找到一个俄国芭蕾舞女演员教她芭蕾,高傲的女演员看了她一眼就摇头说:"亲爱的,你已经二十七了,太晚了,而且你有钱有名,还有个疼爱你的丈夫,何必要来吃这种苦头?"

泽尔达小姐不肯罢休,每天睡觉之前做四百个小踢腿,然后劈着大叉睡觉。她天天去舞蹈室，连着做上百个小跳，一有空就在家拉筋，肌肉疼得好像要从骨头上剥落下来一样，她不在乎，只要能跳《猫》，脊梁断了也没什么。

当一个人有了目标的时候就会特别迷人，虽然整天疲惫不堪，但眼睛里有鬼神之气，俗世一下子不沾身了，自己可能也不觉得，但别人看着她就好像一朵花儿一样在使劲绽放，泽尔达写的唯一一本小说 *Save Me the Waltz* 就给人这种感觉。

泽尔达的文学功力虽比不上她丈夫，她懒得布置大局，下手很散，但偏偏又喜欢在细节上停留很久，尤其爱用华丽的辞藻，很考验读者的词汇量，但是她写到舞蹈的时候自有动人之处，让人心生爱慕之情。

画家看了《红楼梦》，会对宝钗说画画那一大篇特别留意，因为行家难免要较真，发现全是行话，就心里释然了。泽尔达说到舞蹈的时候，也都是行话，怎么运用肌肉，怎么引领音乐，怎么在旋转的时候保持重心，虽然草草，但格外好看。

后来泽尔达真的可以跳女主角了，她把丈夫和孩子扔在瑞士，自己跑到意大利，因为太刻苦，把腿跳坏了。菲茨杰拉德飞奔去意大利接她，一进医院倒吸一口凉气，泽尔达躺在床上被裹得像个木乃伊，那时还没有抗生素，医生都过来拍着他肩膀，让他做好准备。

他把头埋在泽尔达的床上，紧紧抓着她的手，泣不成声。泽尔达已经快不行了，满脑子幻觉，看到老公这么哭就想：这是哪个世界的人啊，这么元气充沛！没想到就这么又活回来了。

泽尔达跳不成舞，大概生命也就此被抽空了，她曾经说过，"能不能把芭蕾和我的生命放在一起，这样我就可以一起放弃了。"

后来她精神出了问题，今天看来也许只是患了抑郁症，或者焦虑症，可惜三十年代的医术跟巫术也差不许多，她直接就被关到精神病院里去了。在医院没事儿的时候泽尔达开始写小说，自传体，每天写三个小时，很开心，最后取名 *Save Me the Waltz*。

最终她竟然死在她丈夫后头，菲茨杰拉德因为长期酗酒，死于心脏病，那一年他才四十四岁。

泽尔达在精神病院里一直精精神神的，她比他晚死了八年。如果没有精神病院那场火灾，她应该能活得更久些吧。

这本书是首部中文译本，之前凡是引用这部小说的，要么是直接用英文书名，要么就是翻译成各种形式。有叫"永伴华尔兹"的，有叫"为我留下那首华尔兹"的，没有一个重样的，可见这个书名不好翻，而且大家也都彼此不满意。斟酌再三，我将译名定为"最后的华尔兹"，原因在于，这一书名首先是端正厚实；其次是大方，而且扣题；且"最后"二字恰体现了这本书的二十年代沉沦色彩和悲剧实质。

因为二十世纪三十年代的语言风格与风俗习惯都与今天的美国有很大的不同，而且泽尔达自有其独特的性格魅力和文学乐趣，想要捕捉，殊为不易。这本小说与传统意义的小说也不同，它不靠情节取胜，没有强烈的戏剧冲突，它丰富、感性，充满另类智慧和流动的情感，整本书给人以强烈的画面感，如色彩斑斓的调色板。所以在翻译的过程中，我努力寻找出一种文学风格一以贯之,试图让文字本身更加耐看,使情节上的枝蔓更加丰满,以期为读者提供尽可能大的阅读快感。

1

I

人们都说:"他们家的姑娘们啊,总是想要什么就有什么。"

这可能是因为父亲把她们保护得太好了,对这些女孩来说,父亲就是个移动的大屏障。

如果说人生是座城堡,大多数人是用妥协来建筑城垛,用明智来搭构主楼,用隐忍来升降吊桥,至于打发敌人,则是采用酸葡萄心理战术。

但是贝格斯法官的城堡却没有这么复杂,打从年轻开始,他就正直古板,一砖一瓦全部是理性打造,身边的朋友都知道,这位法官的城堡周围可从来没有什么秘密小径,不管你是善意的牧羊人,还是来势汹汹的大人物,他一律不予通融。在他辉煌的人生中,这种不易亲近可算是一种瑕疵,否则他也许早就飞黄腾达了。

事实上,这个社会已算是宽容的了,本人混得不错,孩子们就可以少奋斗好多年,不像别人家的孩子,想要有立足之地,必须从零做起。对一个家庭来说,有这么一个能干的就够了。

而对于一个男人来说,特别是称职的男人,肩上总有千斤重担。他必须深谙适者生存的道理,为自己的家族费尽心机。在这种氛围之下,贝格斯家的孩子们一早就被严格教育,要有紧迫感,这个社会瞬息万变,好像追着你屁股的小恶魔,她们必须适时而动,父亲负责给她们规划人生方向,她们懵懵懂懂,想不太明白,但也只好跟随。

蜜莉·贝格斯的一个同学曾经说过,她从来没见过谁家孩子跟贝格斯她家孩子似的,这么小就活得这么麻烦。如果她们大哭大闹,那肯定是父母故意不满足她们的要求。医生会说这叫"征服冷酷",没错,这世界就是这么设计的,不过对小孩子们来说,这多少有些可怜。而父亲奥斯丁·贝格斯跟她们又缺少亲近,他刻板理智,为了家庭生计,夜以继日地保持冷静头脑。

蜜莉每天早上三点准时叫醒孩子们,虽然她自己也有些不忍心。她轻轻摇晃床头的小铃,尽量对孩子们温柔些,还要小心别打扰了她们的父亲,否则他就会大发脾气,没完没了的抱怨可以写满一整部《拿破仑法典》。

他曾经说过,"总有一天我要找个与世隔绝的地方,最好是悬崖顶上,砌一座墙,围起铁丝网,养上一群野兽,那些乱七八糟的破事再也别想打扰我了。"他不是在开玩笑。

奥斯丁是爱孩子们的,但是他的爱总是若即若离,孩子们渐渐长大,有时他也会反省,想想自己年轻那会儿,那个时候他还没有被训练成生活斗士,一切都柔美平静,好像贝多芬的《春天奏鸣曲》。

后来，唯一的儿子在襁褓中死去，奥斯丁跟家庭的关系就越来越疏远了，他常常陷于焦虑之中，这也许是他摆脱失望的一种方式。丈夫的举动让蜜莉也很痛苦，他们常常好久不讲话，终于开口了还是关于钱的事——他把葬礼的开销扔到她腿上，"看在上帝的分上，你让我怎么付这样的账单。"一边说一边哭得心碎欲绝。

蜜莉从来都不是一个非常现实的人，她实在想不通那么高贵公正的一个人怎么会变成现在这个样子，简单粗暴。她觉得自己失去评价别人的能力了，既然不能改变别人，就只好改变自己，渐渐地，她更加娴静宽容，浑身充满圣洁的温柔。

她曾经跟朋友说过："我的孩子也许并不完美，但在我眼里没有比她们更好的宝贝了。"

跟丈夫的坏脾气打交道久了，她也就学乖了，特别是最后一个孩子出生之后，她渐渐移情。奥斯丁会为各种理由发脾气，不管是文明的停滞不前，还是人类的劣根性，有时干脆就是为了钱，都会让他嚷嚷得没完没了，这真让蜜莉头疼，每当这种时候，她就压下怨气，把注意力转移到孩子身上——琼发烧了，或者蒂克西扭伤脚踝了。

生活虽然自有其痛苦，但她天生带有一种天使般的悲悯，面对并不如意的现实，她反而更加坚忍乐观，再多痛苦也尽量不为所动，以此精神支撑自己度日。

女儿们一生下来都有黑人嬷嬷们细心照顾，也许正是因为这个缘故，她们都乖巧温顺，十足的淑女。

遥想当年，法官还是个小伙子的时候，他坐着叮叮咣咣的电车来到这个城市，口袋里除了薄荷糖什么都没有，市中心的野餐广场刚刚粉刷一新，他摇摇晃晃地下了车，心中充满了对未来的迷茫和隐隐的踌躇满志。而现在呢？他摇身一变，成了城里的大人物，他代表法律，建立制度，他决定人们的命运，名声赫赫。

青春与苍老，就好像液压输送的缆车，此消彼长。苍老之后，就全忘了自己年轻时候的离经叛道，转而要求孩子们个个都合辙押韵。这事儿正发生在贝格斯法官一家人身上。女孩儿们渐渐长大，特别是成为少女之后，她们越发黏着妈妈，因为父亲的管教日渐严格，严厉的目光一天到晚如影随形，妈妈这个保护伞就显得尤为重要了。

门廊上的弹簧门在吱吱作响，一只萤火虫正在门口的铁线莲上疯狂盘旋，客厅的灯光透出来，虫子们蜂拥而至，在光芒里飞成一团。阴影笼罩着这南方的夜晚，漆黑闷热，如同一个又沉又重的拖把，月亮慢腾腾地追随在黑暗之后，面容慵懒，像一个吸饱了水的垫子挂在棚架的上面。

"跟我说说小时候的事吧。"最小的那个女孩央求妈妈。她腻在妈妈身边，亲昵地搂着她。

"哦，阿拉巴马，你小时候可乖了。"

阿拉巴马是家里最小的孩子，出生的时候，这个家的风格已经形成，童年对于她来说，更像是个概念，在她的记忆里没留下什么。所以她是那样迫切地想知道自己应该是个什么样的人，可是她还小，也许长大一些她会明白，自己是个什么样的人，这完全取决于她本身。就好像一个将军，当他拿着五颜六色的大头针在地图上排兵布阵的时候，所要考虑的只是自己军队的优势和弱点,其他一切都不在考虑范围之内。她一直想知道,到底要怎么努力才可以又让父亲开心,又随心所欲做自己。要等到很久以后,这可怜的孩子才会幡然醒悟,这两者不可能兼得。

"我是不是半夜里大哭大闹,吵得你和爸爸恨不得我死掉?"

"说什么呢?傻孩子,咱们家的孩子都乖着呢。"

"奶奶家的孩子也乖?"

"应该吧。"

"那为什么卡尔叔叔从内战战场回来了,奶奶却把他赶出门?"

"你奶奶可是个怪脾气的老太太。"

"卡尔叔叔脾气也古怪吗?"

"是啊。卡尔叔叔回家的时候,你奶奶让他转告菲伦斯·费泽尔小姐,要想嫁给他,除非等她这把老骨头入了土。不过这位小姐最好明白,贝格斯家的人都活得长着呢。"

"奶奶很有钱吗?"

"哦,孩子,这可不是钱的事儿,菲伦斯小姐也说,只有魔鬼才能跟你奶奶一起生活。"

"所以卡尔叔叔一辈子没结婚?"

"是啊,老祖母的本事都大着呢。"

说到这儿,蜜莉得意地笑了,好像一个成功的商人正在描述自己那些不错的生意。当然得意了,对方是那样一个高傲的家族,我们愣是没让他们家的小姐进门。

"如果我是卡尔叔叔,我才不会那么听话呢。"小家伙倔强地说道,"我想同谁结婚就同谁结婚。"

黑暗中传来父亲冷冷的声音:"你们老要提这种陈芝麻烂谷子的事干吗?该睡觉了。"

奥斯丁起身关掉百叶窗,房子整个暗了下来,月光沿着印花窗帘倾泻而下,窗帘浮动,好像小花园的蓬松围边儿。黄昏并没有在房间里留下可怖的阴影,也没有扭曲它,反而为整栋房子平添独特韵味,这是个静谧、朦胧的空间,让人感到莫名的舒适。不管是冬天还是春天,它都好像一幅画在镜子上的画,烁烁有光。即使有一天椅子和地毯都残破了,相信它也依然是美的。

这栋房子就是奥斯丁·贝格斯法官的私人空间,处处充满了主人四平八稳的味道,像一把闪闪发亮的剑,夜晚安静地睡在高贵的剑鞘里。

铁皮屋顶上有热气丝丝漏出,好像打开一个长久没有动过的车后备箱。楼梯间的上面虽然有扇小气窗,但月光照不进来。

"蒂克西哪儿去了?"他突然想起来这个女儿还没回来。

"噢,她和朋友出去了。"

阿拉巴马明显感到母亲在闪烁其词,父亲一定要发脾气了,她早已洞悉,每当这个时候,她就懂事地静观其变,心里却忍不住地叹气:"总是这样,成家到底还有什么意思呢?"

果然,父亲哼了一声说:"蜜莉,如果蒂克西又是跟兰道夫·麦金托什那小子跑到镇上闲逛的话,你就告诉她,以后不要回这个家了。"

奥斯丁一边说一边摇头,气鼓鼓的,眼镜都从鼻梁上滑落了。母亲躲在自己房间里，小心翼翼地踏在温暖的席子上，小姑娘躺在黑暗中一声不吭，而那个怒气冲冲的父亲，穿着亚麻布的睡衣下楼去等了。

房子对面有一个果园，梨子成熟了，散发出阵阵甜香，盘绕在阿拉巴马的床头。不远处一个乐队正在排练华尔兹。黑暗中有什么东西在荧荧发光——那是银色的花朵和雪白的路基。月光轻抚着花园，好像荡起了银色的双桨。这个世界看起来真鲜嫩啊，可是她呢，为什么那么老旧成熟，她有自己的烦恼，并为此纠结不已，可连个商量的人都没有啊……

但是生命中还是有美好的东西，她天性中自有一种骄傲的态度，就好像土壤虽然不那么肥沃，但花儿总要倔强地成长。也许循规蹈矩的人生并不吸引她，她更愿意在灵感中寻找奇迹，想象一下这样的花园吧：黎明的气息弥漫四周，处处都盛开着金盏花，无论在最坚实的岩石下，还是最贫瘠的土壤上，都有漂亮的夜花藤。她要她的人生就这样，杂花开遍，简单但不平凡。

没事的时候她喜欢胡思乱想，特别是那些让人高兴的事，比方她姐姐的男友兰道夫，他挺好看的，长头发随意披散着，脸颊如珍珠一样丰润。还有蒂克西，阿拉巴马一想到她就雀跃起来，好像自己也长大了似的。这种感觉又新鲜又刺激。她有时会把自己代入到姐姐的恋情里面，成为大人是什么感觉呢？恋爱呢？会烦恼吗？睡意慢慢笼罩过来，终于，她睡着了。

月光慈爱地抚摸着她蜜糖色的脸颊，她在梦中依然带着微笑，总有一天她会发现，人生不仅仅是迷雾凄美的梨香小径,人生更像是贫瘠的高山石园,没有半夜发出清香的白盘花,也没有童年的金盏花,丑陋的菌类倒是遍布四处,等到再大一大,她会明白,自己不过是行走在安德烈·勒诺特尔①的几何花园里,中规中矩,暮气沉沉。

清晨,阿拉巴马睁开眼睛,窗外还是灰扑扑的,她不知道为什么这么早就醒了,她平躺在床上,愣了一会儿神,仿佛有人在她脸上盖了一把湿毛巾,她的眼睛非常纯净,好像落入陷阱的小兽,让人望而生怜。她活动了一下身体,起身穿好校服,把柠檬黄的头发小心拢到耳后,然后大大伸了个懒腰,做了一个胜利的手势。学校的钟声传来,敲打着宁静的南方,好像沉闷的大海上起伏的浮标。她踮着脚尖走进蒂克西的房间,偷了一点胭脂。

如果有人问:"阿拉巴马。你脸上怎么有胭脂?"她就会漫不经心地说:"没有,只是不小心碰到指甲油了。"

蒂克西跟她很要好,阿拉巴马总喜欢去她的房间,那里就好像是个放满宝藏的山洞。壁炉台上摆着三个猴子的小雕像,是用来放火柴的。石膏书挡做成"思考者"的样子,之

---

① 安德烈·勒诺特尔:LeNôtres,法国造园家和路易十四的首席园林师。令其名垂青史的是路易十四的凡尔赛宫苑,此园代表了法国古典园林的最高水平。

间插着《殷红的花朵》①《石榴之家》②《消失的光芒》③ 和《风流剑客》④，还有一本图册版的《鲁拜集》⑤。

阿拉巴马知道书桌最上面的抽屉里藏着一本《十日谈》⑥，她曾经偷偷翻看过。书柜上摆放了一个头戴漂亮帽针的时髦女孩，旁边还有一对可爱的泰迪熊，懒洋洋地躺在摇椅里。

蒂克西有一顶粉红色的帽子，一个紫水晶的胸针，还有两个电卷发器。蒂克西已经二十五了，而阿拉巴马要等到七月十四号的早上两点才满十四岁。贝格斯家的另外一个女孩是二十三岁的琼，她一大早就出去了，她是个非常自律的人，这点跟她两个姐妹都不大一样。

阿拉巴马从蒂克西的房间出来，一跃跳上楼梯扶手，有时候她觉得自己就是一只鸟儿，刷的一声滑下，最后一定要漂亮地停在楼梯扶手上。她每天都这样滑楼梯，乐此不疲。

---

① 《殷红的花朵》：*The Dark Flower*，英国小说家约翰·高尔斯华绥的作品。描写了一个男人在人生的不同阶段与三个不同女人的情感故事。
② 《石榴之家》：*The House of Pomegranates*，英国作家奥斯卡·王尔德的童话集，共包括四篇童话：《少年国王》，《西班牙公主》，《渔夫和他的灵魂》，《星孩》。
③ 《消失的光芒》：*The Ligth that Failed*，英国小说家约瑟夫·鲁德亚德·吉卜林的作品。吉卜林生于1865年，于1907年，42岁的时候获得诺贝尔文学奖，是迄今为止最年轻的诺贝尔文学奖得主。
④ 《风流剑客》：*Cyrano de Bergerac*，法国知名剧作家爱德蒙·罗斯丹1897年的舞台剧本，以17世纪的法国为背景，描述法国著名剑客兼作家西哈诺·德·贝尔热拉克的感情生活。
⑤ 《鲁拜集》：*The Rubáiyát*，又译为《柔巴依集》，是波斯11世纪的诗人欧玛尔·海亚姆的四行诗集。
⑥ 《十日谈》：*Decameron*，乔万尼·薄伽丘的代表作，是欧洲文学史上第一部现实主义巨著。讲述了1348年意大利瘟疫流行的时候，十名男女在乡村的一所别墅里避难，他们终日游玩欢宴，每天每人讲一个故事，共住了十天讲了一百个故事。这些故事批判天主教会，嘲笑教会传播黑暗和罪恶，赞美爱情，谴责禁欲主义。

蒂克西已经下楼了，坐在餐桌边，满脸不高兴。她昨天晚上一定是偷偷约会去了。她眼睛肿肿的，估计刚刚哭过不久。因为激动，她喘息不已，好像一锅咕噜咕噜冒泡的热水。

"既然看我这么不顺眼，当初何必生我呢？"她气鼓鼓地说。

"奥斯丁，她已经成年了啊。"

"这个男的就是个垃圾，十足的流氓，他还没离婚呢！"

"我已经挣钱养活自己了，你能不管我吗？"

"蜜莉，以后不准这个流氓再踏进我们家半步！"

阿拉巴马乖巧地坐着，大气也不敢出，这个时候要有人能站出来反驳父亲、捍卫爱情，那该有多过瘾啊，但是，什么都没有发生。

阳光落在银蕨叶子和花园的水罐儿上，贝格斯法官和往常一样起身去上班了，他迈着相同的步子，走在蓝白相间的车道上，天天如此，不多一步，不少一步。

电车来了，停在街角的黄金树下，贝格斯法官叹了口气，登上电车走了。随着他的离开，银蕨叶子上的阳光一下子欢快起来，刻板沉闷消失了，整个房子好像也比刚才更明亮活泼了。

阿拉巴马呆呆望着后院栅栏上的凌霄花枝，它们盘绕在一起，像小珊瑚石项链一样。苦楝树下的影子摇曳，如清晨的阳光，薄脆而骄傲。

"妈，我不想去上学了。"她若有所思地说。

"为什么？"

"我什么都会了，没必要再去学校了。"

母亲略带吃惊地看着阿拉巴马。小姑娘不想再被母亲盘问,拿出姐姐当挡箭牌。

"妈,你觉得爸爸会怎么处置蒂克西?"

"唉,你就为这个烦恼啊?宝贝儿,别累你那漂亮的小脑袋了,这可不是你操心的事儿。"

"如果我是蒂克西,我就不听爸爸的,我觉得兰道夫挺好。"

"不是你想要什么就有什么的,快去上学吧,都要迟到了。"

学校四面都是方正的大窗户,颜色暗淡,远远望去就是一幅独立宣言的版画,里面坐着脸颊红红的孩子们。六月的阳光蹭着黑板,一寸一寸挪着,旧橡皮擦上满是粉笔末儿,轻轻一碰就呛得人直咳嗽,墨水瓶上的硬壳和薄呢料套子,似乎在告诉我们这个夏天来得有点早。

阳光在树下翻腾,白花花的,黏稠而甜蜜的热气扑在窗户上。仔细听还能听到远处黑人的低低吟唱,带着一缕淡淡的忧伤。

卖菜的男孩还穿着长筒的冬袜,站在太阳底下:"嗨,过来看看啊,又大又好的西红柿,还有各种蔬菜,漂亮的甘蓝菜啊。"

厚厚的历史书摊在阿拉巴马面前,但是她看不进去,"蒂克西怎么能对任何事情都充满自信呢?"她提起笔来,在"雅典议会的讨论"一栏,写下了"兰道夫·麦金托什"。"唉,自己却那么没用,什么事情都搞不定。"她叹了口气,在"所有的男人都被处死,所有的女人和孩子都沦为奴隶"那句话上画了一个漂亮的花环。她还给阿尔西比亚德斯①的嘴唇涂上颜色，给他添了一顶时髦的假发，"什么时候能跟蒂克西一样笃定就好了。"她把迈尔斯的巨著《古代史》合上了，呆呆地看着窗外，对于阿拉巴马来说，姐姐蒂克西简直太完美了。

蒂克西是当地报纸社会版的编辑，工作并不太忙，但有时编辑部也会把电话打到家里来，有一次电话响了，她抱着电话直聊到吃晚饭，全家人都听出来这个电话很奇怪，她全不在乎，紧靠在听筒上，小声地嘀嘀咕咕。

"我现在可不能告诉你。"蒂克西笑得咯咯的，好像浴缸里的小水泡。

"不能说，我才不会告诉你呢，好了，不能说就是不能说，我们见面再说好吧。"

这是个泛黄的傍晚，百无聊赖的贝格斯法官正半躺在他的大铁床上，利用晚餐前的时间读一会儿书，小牛皮封面的《英国法律年鉴》和《注释案件》像两片叶子一样摊开在他的膝头，但是这个电话搅得他心烦意乱。

谁都知道这是兰道夫打来的，半个小时之后，法官终于忍无可忍地冲进大厅，极力控制着自己发抖的声音。

"既然不能说还聊个什么劲?!"

贝格斯法官一把夺过电话，他的声音可不像蒂克西那么甜美，它冷酷平静，好像标本剥皮师准备工作前的那双手。

"你最好不要再打电话给我女儿，也不要再见她，谢谢！"

---

① 阿尔西比亚德斯：Alcibiades，雅典政治家及将军，在伯罗奔尼撒战争（公元前431—公元前404年）中扮演重要角色，担任战略顾问、军事指挥官和政治家。

蒂克西气得把自己关在房间里，整整两天不吃也不喝。阿拉巴马在这场混乱中却有她开心的地方——因为兰道夫在电话里问蒂克西：能否邀请阿拉巴马也去佳人舞会，并和他一起跳舞。

蒂克西这个样子让蜜莉很心疼："你干吗老去惹你父亲呢？想说什么不一定非要在家说啊。"

这么多年来，跟说一不二的父亲生活在一起，母亲早就练就一副没原则的好脾气，蜜莉·贝格斯已经四十五了，既然无法改变家里的紧张气氛，她也不想再坚持了，干脆放任自流了。

这是她的生存之道，她也愿意为了家庭而放弃自我。很明显，在这个家里，奥斯丁只怕更重要一些，有三个孩子要养，还要挣钱，还要参加明年秋天的选举，从事的又是法官这样体面的工作，所以他最好不要生病或者死掉。相反，作为无足轻重的那个，蜜莉觉得，就随便了。

蒂克西还是听从她母亲的劝告，给兰道夫写了一封信，约他到"顶呱呱"咖啡店见面，这封信就是阿拉巴马送出去的。

阿拉巴马的青春期就是在她姐姐和兰道夫之间时好时坏、患得患失的情绪中度过的。

兰道夫是蒂克西她们报社的记者。他有一个女儿，跟祖母生活在乡下一栋没有粉刷的房子里，周围是大片的甘蔗丛。他本人挺帅，实际上他自己也知道，所以老是支棱着眉眼。他还开设了一个夜间舞蹈班，从学员挑选到领带样式都由蒂克西一手操办，实际上，在他的人生里，每当需要选择的时候,蒂克西就出现了。

"亲爱的,刀子不用的时候要放在盘子里。"蒂克西在社交礼仪方面也毫不含糊。

兰道夫迷迷糊糊地点头称是,你看不出来他是否听进去了,虽然他老是保持一副倾听的姿态——但你不知道他在听什么,也许是一段期待已久的小夜曲,或者是一些超自然的声音——指引他在整个太阳系中找准自己的位置,谁知道呢。

"我要烤西红柿,奶汁煎土豆饼,玉米棒,松饼,还有巧克力冰淇淋。"阿拉巴马不耐烦地打断他们。

"天哪!阿拉巴马,你知道吗?我们要跳《时间之舞》①,到时候我会穿小丑那样的紧身衣,你要穿大纱裙,戴三角帽子。只剩下三个星期的时间,我们能排练出来吗?"

"当然,这有什么难的?去年狂欢节上她们跳的时候我看到了,简单,跳起来是这样的。"阿拉巴马伸出手指在桌子上翻飞,她一边比画一边解释,"你看,这一小段可以这样跳——最后的结束动作呢,我们可以这样收尾——当当当。"

兰道夫和蒂克西将信将疑地看着这个丫头,很明显被她的自信震住了,蒂克西嘟嘟囔囔地说:"还不错。"

阿拉巴马很得意,"放心好了,你去做服装吧。"她兴致勃勃,手指根本停不下来,继续在桌子上敲打,碟子叉子盘子,能用上的都用上了,假装是她的姐姐们和舞伴,每个都盛装打扮,在她手底下跳得不亦乐乎。

---

① 《时间之舞》:*Dance of the Hours*,著名的芭蕾短舞,通过独舞和群舞的形式表述一天的时间。1876年首次演出,之后便成为当时经常演出的剧目。

阿拉巴马和兰道夫每天下午都会去镇上的旧礼堂排练，直到黄昏来临。这个时候天气不那么热了，空气中渐渐充满水汽，落日余晖让一切都色彩斑驳，好像维罗内塞①的油画。

当年，阿拉巴马州的兵团就是从这个旧礼堂出发前往南北战争的战场的，狭窄的阳台嵌在纺锤形的铁柱之间，地板上已残破有孔。长长的楼梯倾斜而下，门外就是热闹的集市——笼子里的普利茅斯鸡②，案板上的鱼，屠户店门口挥之不去的阴冷气味，黑人鞋子上的小花，还有门口挂得满满的军人外套。

阿拉巴马脸颊红扑扑的，小姑娘在这个年纪总是处在幻想当中。

人们看着她在台上旋转，忍不住夸奖："阿拉巴马真是遗传了她母亲的漂亮皮肤。"

"我只是不小心碰到指甲油了！"阿拉巴马在台上喊道。每次别人提及她皮肤漂亮的时候，她都坚持这么回应，虽然有的时候大可不必这么认真。

周围的人一边看一边点头："这个小姑娘在舞蹈上是有天赋的，应该好好培养。"

"我只是随便瞎跳呢。"她大声回答，没有说实话。

当芭蕾最后一个动作定格时，幕布缓缓落下，阿拉巴马听到舞台下掌声雷动。有两个乐队负责为舞会伴奏，外面的

---

① 保罗·维罗内塞：意大利文艺复兴时代的画家，与提香、丁托列托并称文艺复兴晚期威尼斯画派中的"三杰"。他的作品色彩丰富，光线充足，代表作《迦纳的婚礼》现藏于罗浮宫。
② 普利茅斯鸡：是美国南方的一种饲养鸡。

游行队列是州长引领的。谢幕之后，阿拉巴马穿过黑暗的走廊前往化装间。

"我中间有一次忘了动作。"她懊恼地嘟囔。幕布之外，表演还在热火朝天地进行。

"嘿，小丫头，你已经很完美了。"兰道夫笑着说。

阿拉巴马听了这话明显很受用，忍不住破涕为笑，兰道夫抓住她纤长的手臂，温柔地在她的唇上亲吻了一下，大哥哥一样，又好像一个水手遥望海平面的目光，轻柔而漫不经心。

阿拉巴马垂下脸来，满是兴奋，这说明自己不再是小孩子了吗？接下来的好几天里，阿拉巴马脸上都挂着这种得意之情，好像勇士刚刚赢得了一枚勋章。

"哟，大姑娘了？"兰道夫乐呵呵地逗她。

阿拉巴马难为情了，她从来没想过有一天自己也会有女人味。这种念头一经撩拨，就让人有些心烦意乱，好像会让人不洁似的。她有些害怕了，一个吻竟然变出这么多东西，她感觉自己的心好像有了主张似的走来走去，每个人都会有不由自主的时候吧。

演出结束了。

"阿拉巴马，干嘛不下来舞池跳舞啊。"有人大声招呼她。

"我不要，我害怕。"

"给你一块钱怎么样？跟那个年轻人跳舞，他缺舞伴哎。"

"好吧好吧，不过我要是摔倒了，或者把他绊倒了，可别怪我。"

兰道夫把阿拉巴马领到一个年轻人面前，他们很自然地跳起来，起初一切都好，跳到舞池旁边时，他低下头对她说，"你真可爱，一开始，我以为你不是本地人。"

她含羞同意他有空可以过来拜访，实际上，她跟好几个舞伴都这么说了，甚至还答应过一个红头发男人，改天会跟他一起去乡村俱乐部，那个红头发男人跳起舞来好像农夫在撒牛奶泡沫。

这就是传说中的"约会"吗？在这之前，阿拉巴马可从来没想过"约会"是怎么一回事。

阿拉巴马直到第二天早上才洗脸，她有些舍不得脸上的胭脂。

法官正在读报纸，一边晃动着杯子里的咖啡，报上报道了昨天的佳人舞会：

> 优雅的蒂克西·贝格斯小姐是贝格斯法官大女儿，对这次舞会的举办贡献良多，而且她还把她才华横溢的妹妹——阿拉巴马·贝格斯小姐引入了社交生活。这位小姐在兰道夫·麦金托什的陪伴下，表演了一段舞蹈，可称为无与伦比，倾城倾国。

法官不由生起气来："蒂克西如果觉得她可以把荡妇的做派引进这个家，她就别再做我女儿了。白纸黑字，还拉上另外一个替罪羊，不知羞耻，要尊重自己的姓氏，在这个世界上，还有什么比这个更重要？"

阿拉巴马从来没见他对孩子们说这样的狠话。这个古怪脾气的父亲跟同辈人也不怎么来往，他的全部乐趣都来自工作。阿拉巴马有些难为情,其实父亲要的也不多,只是一点点尊重而已。

下午的时候,兰道夫来道别了。

纱门咯吱作响,多萝西帕金斯玫瑰①在骄阳下闪烁出焦黄的色泽,阿拉巴马坐在门口的台阶上给草地洒水,橡胶水喉热乎乎的,喷嘴处漏水了,滴滴答答地湿了她的裙子。

兰道夫要走了,挺让人难过的,她还在奢望什么时候可以再亲他一下呢,现在看来没这可能了,也许以后再也见不到他了,她只好把这种感觉深埋心底。

蒂克西的眼睛一直紧紧跟随着这个男人,她的小脸紧绷着,充满坚毅决绝,好像要跟随他去天涯海角。

阿拉巴马隐约能听到蒂克西说话:"也许,也许你离婚了就可以回来找我,我等你。"兰道夫的眼神沉重,映出玫瑰繁锦,他充满磁性的声音传来:"蒂克西,你教我怎么用刀叉,怎么跳舞,怎么挑选衣服,但是,我死也不会再回来了,对你父亲来说,我怎么做都不够。"

他说到也做到了,他再也没出现。日后,阿拉巴马也明白了,不管救世主到底存不存在,不好的事情如果想发生,就总是会发生的。她的初吻,就这样消失了,无影无踪。

蒂克西渐渐失去往日神采,指甲油疏于打理,已经泛黄。她辞去了报社的工作,转而在银行谋了一份职。那顶粉红色的帽子她给了阿拉巴马,紫水晶胸针也断了。当琼回家的时

---

① 多萝西帕金斯玫瑰:Dorothy Perkins,北美玫瑰之一种,花形圆润,花瓣繁多,盛开时密不见枝,如蔷薇。

候,她们的房间已经乱得不像样子,琼只好把衣服都挪到阿拉巴马的房间里。蒂克西开始存钱,但又不怎么花,一年里买的唯一的东西是《春》① 里的几个人物的小像,和《九月晨星》② 的一张德国复制画。

蒂克西用硬纸壳把门上面的小窗户挡住了,她不想让父亲知道她总是熬到半夜还不睡。

她房间里总有些女孩来来往往,劳拉家里闹肺结核的时候她就住在蒂克西这里;还有金头发的葆拉,她有个被控谋杀罪的父亲;玛莎尔也来过,她又漂亮又精怪,树敌很多,名声也不怎么样;杰茜从纽约一回来就跑来看蒂克西,行李箱里胡乱塞着一些需要干洗的长筒丝袜。这些姑娘在贝格斯法官眼里都不是些好姑娘,伤风败俗。

"简直搞不明白,我女儿为什么不能跟正经人交朋友。"

蜜莉很明显不同意自己的丈夫:"这只是看人的角度不同罢了,每个人都有可取之处。"

蒂克西的女朋友们凑在一起总是大声说笑,阿拉巴马就坐在旁边的小白摇椅上,一语不发,但心里暗暗模仿她们的优雅和礼仪,还有一些无伤大雅的小笑话。

"她听得懂吗?"姑娘们对这个小妹妹免不了揶揄,她们都生着好看的盎格鲁－撒克逊③的眼睛,一边打量阿拉巴马,

---

① 《春》:*Primavera*,意大利画家桑德罗·波提切利创作于1482年的名画。
② 《九月晨星》:*September Morn*,法国画家保罗·埃米尔·巴斯1911年的作品。
③ 盎格鲁－撒克逊:Anglo－Saxon,本意是指5世纪初到1066年诺曼征服之间,生活于大不列颠东部和南部地区,语言和种族相近的民族,此处指血统纯正的白人。

一边咯咯笑着。

"懂什么?"阿拉巴马一副迷迷糊糊的样子,她们就笑得更起劲了。

冬天就在女孩们的裙摆间窸窸窣窣地过去了,当有男人想约蒂克西出去的时候,她就暗自落泪。转眼春天到了,坏消息也随之传来,兰道夫死了。

蒂克西伤心欲绝,在家里大发脾气:"我讨厌这么活着,我讨厌!我讨厌!我讨厌!我应该跟他结婚的,他就不会死了!"

"蜜莉,去把医生叫来。"

医生看了蒂克西的情况说,"不碍事的,贝格斯法官,只是神经紧张,不用担心。"

"简直是无理取闹,让人无法忍受。"法官说。

蒂克西身体好一点了就起身去纽约,临走的时候她哭了,她跟每个人吻别,手里捧着一大把金银花,眼泪从苍白的脸颊滑下。

她住在杰茜位于麦迪逊大道的公寓里,杰茜在她工作的保险公司里为蒂克西谋了一份职,每当有家乡人来纽约时,蒂克西总是想方设法前去拜访。

蒂克西也会按时给家里写信,告知她在纽约的生活,阿拉巴马对蜜莉说:"我也想去纽约。"

"为什么啊?"

"自己的生活自己做主。"

蜜莉笑了:"宝贝儿,别想了,如果想做主用不着去纽约,先在自己家里试试吧。"

三个月不到,蒂克西在纽约结婚了,嫁给一个从阿拉巴马州南部来的男人。结婚后她领着丈夫回了趟家,回来后老是掉眼泪,好像看到全家人继续生活在这里是件很悲惨的事情。

她给这个老房子换了一些新家具,还给餐厅添了一个自助餐台。她给阿拉巴马带了一台柯达相机,她们到处照相,州议会厅的台阶上、山核桃树下、家门口的台阶上,一直手牵手。

她想让蜜莉给她做一床拼布被子,还希望妈妈能在老房子周围布置一个玫瑰花园,而对阿拉巴马,她告诫这个妹妹不要化那么多妆,她那么年轻,本来就很美,不需要把自己抹得跟个大花猫似的,纽约的女孩早就不这么老土了。

阿拉巴马说:"可是我现在不在纽约啊,如果在纽约,我肯定也会时髦起来。"

蒂克西小鸟一样扑棱棱地来了,又扑棱棱地走了,她和她丈夫走的那天,阿拉巴马坐在后门廊上,百无聊赖地看妈妈切西红柿准备午餐。

"洋葱要提前一个小时切,静置一会,再放进沙拉里,这样味道就对了。"蜜莉一边忙活一边说。

"妈,能把不用的洋葱蒂给我吗?"

"给你一整个吧。"

"不要,我就喜欢那个绿色的蒂。"

蜜莉做饭的时候带着专注的神情,好像一个女主人正在照顾从乡下来的穷亲戚,即使在切西红柿的时候,她也保持一贯的优雅和精致,她垂着眼帘,遮住漂亮的蓝眼睛,手上忙来忙去。

蒂克西虽然离开了,但是从另外一个女儿身上,她依然能感受到相似的东西——炙烈的性格,她看着阿拉巴马的小脸,上面有太多家族的特征。而另外一个女儿琼,马上就要回来了。

"妈妈,以前,你爱蒂克西吗?"

"当然了,我现在也爱。"

"但是她老是惹麻烦啊。"

"那她也是我的宝贝。"

"那么,你是不是爱她超过爱我?"

"我爱你们一样多。"

"但是,我也会闯祸,有时我实在做不到人们说的那样好。"

"亲爱的阿拉巴马,人都会闯祸的,不是这里就是那里,我们不要因为这个就讨厌他们。"

"好的妈妈。"

石榴熟透了,从架子上垂下来,油亮的叶子闪烁着异国情调,青铜大花盆里盛开着紫薇,薄纱一样的花枝带着微微的忧伤流淌于地,一株日本李子树从小鸡窝棚上面伸出来,摇曳生姿,空气中满是夏天的味道。

咕咕,咕咕。

"老母鸡要下蛋了。"

"也许它只是刚吃了一只六月虫,得意呢。"

"无花果今年熟得有些晚啊。"

街对面一个母亲正在召唤孩子,橡树上鸽子在叽里咕噜,隔壁邻居的厨房里传来了敲打牛排的声音。

"妈妈,我不大明白,既然要嫁给一个本地人,为什么还要跑那么远去纽约。"

"那个男的不错。"

"不过,如果我是蒂克西,我不要嫁他,我宁可嫁给一个纽约人。"

"为什么啊?"这下蜜莉好奇了。

"嗯,我也不知道。"

"是不是更有征服的感觉?"蜜莉逗她。

"是的,妈妈,就是这个意思。"

远处铁轨上传来电车停靠的声音。

"是电车吗?我猜你爸快进门了。"

II

"改成这样,我不会穿的!"阿拉巴马一边大声抗议,一边敲打缝纫机。

"但是亲爱的,不改成这样怎么穿啊。"

"用蓝色薄呢的料子做裙子我已经忍了,还搞得这么长。"

"你想跟男孩子们出去约会,就不能穿那么短的裙子。"

"我们只是白天出去玩,那不叫约会,晚上才是约会。"

阿拉巴马把镜子斜了斜,看着自己身上的这件长裙,气得眼泪险些掉下来。

"我不会穿,绝不!太难看了,穿上动也动不了。"

"谁说的?多好看的裙子啊,是不是,琼?"

琼干脆利落地说,"她要是我女儿,我早就给她大嘴巴子了。"

"是吗?你是干得出来的,那好吧,我还是现在给你一个吧。"

她姐姐不甘示弱,直接回敬她说:"我像你这么大的时候,给什么穿什么,很多衣服都是蒂克西的旧裙子改的,你看看你都被宠成什么德行了?"

"琼,干嘛这么说话,阿拉巴马只是不喜欢裙子的样式而已,她没有嫌弃。"

"妈妈的小公主,裙子不就是照着她说的改的吗?还不满意。"

"这跟我说的差远了。"

琼恨恨地说,"你要是我女儿,哼。"

星期六下午的阳光温柔地裹着阿拉巴马,她站在镜子前面,竖起衣领,用手试探性地去撑胸前的衣料,懊恼地看着镜子里的自己。

"怎么看都不像是我的裙子。"她噘着嘴,"也许穿习惯了会好吧。"

"为了一件裙子小题大做到这个样子,真受不了。"琼瞪了她一眼,"如果我是妈妈,就给你买件现成的算了。"

"店里那些现成的没一件好看,再说,你不也一样,每件衣服上都是花边。"

"那是我自己挣钱买的。"

奥斯丁的房门砰的一声关上:"阿拉巴马,别吵了,我要午休。"

蜜莉赶紧说，"孩子们，小点声。"

阿拉巴马大声说："好的爸爸，我没吵，都是琼。"

"天哪，她总是这样，都是别人的错，不是我就是妈妈，或者其他人，反正不是她自己。"

阿拉巴马觉得生活真是不公平，不仅让琼生在她前面，还让她有如此高不可攀的美貌，如美艳的黑宝石，走到哪里都是焦点。而她阿拉巴马，无论怎么做都不能把眼睛变成金棕色，也不能让脸颊更立体些。当琼走在阳光下的时候，她飘然若仙，笑容闪闪发亮，平顺的头发上有蓝色的光晕。

大家都说她们家的几个姑娘里，就数琼的性格最好。在琼二十岁的时候，家里人开始给她规划人生。

阿拉巴马模糊听到她父母的谈话，也懵懵懂懂地觉得将来有一天，他们也会这么规划她的人生。但一想起家族必须恪守的那些条条框框，就让人心烦意乱，就好像本该有五根脚趾，低头才发现只能允许有四根一样。唉，怎么办呢？也许，随波逐流才是最好的选择。

有一天晚上，奥斯丁不安地问他太太："蜜莉，琼是打算要嫁给阿克顿家那小伙子吗？"

"亲爱的，我不知道，你是怎么觉得的？"

"她让我搞不明白，如果说不是认真的，就不会老跟那小子出去，也不会去见人家父母，但是，既然认真，就不应该再去见哈伦那小子。"

"我还在娘家的时候倒是见过阿克顿家的人，你当初为什么同意她跟哈伦出去？"

"我那时对哈伦那小子知道的不多——"

阿拉巴马插嘴说:"妈妈,你还记得你的父亲吗?"

"当然,他八十三岁的时候还去参加肯塔基的马车比赛,结果从车上给摔下来了。"

阿拉巴马觉得她外祖父才是真正的潇洒快活,她也想那样,自由自在地生活,也许有那么一天,在那么个地方,属于她自己的人生会开启。

奥斯丁仍然穷追不舍,"她和哈伦到底是怎么回事?"

"哦,算了吧,别问了。"蜜莉不置可否地说。

"搞不大懂,琼看起来好像很喜欢那小子,阿克顿家倒是根基稳固,哈伦连个正经营生都没有,我可不想我女儿将来去领救济。"

哈伦每天晚上都打电话过来,还经常跑来跟琼一起唱歌,唱片是琼从肯塔基带回来的——《远方的姑娘》《萨斯喀彻温省的姑娘》《巧克力士兵》。

唱片的封面是雕版套色的,上画着几个抽烟斗的男人,游廊上站着一些达官贵人,倚着雕花护栏,背后有一个大月亮。

哈伦的嗓音很棒,像风琴一样充满共鸣。他在她们家吃晚饭的次数确实不少,他有两条大长腿,太长了,上半身几乎可以忽略不计。

有时,阿拉巴马会编一些舞蹈在哈伦面前炫耀,哈伦坐在地毯边的椅子上,阿拉巴马就自顾自地跳起来,轻巧的脚尖在地板上敲打有声。

"蜜莉,他这是不准备回家了吗?"奥斯丁对哈伦没事就赖在他家不走明显没有耐心,"阿克顿家如果知道了会怎么想,八成觉得是我们琼不让他走。"

哈伦非常讨人喜欢,但是他身份低微,而且也太穷了,如果琼真的嫁给了他,他们将从零开始,如同当年的蜜莉和奥斯丁,可能更糟,因为琼很明显没有一个父亲,可以跟外祖父一样,在女儿结婚之后尽尽全力给予帮助。

"嗨,阿拉巴马,你的背带裙好漂亮啊。"阿拉巴马脸红了,虽然她尽力维持得体的情绪。这是她第一次脸红,对此她又害羞又得意,她终于跟琼一样,对赞美之词表现娇羞,像个淑女一样了。

她忍不住跟哈伦说了蓝呢裙子的事:"是条围腰裙,难看死了,需要再改,不改好了我不穿。"

哈伦把这个纤细的小女孩拉过来,让她靠到自己腿上。

阿拉巴马很明显不想结束关于自己的话题,急急忙忙地说:"不过我为舞会已经准备了另一条漂亮的舞裙,比琼的都好看。"

"你还太小,不适合出现在舞会上,你看起来就是个孩子呢,如果是我,会不好意思去亲吻一个孩子的。"阿拉巴马从哈伦的口气中感受到长辈的温暖,这让她有点失望。

哈伦拨开她前额的浅金色头发,露出她雕刻般的面庞,她闪亮的双颊好像安静的小仙女,虽然跟贝格斯法官一样,她的骨骼线条略显生硬,但是滑嫩的肌肤显现出少女特有的柔美。

奥斯丁进来拿报纸。

"阿拉巴马,你是大姑娘了,不要靠在别人腿上。"

"可是,爸爸,他又不是我男朋友。"

"晚上好，法官先生。"

法官满腹不满，对着炉灶哼了一声。

"不管他是不是你男朋友，你已经是大姑娘了。"

"我是不是以后都不能靠在别人腿上了？"

哈伦突然站起来了，让阿拉巴马一下子摔到地上。琼，就站在门口。

"亲爱的琼·贝格斯小姐，镇上最美丽的小姐。"

琼咯咯地笑起来，这样的话她听太多了，她对自己的美貌早已了然于胸，虽然有时不得不表现低调，但是她心里一直知道自己就是镇上最美的姑娘。

阿拉巴马有些嫉妒地看着哈伦手挽琼的衣服把她带走了。她想，琼一定是很心仪这个男人，他们在一起的时候，琼就会变成一个温顺乖巧的小女人。

她真希望那个女人是自己，可以和情郎而不是父亲一起吃晚饭，不仅如此，还得在古板的父亲面前装出心如止水的样子。真的，她懊恼地想，父亲从来不关心她到底在想什么。

晚餐还是不错的，面包烤得又松又软，闻得到炭火的味道，还有刚出炉的鸡肉，冒着热气，好像冬天被子下面的哈气。蜜莉和奥斯丁一本正经地讨论家庭琐事。在奥斯丁坚定的信念下，家庭生活只是个仪式罢了。

"我想再要点草莓酱。"

"别吃太多，对你不好。"

"蜜莉，在我看来，体面的女孩从来不会一边跟一个男人谈婚论嫁，一边又允许自己对别的男人感兴趣。"

"哪有那么严重，琼是个好姑娘，再说，她跟阿克顿也没有到谈婚论嫁的地步。"

但是蜜莉知道琼跟阿克顿已经偷偷好上了。那是一个夏天的晚上,雨下得特别大,藤蔓被风吹得东倒西歪,像女人的裙子一样哗啦哗啦直响,水沟里的水汩汩成溪,房顶上的瓦槽里都是泥浆,带着气泡,咕噜咕噜地响,好像一群鸽子。

蜜莉去给阿拉巴马送伞,发现屋廊下两个人紧紧抱在一起,好像湿乎乎的邮票贴在本子上,是琼和阿克顿。事后阿克顿跟蜜莉说,他要娶琼,他会求婚的。到了星期天的早上,反而是哈伦送来了大捧玫瑰,天知道他从哪里搞来的钱,但是,他不可能跟琼求婚,他太穷了。

鲜花盛开的时候,哈伦和琼结伴去散步,也带上阿拉巴马。

他们路过琼花、美人樱,还有日本玉兰,微风吹来,一地落英,好像舞会上姑娘裙摆抖落下的亮片。阿拉巴马陪着哈伦和琼,大朵大朵的山茶花从铁锈色的叶子中间开出来,大部分时间她都很安静,但是有这个小姑娘在,两个年轻人都不好意思做出什么过于亲昵的行为。

琼指着那些花说:"真希望我将来的房子周围有这样的花丛。"

哈伦说:"哦,亲爱的琼,我可养不起那些花,养胡子倒是不花钱。"

"我喜欢小乔木,金钟柏和杜松都好。我要有一条林间小路,针织地毯一样,尽头是大捧大捧的粉月季。"

阿拉巴马不知道她姐姐说这些话的时候脑子里想着谁,但是不管是阿克顿还是哈伦,花园的想法总归是不会错的,或者也不尽然？她一时也无法确定。

哈伦抗议了："天哪，为什么我不是个有钱人啊。"

黄色的旗子飘荡在空中，日子静谧，好像一幅素描铅笔画，满池的荷花开放，绣球花盛开得像是棕色与白色的蜡染布。琼的脸隐在长麦秸帽子下，闪烁出蛋壳的青白色，这一切组成了这个春天。

阿拉巴马隐约明白了，为什么哈伦走路总是晃晃悠悠的，活像一个晕头转向的人走平衡木，一边走，一边还在自己的口袋里晃钥匙。那是因为他没有钱，他的口袋是空的，他仅有的钱都用来买玫瑰了，也许他可以不买玫瑰，存着，但等他存够了，琼早就老了或者嫁给别人了。

天气渐渐热起来了，他们就雇一架小马车，穿过热闹的小镇，去看郊外成片的雏菊地，那是个童谣般美好的地方，阳光在皎白的山坡上行走，奶牛的背上洒满树影。

阿拉巴马站在马车后面，每次都带回好多花，她一高兴起来就喋喋不休，在情感与克制这个她并不很熟悉的领域里，一个聪明人多半会识相一些，但是她不，她觉得发表意见才最重要。琼回来跟蜜莉抱怨过，阿拉巴马小孩子家家，但是太能说了。

整个七月都被这个爱情故事塞得满满的，里面的人儿心神荡漾，什么也不顾得，好像一个水手在狂风中航行，终于，阿克顿的信来了，阿拉巴马在父亲的壁炉台上看到了它。

> 我可以保证您女儿今后衣食无忧，您也完全可
> 以相信，我会尽己所能让她一生幸福，我请求您，

同意把女儿嫁给我。

阿拉巴马拿着这封信看来看去，想找个地方好好保存起来："这是家庭记忆啊。"

"没必要。"父亲冷静地说，他跟蜜莉从来不存什么东西。

关于她姐姐的爱情故事，阿拉巴马设想了好多，但是没有想到的是，爱情的车轮滚滚向前，除了甜蜜和疯狂，也碾压出人们的忧愁和痛苦。

她要花好长时间才明白，生活没有那么多罗曼蒂克，不过是一个又一个故事的集合，一段爱情结束，也许是为了让下一段爱情出场。

琼同意阿克顿的求婚了，阿拉巴马有些失望，她本来以为琼会为了哈伦做些什么，好像满怀期待地去看戏，但是女主角临阵退缩了。"没戏看了。"她想。

她看不出琼是不是哭过了，阿拉巴马坐在二楼楼梯间的地板上，一边擦白拖鞋，一边从门缝里偷偷看她姐姐：琼静悄悄地躺在床上，失魂落魄。

她听到父亲劝姐姐，"嫁给阿克顿有什么不好？"

琼答非所问，"哦，我还没有箱子，要离开家了，可是我的衣服，我的衣服也都旧了。"

"我会给你买箱子的，琼，别担心，阿克顿也会给你买很多衣服，给你漂亮的房子，想要什么都行，他有这个能力。"

父亲对琼很温柔，在三个孩子里，琼算是不大像他的那个，她害羞，也因此更加沉静，她比阿拉巴马和蒂克西都乖巧听话。

闷热袭来,乌云滚滚,门框和窗台的影子越拉越长,夏天终于撕破一个口子,轰然打了一个巨雷,闪电一个接一个,树影鬼魅,枝叶像复仇女神一样疯狂摇摆。

阿拉巴马知道琼从小怕打雷,于是蹑手蹑脚地溜进她房间,在她身边躺下,伸出手臂紧紧抱着她。阿拉巴马觉得以琼的性格,她只能这么做——做人们眼中的好姑娘。琼一直都是这样,亦步亦趋,言听计从。其实这点在阿拉巴马身上也并非完全没有,当星期天下午,她自己一个人在家里的时候,四处寂静,她也会非常乖巧,当然,也仅此而已。现在,她只想安慰琼。

她想说:"琼,如果有一天你想念山茶花和雏菊地了,你可以问我,我告诉你,也许好多年之后,你已经忘记现在的感受了,但是只要你愿意,我一定会唤起你的回忆的。"

还没等她说话,琼就冷冰冰地说:"出去!"

阿拉巴马吓了一跳,只好离开琼的房间,雷雨声轰轰作响,她心神不宁地在房间里走来走去。

"妈妈,琼会害怕的。"

"宝贝,你来跟爸爸妈妈一起睡吧。"

"我不害怕,我只是睡不着,不过,好吧,如果不打扰,我就跟您一起睡吧。"

法官每天睡前都读一会儿菲尔丁[①],合上书的时候他问,

[①] 亨利·菲尔丁(1707—1754):英国伟大的小说家、剧作家,是英国现实主义小说的奠基人。18世纪英国四大现实主义作家之一,也是18世纪欧洲最杰出的现实主义小说家之一,其代表作《汤姆·琼斯》对后世影响比较大。

"他们为什么老去天主教堂,哈伦是天主教徒?"

"我觉得不会。"

"我倒是替她高兴,终于决定嫁给阿克顿了。"法官如释重负地说。

父亲是个聪明人,不是吗?他已经独具慧眼选择了蜜莉,生了可爱的姑娘们。阿拉巴马觉得父亲充满智慧,虽然这么说有点夸张,但是,如果智慧是指一个人调整心态适应生活的能力,是指在没有经历的事情面前保持不气馁的态度,对熟知的事情依然保持谨慎,那么父亲完全做到了。

"我不是那么高兴,"阿拉巴马果断地说,"哈伦的头发帅得像个西班牙国王,我倒宁愿琼嫁给他。"

"真是孩子话,西班牙国王的头发也不能用来过日子。"父亲不屑一顾。

阿克顿拍电报说,得知琼答应了他的求婚,他实在是太开心了,这个周末就来拜访。

哈伦临走时和琼坐在门廊的秋千上,铁链子发出咯吱咯吱的声响,他们的鞋子在地板上蹭来蹭去,把牵牛花踢得到处都是。

哈伦说:"这个门廊,我永远都不会忘记,最甜蜜也最冷酷。"

琼说:"你闻到金银花和茉莉花的香味了吗?"

"不是。"蜜莉插嘴说,"是对面刚刚割下来的鲜草,还有我的天竺葵的香味。"

"哦,蜜莉夫人,我真不想走啊。"

"年轻人,你还会回来的。"

"不，不会了。"

蜜莉忍不住亲吻了他的面颊，"哈伦，我真的很难过，你还年轻，好好保重，还会有别人等着你的。"

琼柔声说："妈妈，那应该是梨树的味道吧。"

阿拉巴马终于听不下去了："是我的香水味，六美金一盎司！"

周末，哈伦托人送来一大篮螃蟹，说可以用来招待阿克顿。这些螃蟹在厨房到处乱爬，蜜莉烧了一大锅开水，把它们一个一个扔进去了。

那天晚上每个人都吃了螃蟹，除了琼。

她说："它们看起来蠢蠢的。"

法官说："它们在动物王国里可是很威风的，披盔戴甲，一生下来就是坦克了。"

琼说："它们吃死尸。"

"琼！我们在吃饭呢。"法官瞪了她一眼。

蜜莉不合时宜地补了一句："好像是噢。"

阿拉巴马也跟着胡说八道："要有材料的话，我也能做个螃蟹出来。"

"那个，阿克顿先生，一路上还顺利吗？"

琼的嫁妆准备得很快，没过几天就堆满了整个房子——蓝色塔夫绸的礼服，黑白相间的格子布，鸡蛋壳粉的缎子，翠蓝腰封，还有黑色的麂皮鞋子。

行李箱里装满了玫瑰香囊、棕色和黄色的丝绸、各式花边，和看起来非常昂贵的套装。

琼看着嫁妆莫名地掉眼泪了，她小声哽咽："我不要这么多,行李好笨重啊。"

"都带上吧,这样体面些,再说在城市生活这些也都用得上。"

琼跟朋友们——道别:"你们要来看我,你们每一个人,都要来肯塔基看我,总有一天,我要搬到纽约去。"

琼对别人安排自己的生活也并非完全逆来顺受,只是她的反抗太微弱,太不易察觉,好像小狗在撕扯主人的鞋带一样。她对阿克顿的态度也不大好,没什么耐心,反正他不过是用一枚结婚戒指让她的人生看起来很美好的那个人而已。

他们全家是在一个午夜把新婚夫妇送上火车的,临别的时候琼没有哭,她为此有些不好意思。

跨过铁轨往回走的时候,阿拉巴马感受到了父亲从未有过的宿命感。琼出生,长大,直到嫁人被送走了,父亲规划了她人生的每一步,这是个意志渗透到女儿生活每个角落的父亲,现在就剩下阿拉巴马了,在父亲的有生之年里,这是最后一个需要解决的大问题了。

阿拉巴马回想琼的故事,得到的结论是:爱情,不过是跟另外一个人分享自己的一段过去,它必将是短暂的,因为尘埃太多而无法继续。但是选择一个人来爱自己并共度余生,却是在生活中寻求新的起点,是人生的第二次机会。

由此可以引申:没有人肯跟其他人分享未来,这是人类的贪婪造成的。阿拉巴马还想了很多精巧又充满怀疑的理论,但是不管怎么胡思乱想,都改变不了她的处境。

她十七了,从哲学角度来看,她的人生充满各种可能性,但实质上她有她的无奈。就好像面对无穷无尽的美食,只能选择父母为她挑选的那根骨头一样，甚至不考虑这骨头能否喂得饱她。

但她的身体里也有父亲的基因，倔强而执拗，这个时候不由自主地要站出来替自己做主。她很想问问父亲，为什么故事的结尾总是与初衷相去甚远，那些一晃而逝的初心总是被莫名其妙的东西无情代替。

不过，有一点她跟父亲一样，那就是非常高兴地看到家里的女孩子们简单明快，毫不拖泥带水地嫁出去了。

琼不在了，家里显得有些冷清，可是她的气息还在，阿拉巴马有些黯然神伤。

妈妈说："我难过的时候，就做点事转移注意力。"

"我又不像您那么会缝纫。"

"天天缝衣服就会了。"

"算了，妈妈，你能把这件礼服的袖子去掉吗？还有，玫瑰花朵要缝在肩膀这儿。"

"好吧，就按你说的办，我以前手更巧，这两年手粗了，毛毛糙糙的，总是刮丝绸衣料。"

"这件礼服真的太漂亮了，我穿上它肯定比琼更好看。"

阿拉巴马把那件飘逸的丝绸礼服展开，看它在微风中飘扬，想象着把它披在博物馆的"断臂维纳斯"身上的模样。

她暗自思量："这件礼服真是完美的，大小也合适，但是，到舞会那天，我肯定又长高了。"

"阿拉巴马，你想什么呢？"

"没什么，想好玩的事。"

"嗯，想想开心的事也好。"

"是在想自己多好看吧。"奥斯丁揶揄道。法官大人对家里的小虚荣总是了然于胸,虽然他自己并没有,但是他可没少拿孩子身上的虚荣心开玩笑,"你没看她有事没事就照镜子吗?"

"爸爸,我没有!"但是她知道父亲说的是事实,她比以往更注重外表,也对自己的相貌越来越挑剔了。

她把脸别开,不让父母看到自己尴尬的样子。邻居的门前空地上盛开着一片杂乱无章的迎春花,猩红色的木芙蓉迎着阳光在柱子上盘旋,谷仓褪色的紫檐上有木槿花垂下,阳光下的南方不语而美丽,把自己打扮成一张请柬——朋友们,来吧。

"蜜莉,她要是准备穿那件衣服,你就不应该让她晒成这个样子。"

"喔,她只是个孩子,奥斯丁。"

琼的粉色礼服终于改好了,蜜莉把礼服后背扣好,起身擦了擦汗,屋里实在太热了,头发黏糊糊地贴在脖子上。

蜜莉去给阿拉巴马拿了一杯凉柠檬水,她鼻翼两侧的粉都干了。两人一起走到门廊上,阿拉巴马坐在秋千上。这个秋千对她来说就像一件乐器,她可以摇晃铁链发出有节奏的声音,轻快或舒缓,以示对无聊日子的抗议。

这个漂亮的姑娘现在已经打扮妥当,但是那些小伙子们怎么还不来接她呢?电话也没有一通,四下静悄悄的,这时,邻居家的大钟敲响了,整十点了。

"再晚一些就要迟到了。"她漫不经心地说,假装一点也不在乎。

一个不起眼的声音打破了寂静的夜晚,是报童的叫卖声,在街角远远地萦绕。

"嗨哟,嗨哟,呵——嗨哟,嗨哟,呵。"

呼喝声蔓延起伏,好像教堂里的圣歌问答。

"嗨,卖报那孩子,出什么事了吗?"

"哦,太太,我也不清楚,您来份报纸就全明白了。"

"好吧,给我一份报纸。"

"怎么回事?爸爸,他们这么喊什么意思?"

"这意味着要打仗了。"

蜜莉匆匆翻看报纸,皱着眉头说:"但是,他们不是早就警告我们说,不要让卢西塔尼亚号①出海吗?"

奥斯丁不耐烦地说,"太嚣张了,他们不能这么做,他们没有权利'警告'中立国。"

一辆坐满男孩子的汽车在门口戛然而止,放肆的口哨声响起,没有人下车。

法官回过头跟阿拉巴马说,"你坐着别动,让他们进来接你。"

父亲的身影在门廊的灯光下显得严肃而体面——可能跟他们要面临的战争一样。阿拉巴马不由得为自己的那帮朋友感到脸红,跟父亲比起来,他们真随便,不像个上等人。终

---

① 卢西塔尼亚号:Lusitania,英国远洋客轮,一战期间来往于英美之间,被称作"海上灰狗"。1915年5月,卢西塔尼亚号在爱尔兰外海遭到德国潜艇的袭击,短短18分钟后,卢西塔尼亚号带着1198名乘客和船员沉入大海,由于伤亡者中包括198名美国人,卢西塔尼亚号的沉没被认为是美国参加一战的导火索。

于有个男孩下车了,阿拉巴马松了口气,这还说得过去。

但是她的脑子里总想着刚才报童的叫卖声,"战争!难道要打仗了吗?"她的心怦怦直跳,腿也不由得发软,整个人轻飘飘的,一见到前来迎接她的男孩,就忍不住冲口而出:"你知道吗?要打仗了。"

"别担心,不会耽误我们今晚跳舞的。"护送她的男孩说。

一整个晚上阿拉巴马都在想战争的事,也许战争除带来了破坏也带来了转机。作为一个青春期的尼采主义者,她要逃离,逃离这令人窒息的生活,她认为这种窒息长久以来都在侵蚀她的家庭,禁锢着姐姐们还有妈妈。她暗下决心:我,阿拉巴马小姐,必将大有作为,拥有自己的人生,不再羡慕别人!

如果这样做的代价很大的话,她宁可现在就做好准备。而且,一旦决定就绝不后悔,即使有一天她的灵魂因为吃不上面包而饥饿不堪,她也不抱怨,就是吃石头也义无反顾。

所谓功成名就,必须坚定而残酷,在你有能力的时候去得到你想要的一切,为此,她决定全力以赴。

III

"她可算是贝格斯家最野的丫头了,勉强算是大家闺秀①吧。"

阿拉巴马当然知道人们背后都怎么说她——周围老是有

---

① 大家闺秀:原文 thoroughbred 也有"纯种""优良品种"的意思。

男孩跳出来要替她说话,她想不知道也难。她靠在秋千上,暗暗思量。

"'大家闺秀'?"她冷笑一声,"不过是因为我舞跳得好,每次都让他们看傻眼罢了。"

"老天,他真像一只大狗。"她看了一眼身边的这位高大军官,心里想,"还是一只猎犬,我怀疑他的耳朵是不是也能跟腊肠犬一样碰到鼻子。"

这位军官脸很长,有一个多愁善感的鼻子,他手足无措,在她身边紧张得支离破碎."年轻的小姐,您觉得一年五千块够不够生活?"踌躇了一下,他又添了一句,"是说刚开始。"

"也不是不可以,但是,我不会去过那样的日子的。"

"那么,您干吗亲我呢?"

"噢,那是因为我从来没有亲过长胡子的男人。"

"天哪,这是什么理由。"

"不成理由吗?很多人进修道院给出的理由也不比我这个好多少。"

他忧伤地说:"看来我也没必要继续待下去了。"

"确实,已经十一点半了。"

"阿拉巴马,你有些过分了,你知道你名声有多差,这种情况下我还跟你求婚,你却——"

"所以您很生气,因为我让您这个老实人动心了。"

这个男人含含糊糊地躲在自己毫无个性的制服下面。

他气哼哼地嘟囔:"你会后悔的。"

阿拉巴马满不在乎地说:"那就让我后悔吧,也算我还你个人情,咱俩两不相欠。"

"噢,你真是个野蛮的印第安人①,为什么又那么迷人,把我的心都搞乱了。"

"可能是——算了,真有后悔的那天,我会写在婚礼的请柬上寄给你的。"

"我会给您寄照片的,这样您就不会忘记我了。"

"好吧,随便你。"

阿拉巴马把门插好,灯关掉,她在黑暗中站了一会,然后摸摸索索地爬上楼梯,心里盘算:"也许应该嫁给他的,我马上就十八了,他看上去挺会照顾人的,也还算有些背景。"

"阿拉巴马。"是妈妈,柔和的声音在黑暗中几不可分辨,"你父亲明早要见你,记得起来吃早餐。"

早上,阿拉巴马下楼的时候,发现奥斯丁·贝格斯法官安静地坐在摆满银器的桌子旁边,不慌不忙,举止优雅,但这宁静只是暂时的,好像蓄势待发的运动员,你知道他憋着劲呢。

一看到小女儿,他开火了。

"我再说一遍,我不能忍受我女儿的名字被当成街头巷尾的八卦。"

蜜莉出来挡驾了:"哦,奥斯丁,她还在上学呢。"

"还有,你是怎么认识那些军官的?"

"天哪,奥斯丁,别问了。"

"乔·英厄姆告诉我他女儿喝得酩酊大醉才回家,据说就是你灌的。"

---

① 印第安人:原文 Comanche,为生活在北美的印第安民族,科曼奇族。

"是她自己要喝的,那些杜松子酒也不是我的,是一个新兵的,我只是把我的水瓶灌满了而已。"

"然后你就把英厄姆家的丫头灌醉了?"

"我没有!当时她看见有人在笑,于是也过来凑个热闹,可是她除了把自己灌醉之外也没别的本事让人乐呵了。"她昂着头反驳道。

"你该好好管管自己的言行了,看看都成什么样了。"

"是的,法官大人,每天坐在门廊上,被一群男孩子围着,这样的日子我也厌烦死了。"

"哼,我倒觉得你除了带坏别人之外还应该做点别的。"

她小声嘟囔:"除了喝酒谈恋爱,哪还有什么值得做的。"

她有时感到自己如此渺小,几乎可怜,人生一掠而过,跟六月虫没什么两样。

无花果熟了,糜烂的地方落着一堆粉蝇。山核桃树下是一丛一丛的狼牙草,上面爬满了黄褐色的毛毛虫。席状的藤蔓从烧过的灌木丛中垂下,枯黄干瘪,好像蚱蜢壳。远处的太阳愈沉愈低,如一个大大的鸡蛋黄,最终把自己埋进茂密的棉花田里。

肥沃的田野一望无际,如扇面铺开,乡间小路就是扇骨纵横其中。成群的鸟儿隐在林中,只听到聒噪的叫声,烈日下人迹全无,连牲口也看不见。黏土河岸和柏木沼泽之间是田地与沙路,柏木沼泽那边就是军营,听说一些士兵死于中暑。

傍晚,天空渐渐变成粉红色,又一车军官进城了,年轻的中尉,年老的中尉,他们从军营出发,来到阿拉巴马州的这个小镇之上，以寻求战争之余的慰藉。这些人阿拉巴马都认识，知道他们都带着不同程度的感伤。

"您太太来镇上了吗？弗利上尉。"一辆颠簸的巴士里有人问，"您今天晚上看起来真开心啊。"

"她确实在镇上，不过我可不是去看她的，我去看我的心上人，所以才这么高兴嘛。"上尉说着吹了声轻快的口哨。

"喔。"这个年轻的中尉一下子尴尬了，不知道怎么接茬，一说不好就完蛋了，这就好像跟生了死孩子的家庭道喜一样，他可以说"不错"或者"挺好"，当然也可以说"上尉，你这样做是无耻的"，如果他想穿小鞋的话。

想了半天他终于说，"好吧，祝您好运，明天我也去见我的姑娘。"为了表示自己没有任何褒贬，又加了一句，"祝您愉快。"

弗利上尉突然问道："你现在还在贝格斯家附近溜达？"

"哦，是的。"中尉尴尬地笑了笑。

巴士停在镇中心那个令人窒息的广场上，周围是低矮的建筑，他们的小车显得那么微不足道，好像是油画里大宫殿前面的小马车。城市依然熟睡，四处寂静，任由老旧的巴士吐出一群充满阳刚之气的小伙子。

弗利上尉下了车，走到街对面，伸手叫了辆出租车，"贝格斯街五号，越快越好。"他大着嗓门嚷嚷，明显是说给中尉听的。

车门"砰"的一声关上了，弗利上尉看到年轻的中尉勉强地笑了，比哭还难看。这还差不多，他心满意足地走了。

"嗨，阿拉巴马。"

"这儿呢,弗里克斯。"

"我可不叫弗里克斯。"

"这个名字可是特别合适你啊,你叫什么来着?"

"法兰克林·麦克菲尔森·弗利上尉。"

"哦,我满脑子都是战争,可记不住这么长的名字。"

"我给你写了一首诗。"

阿拉巴马伸手接了过来,凑到窗户底下看,这是一张很薄的纸,灯光透过百叶窗敲打在纸上,好像美妙的音乐。

"这明明是写给西点军校的。"她失望地说。

"在我心目中,您和它是一样的。"

"那好吧,希望西点军校知道你喜欢它的灰眼睛会激动万分,出租车干吗还在那儿?车上还有别的诗?还是担心我看了诗会给你一枪?"

"我没让它走,是给我们俩留着呢,咱们不应该再去俱乐部了。"他认真地说。

"弗里克斯!"阿拉巴马不高兴地说,"你知道我根本不在乎人们叽叽喳喳说些什么。再说,也没人会注意到我们在一起的——谁会留心战争中的一个小兵啊。"

讲完之后她又有些心软,毕竟他从来都没想过离开她,于是她换了温和的口吻说:"你也别在乎好吗?"

弗利上尉只好挑明了,"是因为我太太,她来镇上了,而且她很有可能也会去俱乐部。"

他看起来毫不尴尬。

这回轮到阿拉巴马犹豫了。

终于她让步了:"好吧,我们去兜风,下个星期六再去跳舞。"

弗利上尉虽然穿着笔挺的军装，但他是一个酒徒，一个咋咋呼呼、不拘小节的英格兰佬。他勇敢、正直、大大咧咧。当他们在月光下驰骋时，他一遍一遍地唱那首《窈窕淑女》，惊得周围的鸟儿成群飞起。

南方的月亮鲜黄撩人，它沉入田野和沙路之间，渐渐消失于茂密的金银花丛之后，这良辰美景如同美酒一样难以抗拒。他张开双臂，把她娇小的身躯揽入怀中，她闻到金樱子和黄昏海港的味道。

"我要把自己调走。"上尉急促地说。

"为什么？"

"怕有一天跟你另外一个男朋友似的，从飞机上摔下来，一头栽在乡间小路上。"

"谁从飞机上掉下来了？"

"你不记得了？那个腊肠脸，小胡子的朋友，前往亚特兰大的途中，差一点就完蛋了，飞机技师因此被军事法庭处罚了。"

阿拉巴马感到每一根汗毛都立起来了："恐惧只是一种情绪。冷静，我只管好自己，不要理别人。"

"哦，这是怎么发生的？"她抬起头，假装不经意地问。

弗利上尉摇了摇头。

"阿拉巴马，我只希望这是个意外。"

"有些人不值得你的同情，"阿拉巴马说，"弗里克斯，他们跟妓女一样到处乱讲自己的感情生活，毫不顾及这会牵扯到别人，而且，这可跟我有什么关系啊？"她辩解道。

"你要知道,你没必要在一开始让他陷进来。"

"好了好了,现在不是已经结束了嘛。"

"是结束了,人都躺在医院里了,还有那个无辜的技工。"

她仰起来脸,饱满的面容在月光下如同麦田里一弯漂亮的镰刀,这让人很难再责怪她了。

"那个黄头发的中尉呢?今天跟我一起来镇上的那个。"费利上尉接着问。

她说:"他自己不肯离开,我怎么劝都没用。"

费利上尉做了个溺水者的动作,一手捏鼻子一手往下沉。

"你这个冷酷的小东西,所以,我要小心点,不要成为下一个倒霉蛋。"

"可不是嘛,您有那么多大事要做,荣誉、责任、国家,还有您的西点军校。"阿拉巴马慢条斯理地说。两个人都忍不住笑起来,不知道为什么,笑声里渐起苍凉之感,也许夜深了。

"贝格斯街五号。"费利上尉命令出租车司机,接着加了一句,"快点,快得要好像去给房子救火一样。"

战争为这个小镇带来了大量的男人,他们像仁慈的蝗虫一样,一扫镇上未婚女孩自经济衰退之后的萎靡之气。

有个头不高但是气宇轩昂跟日本武士似的少校;有极会察言观色,长着茂密黑发的爱尔兰上尉;有因为常年戴防风镜,眼睛周围总有一圈白的飞行员;有一身帅气军装高谈阔论的小伙子;有散发着军营理发店里菲奇发油的男人;有从普林斯顿和耶鲁毕业的年轻人,浑身都是俄罗斯皮料的味道,一身名牌气味,看起来比谁都充满活力;还有穿着马刺跳华尔兹，最痛恨别人抢他舞伴的健壮男人。这里就是不缺男人，女孩们跳弗吉尼亚里尔舞①时，热情四射地从一个男人怀里跳向另一个男人。

这个夏天阿拉巴马热衷于收集士兵们的徽章，到了秋天，她的徽章攒满了整整一个手套箱子。即使不小心丢了一些，她的收集也在所有女孩中拔了个头筹。

一个接一个的舞会、兜风，换来了那些各式各样的徽章，黄色条纹、银色条纹、炸弹图案、城堡图案，甚至还有一个蟒蛇图案的，都静静地躺在她加了衬垫的盒子里。每天晚上，她都戴一个新的出去。

贝格斯法官显然对这些小收藏嗤之以鼻，但是蜜莉却觉得这很有趣，她笑着告诉女儿，留着吧，怪好看的。

天气渐渐凉了，绿色的田野上飘着一层淡淡的薄雾，月亮浑圆，月色莹润如满把的珍珠，这是个白玫瑰般清丽的夜晚。

阿拉巴马坐在自家门廊上，跟往常一样轻轻荡着那个老秋千，从过去荡到未来，从梦想荡到现实，来来回回。

一个金发的中尉走上了台阶，他胸前的徽章不见了，显然他也无意再买个新的，因为他乐意他的徽章作为战利品躺在阿拉巴马的盒子里。

他脚步轻快，欣喜若狂，好像有双翅膀架着他前行，又或者他明明会飞，却不得不隐藏自己。他的头发在月光下呈

---

① 弗吉尼亚里尔舞：Virginia reel，美国乡村舞蹈，舞蹈者分男女面对面排成两行，《飘》中白瑞特以出高价换取服丧的斯嘉丽做他舞伴的就是这种舞。

现漂亮的绿金色,他额头饱满如切里尼①壁画中的美男子,深凹的眼睛明亮如神秘的蓝色闪电,为整张脸带来无与伦比的灵气。

他二十二岁了,但并没有年轻人的莽撞,他的活力和野性都处在文雅的节制之下,他头颅高昂,行动稳健。因为他心里快活,再也没有弗利上尉阻挡他跟出租车司机说"贝格斯街五号"这几个字了。

"你已经准备好了,干吗出来等?"他老远就冲阿拉巴马喊道,在薄雾中晃秋千还是会冷的。

"爸爸老是搞破坏呗,我懒得跟他斗了。"

"你又犯什么事儿了?"

"哦,他似乎觉得军人不应该随便丢掉徽章。"

"呵呵,父母的权威早晚有一天要跟其他事情一样瓦解掉,怎么样,高兴些了?"

"好多了——我就爱这样的大道理。"

薄雾潮水一样围绕着他们,两个年轻人站得很远,但是阿拉巴马还是觉得自己就在他身边,伸出手可以抚摸他,他们四目相对,紧紧吸引。

"除了这样的大道理,你还爱什么?"

"那些夏日恋曲,我讨厌这样的寒冷。"

"还有呢——?"

"和金发的男人去乡村俱乐部。"

---

① 本韦努托·切利尼:Benvenuto Cellini,意大利文艺复兴时期的画家、雕塑家。

乡村俱乐部就在大橡树底下,远远望去,好像春天里破叶而出的花骨朵。

汽车载着他们驶上砂石车道,车道尽头是一排杂乱的美人蕉。乡村俱乐部的环境并不整洁,反而有些破乱,好像儿童剧开场前一样乱七八糟——网球场网线凌乱,高尔夫球场发球处的小房子油漆斑驳,漏水的消防栓,还有满是灰尘的走廊,都显示出这栋房子自然而粗野地生长。

很不幸,战争刚结束的时候,储物柜里的一瓶包谷酒爆炸了,引起的大火把房子烧成了灰。那么多美丽的时光——不仅仅是青春,更多的是人们对现实的逃避和对未来的憧憬——后来都被变成了断壁残垣。

也许这把摧毁乡村俱乐部的大火不是别的,正是人们在战争中的乡愁达到顶点之后的释放。军人们来到这里,不出三次没有不爱上它的,他们纷纷在这里结婚,继而生儿育女,繁衍生息。

阿拉巴马和中尉在门边徘徊。

"我想为我们第一次见面留个纪念。"

中尉说着掏出他的小刀,在门柱上刻道:

"大卫·奈茨,和阿拉巴马无名氏小姐。"

"嗨,不要乱写,自恋狂!"她抗议道。

他笑了笑,收起小刀:"我喜欢这个地方,我们在外面坐一会儿吧。"

"为什么?舞会十二点就散场了。"

"相信我一次好吗?就三分钟。"

"我当然相信你,所以才想跟你进去跳舞啊。"她其实还有点不高兴，怎么可以乱写她的名字。大卫对自己的名字倒是很在意，他不止一次跟她讲过，他将来要如何出人头地，名满天下。

和大卫跳舞是愉快的，他闻起来微风般清新。把头靠在他的耳朵和军装硬领之间，那种感觉是美妙的，好像突然闯进了一家高级布料店，到处都是成捆的细纺和亚麻布，散发着华丽与精致的味道。

她有时对大卫的超然态度有些嫉妒，特别是看到他领着别的女孩离开舞池的时候，她生气并不在于他跟姑娘们聊天，而是那些女孩们太过放肆，除了她别人都不应该进入大卫的私人世界。

他跟她回家，两人坐在壁炉前。跳跃的火苗让大卫的脸看起来无比迷人。她充满爱恋地注视着他，努力回想父亲有没有说过如何在爱情中保持明智，但发现父亲从来没有教过她如何抵挡男人的魅力。人一旦陷进爱恋，所有的大道理都变得毫无用处。

阿拉巴马已经亭亭玉立，金黄色的长发柔顺地垂下，她的双腿修长纤细，是个漂亮姑娘。她坐在那里，两只手汗津津的，好像大卫的注视让她难以承受。她知道自己的脸一定热气腾腾，好像糖果店里咕噜咕噜冒泡的糖浆，也像夏天冰淇淋广告里红脸蛋的女孩。她真希望大卫能明白她以前是多么骄傲的一个人。

"你喜欢金头发的男人？"

"是的。"阿拉巴马忸忸怩怩地说，好像这两个字是她嘴里的重负，她必须摆脱它们才能好好交谈。

他望向镜子中的自己,浅金色的头发好像十八世纪的月光,眼睛深邃,蓝绿色的瞳孔仿佛孔雀石,他笑了一下,对自己很满意。

他抬起脸庞,那么温柔,如明媚阳光下的草地,他伸手把阿拉巴马揽进怀里,和缓但不容分说,紧紧搂住她,如同一个熟睡的人抱住枕头。

"喊我'亲爱的'。"他喃喃道。

"不。"

"为什么不呢?你爱我,不是吗?"

"我从来没对任何人这么说。"

"那你为什么不跟我说呢?"

"这会把事情搞糟的,跟我说你爱我吧。"

"天啊,我爱你,你爱我吗?"

她是如此的爱着这个男人,她感到他越靠越近,那么近,那么近,她有些目眩,好像贴在镜子上看自己的眼睛。他的脸,他的眼,一阵风一样吹走了她最后的意识。她感觉自己被无限拉扯,好像玻璃丝一样,几乎细不可见。

她的世界也随之旋转,一切都朦胧起来。啊,旋转吧,无所谓跌倒,无所谓打破,她如此渺小又欣喜若狂,跌入谷底又拔地而起,是的,阿拉巴马,你恋爱了。

她把头靠在他的肩膀上,感到一阵阵眩晕,好像坠入深不可测的深渊,灰色的,隐秘的,悄无声息但又平顺光滑。"我要去尽头看看。"阿拉巴马想。这时她头顶上一片湿润的云朵飘过,她无法控制地迎合上去。接着,她完全迷失了,好像置身一个巨大的迷宫,完全不辨东西,她跌跌撞撞前行,渐渐达到顶点,巨大的漩涡骤然升起,裹挟着她不停地旋转,疯了一样地旋转。终于,大卫停了下来,把嘴从阿拉巴马的双唇上挪开。

"我要去见你的父亲。"他喘息着说,"恳请他把你嫁给我。"

贝格斯法官坐在摇椅上晃来晃去。

"嗯,这样啊,我想也不是完全没可能,你觉得你能照顾好我女儿吗?"

"是的,先生,我觉得我可以,我家里有点钱,而且我自己也能挣钱,应该够了。"

大卫有些忐忑,其实他也没有很多钱,祖母和母亲手里大概有十五万美金。但是他想去纽约,成为一个艺术家,他的家庭很显然不会帮他。

但是,老天保佑,他们还是订婚了,他必须娶到阿拉巴马,至于钱,只是个符号,也许并不重要,谁知道呢——他有次做梦,梦到邦联①士兵在用南方的纸币擦鞋上的雪,已经输了战争,这些巨额纸币已经毫无用处,比纸还不如了。

转眼,又是春天了,毛茸茸的小黄鹂飞出来,颤巍巍地站在水仙花上,金银花从枝头垂下,草地上杂花盛开:雪花莲、报春花、银柳还有金盏花,挤挤挨挨如云如烟。

大卫和阿拉巴马走在积满橡树叶子的树林里,手里捧着刚采摘的紫罗兰。星期天的时候,两个人去看杂耍表演,坐

---

① 邦联:Confederate,指南北战争中南方各州的联盟,在战争结束后,南方作为战败一方,金融发生大崩溃,发行的纸币一文不名。

在剧场后面悄悄地牵着手。他们学会了唱《我的甜心》和《宝贝》,看《小瘸子》①的时候,他们俩坐在最后排的大箱子上,别人唱起"你如何知道",俩人就肆无忌惮地凝视对方。

细密的春雨浸泡着天空,等到云彩退去的时候,夏天来了,倾盆大雨和滚滚热浪瞬时席卷南方,阿拉巴马穿着淡粉色的裙子,和大卫一起坐在风扇底下,听着大叶子扇片把夏天搅成一团。

乡村俱乐部大门外面的夏天多么美好,他们走遍镇上的每一个角落,不管是在喃喃低语的爵士乐里,还是在山谷里热气腾腾的绿地上,他们好像开拓者一样,要在每一处留下自己的足迹。

他们在蜜糖一样的月光下情意绵绵,一刻也不愿分开。虽然有军令在身,但大卫宁愿通宵赶路去射击场,也不愿失去与阿拉巴马晚餐后独处的几小时。相比他们的爱情,一切都不重要,他们在爱情中不辨东西。

不下雨的时候,枯黄的山坡上空气干灼,砂石坑里的尘土四处飞扬,好像有人在里面挥舞球杆。乱蓬蓬的麒麟草把阳光摇碎,夏天热乎乎地躺在黏土路上。日子来来去去,随着学校第一天开学,又一个夏天结束了,秋天来了。

大卫的信也来了,他从港口出发时,给阿拉巴马写了封信,向她描述了纽约。也许,她终于可以去纽约了,在那里结婚。

---

① 《小瘸子》:*Hitchy-Koo*,一幕轻松音乐短剧。

他心醉神迷地写道:"这是一个金光闪闪的梦幻之都,是众神的作品,它悬浮于穿透一切的明蓝之上。街道上人群熙攘,摩肩接踵,好像糖浆上蠕动的小虫子,金色的楼顶闪亮如同国王皇冠上的金叶子。哦,亲爱的,你是我永远的公主,我真想把你珍藏于象牙塔之上,永远只属于我一个人。"

当他第三次提到"公主"这个词时,阿拉巴马希望他不要再提那个什么塔了。

她日夜思念着大卫·奈茨,无聊的时候她也跟一个长脸的飞行员去看杂耍。战争结束那天,幕布上拉了一个横布条:战争结束了,本剧加演两场。

战争结束了,大卫也回来了,他跟阿拉巴马坦白说,有次他喝醉了,在利顺德酒店曾经结交过一个女孩。

"哦,上帝啊。"她告诉自己说,"这有什么法子呢?"她想到了弗里克斯,想到了那个对她死忠的小狗脸中尉,她自己也强不到哪儿去啊。

她跟大卫说,这没什么,她相信只有当一个人感受到另外一个人的存在的时候才会产生忠诚,也许原因在她,没有让他死心塌地。

大卫一敲定婚礼事宜,贝格斯法官就让阿拉巴马北上旅行,父亲说这是一个新婚礼物,但是阿拉巴马和妈妈却因为结婚礼服的事吵起来了。

"我不要这个样子,我希望它们从肩膀上垂下。"

"阿拉巴马,我只能做到这一步了,放在肩膀上根本挂不住啊?"

"妈妈,你一定能做到的!"

蜜莉只好慈爱地看着她,连连苦笑。

"我的宝贝觉得我什么都能做到呢。"

起身离家的那天,阿拉巴马在妈妈的衣柜抽屉里留了一张字条:

我最最亲爱的妈妈:

我也许总是让您不满意,但我是那么那么的爱您,我是多么不想离开您,我不想您孤单一人,身边一个孩子都没有了,我会每天都想您的,别忘了我。

阿拉巴马

父亲把她送上火车。

"再见,我的女儿。"

他看上去英俊潇洒,体面骄傲,她死死忍住眼泪,当年琼也是忍着眼泪离去的。

"再见,爸爸。"

"再见,宝贝。"

火车把阿拉巴马送出了家乡,送出了她的童年。

蜜莉和法官坐在熟悉的门廊上,蜜莉紧张地摘着棕榈叶子,法官有一搭没一搭地整理藤蔓。

"房子太空了,你觉得我们是不是该换个小一点的房子?"

"蜜莉,我在这儿生活了十八年,到了这把年纪,我不想改变生活习惯。"

"可是这栋房子没有纱窗,冬天的时候水管老是冻住,再说离你办公室也太远了啊,奥斯丁。"

"我觉得很舒服,我哪儿也不去。"

古老的秋千轻轻摇晃,海边吹来阵阵微风。远处是孩子们的吵闹声,灯光在街道上拉出长长的影子。奥斯丁和蜜莉在门廊上坐了一会,然后他起身关掉百叶窗进门了,哪儿也不去,就住这栋房子。

他自言自语道:"搬什么家?活不活得到明年也不一定啊。"

蜜莉说:"乱讲!你每次都这么说,都三十年了。"

蜜莉责备地看了他一眼,嘴角沉下来好像降半旗的绳索,"跟你妈一样,她老说自己要死了,结果还不是活到九十二?"

法官嘿嘿直乐:"她最后是不是死了?"

他关了灯,两人上楼去了。月光在屋顶上蹒跚,最后笨拙地跳到蜜莉的窗台上。法官看了半个小时的黑格尔就睡了,他深沉的呼吸让蜜莉很安心,是啊,日子还长着呢,虽然阿拉巴马的屋子是黑的,琼已经不在了,蒂克西房子气窗上的挡板早就扔了,她唯一的儿子长眠在家族墓地,旁边是耶瑟丽娜·贝格斯和梅森·库斯伯特·贝格斯的合葬墓,但日子总是要一天一天地过。奥斯丁是万事也不放心头的,他的日子是一个世纪一个世纪地过的。

他们已经嫁过两个女儿了,但是这次不一样,阿拉巴马是家里最后一个孩子,她走了,这个家就空了。

阿拉巴马此刻正躺在巴尔的摩酒店2109房间,离开父母,以后的日子会是另外一个样子了。她现在倒是彻底没人管了,大卫·奈茨让她把灯关上,她也懒得理,这个世界上除了她自己，谁也不能让她做什么了，这么一想，她竟然有点不安。

大卫倒不在乎她是不是关灯，阿拉巴马毕竟是他的新娘，依着她就是了。他担心的是他最后一点现金用来给新娘买小说了，而她对此却一无所知。这是一本很好的侦探小说，讲的是金钱、蒙特卡洛①和爱情，阿拉巴马倚在床头看书的样子太可爱了。

---

① 蒙特卡洛：Monte Carlo，是摩纳哥公国最大的城市，位于地中海之滨，法国东南部，风光秀美，充满传奇色彩。

2

♦

I

这是一张大床,装饰繁复,他俩从未见过如此夸张的床,黑色的把手闪闪发光,白色床沿儿摇篮一样卷起来,床罩是特殊定制的,重重叠叠一直拖到地上。

大卫翻了个身,阿拉巴马就势滚到中间,把星期天的报纸压在身下。

"能不能挪点地方给我?"

"你这么个小人要多大地方。"大卫假装生气道。

"报纸上有好玩的事吗?"

"看看吧,写到我们了,我们还挺有名的。"他狡黠地眨眨眼睛。

阿拉巴马坐起来。

"真的?我看看。"

大卫拣出"地产版"和"股票版"扔到一旁,抖搂着剩下的报纸说:"还可以,不过他们说我们放浪形骸,该治治毛病了,不知道我们的父母看到这个会作何感想?"

阿拉巴马用手指缠绕着卷发:"他们不是几个月前就这么

认为了吗?"

"但是我们没有他们说的这么糟糕吧。"

"目前还没有。"她用手臂搂住大卫,"是吧?"

"我不知道,你说呢?"

他们一起大笑起来。

"看看还写什么了。"

"我们是不是太无聊了?"

"绝对无聊,不过多好玩啊——我们出名了至少。"

阿拉巴马跳下床,窗外灰色的道路一直伸向康乃狄克州①的地平线,形成一个巨大的十字,远处有一个独立战争时期的民兵石像,站在金光灿灿的太阳底下,这个地方的人民真是热爱和平啊。

车道在毛茸茸的栗子树下蔓延,斑鸠草被晒得枯黄,沥青也变软了,紫色的雏菊降落伞一样铺开花瓣。这座房子一定在这里很久了,周围遍种金色的麒麟草,它乐呵呵地蹲在里面,一言不发。

绿油油的土地朴素地伸展,夏日正尽情挥洒自己的热情,挑战着我们拘谨的神经,好像日本少女和服背后活泼的蝴蝶结。

穿上衣服,愉快地转了几个圈,阿拉巴马感到非常轻松自在,她想出去花点钱。

"报纸上还说什么了?"

---

① 康乃狄克州:Connecticut,纽约市北面的一个州,因为离纽约很近,而且有火车来往其间,所以很多人选择居住这里,可以享受优美的乡村环境,同时离繁华都市还非常近。

"还说我们很棒。"

"我就说嘛——"她开始梳洗打扮。

大卫乐了:"骗你的,小傻瓜,不过我觉得他们迟早会这么认为的。"

"才骗不了我,——大卫,你的画一定会成功的。"

"好了,别想了,自大狂小姐。"

十点钟的阳光从彩色玻璃透进来,两个人好像两只蓬乱的锡利哈姆犬①。

"大卫,快来看啊,这只手提包,就是你复活节给我的那个!"阿拉巴马一边扒拉衣橱一边冲他喊道。

她手里拿着一个灰色的皮包,衬里的缎子上有一个浅黄色的水渍,脏兮兮的,阿拉巴马难过地看着她的丈夫。

"我不可能拿这么一样东西去城里。"她说。

"你必须要去看医生啊——咦,这皮包是怎么搞的?"

"我借给琼了,还记得那天她喊我去搬小孩子的尿片吗?还冲我发脾气。"

大卫忍不住笑了。

"她干吗冲你发脾气?"

"她说我们应该省钱。"

"你怎么不告诉她花钱才是王道?"

"我说了,但她不以为然,我只好再告诉她,我们花得多,但挣得也快。"

大卫点头表示赞许:"她怎么说?"

———————
① 锡利哈姆犬:sealyhams,产于威尔士的一种白色小犬。

"她根本不信,她说没有我们这样的。"

"有家的人不会觉得我们的想法靠谱的。"

"哼,再也不理她了——大卫,我走了,再不走就赶不上火车了,下午五点见,在大楼大厅里。"

"好的,再见宝贝儿。"

大卫紧紧地抱了她一下:"如果火车上有人想把你偷走,告诉他们你有主了。"

"除非你保证永远不变心。"

"好了,拜拜。"

"真不舍得分开啊,一小会儿也不行。"

文森特·尤曼斯①在战后写了好多歌颂黄昏的音乐,它们美妙动听,把城市笼罩在一片靛蓝情调之中,这些乐章飘荡在墨黑的飞檐之下,迂回的小街之上,仿佛沼泽里的朦胧雾气,甚至紧闭的窗户里也会透出它们轻柔的气息。

经过战争的阴霾,这个世界终于可以喘口气喝喝茶了。穿着飘逸的短斗篷和长纱裙的女孩们,戴着浴帽一样的帽子在格瑞大厦的门口招手叫出租车。身着长缎裙子,彩色鞋子,帽子平得像井盖一样的女孩们在洛林大酒店和圣瑞吉的高级舞池跳舞,迷人的舞步响成一片。

巴尔的摩酒店的房顶上装饰着一只巨大的金色鹦鹉,天色晴朗的时候会发出夺目的光芒,它默默不语,神色冷漠地旁观着那些达官贵人的小型茶会和酒会,旁观着这个最新潮

---

① 文森特·尤曼斯:Vincent Youmans(1898—1946),美国百老汇著名的作曲家。活跃于20世纪20年代,是同时代的行业翘楚,创作了大量流传甚广的作品。

的豪华酒店淹没于一片觥筹交错中。

酒店大厅里聚集着等待的人们，他们百无聊赖，把棕榈叶子撕成一条一条的流苏。世界一下子陷于狂欢，莉莲·洛兰①可能在夜半时分把自己在酒店顶楼灌醉，集训期间的橄榄球员们也偷偷溜出来，喝得东倒西歪，吓坏了侍应生。这个世界充满孩子气，等着父母出来收拾残局。

刚进入社交圈的少女们凑在一起窃窃私语，"刚才那个是奈茨夫妇吗？""噢，我在一次舞会遇到过大卫·奈茨，但没说上话，亲爱的，下次记得介绍我认识。"

一个又酷又时髦的纽约腔插进来，"别想得太美了，人家有主儿了，而且恩爱着呢。"

另一群女孩说，"那人就是奈茨，你们没见过他的照片吗？"

"我们倒想见见他本人。"

当然，还是有人不仅仅把他们作为八卦对象。大卫曾经在这里做过严肃的演讲，是关于绘画上视觉节奏和星云物理学上的色彩关系的。

这个城市完全不知道自己有多重要，或者它根本无动于衷，这里挤满了大大小小的重要会议。纽约的天空好像宝座之后的华盖。

阿拉巴马从纽约回来了，大卫坐在她对面，有些严肃，有些拘谨——他们要讨论孩子的问题了。

---

① 莉莲·洛兰：Lillian Lorraine（1892—1955），美国20世纪著名的舞台剧女演员。

他追问阿拉巴马："医生怎么说？"

"不是告诉你了，医生说'小姐，你好！'"

"别跟我来这一套——他还说什么了？——我必须知道。"

阿拉巴马昂着头，宣示主权一样："好吧，医生说我们要有宝宝了。"

大卫愣了一下，继而在口袋里乱摸，"明明带了啊，不好意思，难道忘在家里了？"其实他心里在想，我们要变成三个人了啊。

"你在找什么？"

"镇静剂。"

"我刚才说，我们要有宝宝了。"

"哦。"

"我们是不是该听听别人的意见。"

"谁的意见？"

很多事是不言自明的，比如，大家都知道朗埃克药店里有本地最好的杜松子酒，够劲，能给你一激灵，而且你还可以品出橡木桶的味道。大家也都知道卡贝尔①的小说里有很多无韵诗，知道怎么搞到耶鲁比赛的门票，知道水族馆里有鱼，知道中央公园除了值班的警察之外还有别的人——但是，没人知道什么时候该有宝宝。

"我觉得你最好问问你妈妈。"大卫说。

"才不要呢，她会觉得我什么都不懂。"

---

① 詹姆斯·布朗奇·卡贝尔：Cabell（1879—1958），美国作家，以一系列讽刺小说而成名，大部分作品都是道德预言。

"那么,我去问问我的经纪人吧?"他小心地建议,"上次坐地铁的事就是问他的。"

这个城市充满了低沉的轰鸣声,好像演员谢幕时,广阔的剧场里渐渐响起的密集掌声。

从新阿姆斯特丹①来的音乐剧《蓝衣双侏》和《萨莉》②用震耳欲聋的声音和轻快的歌词让每个人都成为萨克风手,把大家都带回马里兰州和路易斯安那州,摇身一变成为了黑人嬷嬷和百万富翁。

女售货员们都把自己打扮成玛丽莲·米勒③的样子。大学的男孩子们提起《罗茜·奎因》④也会想到玛丽莲·米勒。电影女演员越来越红,保罗·怀特曼⑤优雅地拉着无与伦比的小提琴,那一年一票难求。

人们在酒店大厅久别重逢,浑身上下都是兰花、皮草和历险记的味道,人们互相询问好久不见哪里去了?卓别林也身穿黄色的马球衫出现了,人们已经厌倦了平淡朴素,大家争先恐后地开始出名,如果这个时候你还默默无闻,那么多半是在战争中挂掉了,战场是唯一对私生活不感兴趣的地方。

人们窃窃私语:"看啊,那不是奈茨夫妇俩?跳得多好啊。"

大卫说:"听着,阿拉巴马,你根本没在节拍上。"

---

① 新阿姆斯特丹:纽约的旧称。
② 《蓝衣双侏》,《萨莉》:均为百老汇歌剧。
③ 玛丽莲·米勒:Marilyn Miller,当时非常著名的百老汇女演员。
④ 《罗茜·奎因》:百老汇著名音乐剧。
⑤ 保罗·怀特曼:Paul Whiteman (1890 — 1967),著名的小提琴演奏家、作曲家、乐队指挥。

"大卫，看在上帝分上，你能不能别老踩我的脚。"

"我从来都跳不好华尔兹。"

暴露在众目睽睽中总是让人百般不自在。

大卫说："我必须得做点事了，老是活在别人的口舌之下不是太奇怪了？"

"没错，我也很高兴在我开始犯恶心之前，我父母要来。"

"你怎么知道你要犯恶心？"

"怀孕了啊，就会犯恶心的。"

"这没道理啊。"

"就是没道理！"

"还是跳舞吧。"

保罗·怀特曼曾经在巴黎皇宫演奏过《蓝衣双侏》，售票很贵。女孩们着装火辣，看上去都像葛萝丽亚·史璜森[1]。纽约变幻多端，千人千面，这个城市唯一的真实就是"不真实"，每个人都热衷纸醉金迷。

人们交头接耳，"我们有几个人要聚，你也来吧。"然后又加一句，"等我电话。"

整个纽约都在打电话，他们从一个酒店打到另一个酒店，抱歉自己被一场聚会绊住了，无法参加另外一场。到处都是酒会和茶会，直到深夜。

大卫和阿拉巴马邀请他们的朋友去种植园俱乐部狂欢，

---

[1] 葛萝丽亚·史璜森：Gloria Swanson，20世纪20年代美国著名电影演员，曾经入围过奥斯卡最佳女主角奖，也获得过金球奖，人们认为她是默片时期最著名的女演员。

自己却跑去纽约联合广场①看喷水池。他们一路哼唱着《新约》和《我国宪法》，心情愉快得好像在冲浪，没人知道"星条旗永不落"的歌词。

城里满是脚步匆匆的过客，面孔阴柔，如中欧街道上卖三色堇的老女人，巴士在第五大道上飞驰，坐在里面的女士们紧紧按住飞扬的帽檐，中央公园里永远飘着大片云朵。

纽约街头充满辛辣甜蜜交织的味道，好像金属花朵上的一滴露水。熙攘的人群，步履匆匆，兴奋难言，从小巷拥进大街，像飓风一样吸食着这个城市，带着它盘旋直上。

那些贪婪、自私、堕落，又充满天才的灵魂被这个城市吞噬，嚼碎，吐出来的渣子顺着暗流飘到海上。纽约是个蒸蒸日上的好地方。

曼哈顿的酒店登记员觉得他俩不像两口子，他一脸怀疑，但还是给他们开了一间房。

"何必那么紧张呢，不过是见父母而已。"大卫躺在床上，房间正上方有教堂式的穹顶，他饶有兴趣地欣赏上面的壁画。

"是啊，火车什么时候到？"

"差不多快到了，我现在就剩两块钱了。"大卫摸了摸他的口袋。

"我想给他们买点花。"

"阿拉巴马，这也太不切合实际了。"大卫又开始他的说教，"你现在除了那套美学理论什么都不顾了？要知道花不过

---

① 联合广场：Unioin Square，是纽约市的一个重要广场，位于百老汇大道和第四大道交汇处。它的得名不是由于庆祝联邦的联合，或者人们的联合，而是用于指出"此处是曼哈顿岛上两条主要大街的交汇处"。

是装饰品罢了。"

她也只好用逻辑反驳他:"反正那两块钱什么也干不了,为什么不买花呢?"

"倒也是,确实干不了什么事。"

酒店花店的芬芳在大厅里飘荡,好像银锤子轻轻敲打在天鹅绒上。

"不过,宝贝儿,万一要我们付出租车钱呢?"

"哦,别担心,爸爸肯定带钱的。"

车站的天窗上满是火车喷出的白烟,铁梁上挂着成排的灯,像未熟透的果子一样高高垂下。成群的人上下楼梯,肩膀压着肩膀,火车靠站时,铁轨发出踢踢哒哒的声音,好像无数的钥匙在开无数生锈的锁。

人们交谈着,说些无关紧要的话,"原来纽约车站跟大西洋城①车站没什么区别嘛。"——或者"你能相信吗,我们晚了半个小时候啊。"——或者"离开这么久了,这个城市一点没变。"人们熙熙攘攘地走着,行李彼此磕绊,心里恼恨自己的帽子在这座城市里有多么不合时宜。

"看啊,是妈妈!"阿拉巴马喊道。

"哦,见到您很高兴。法官您好,纽约看起来还不错吧?"

法官说:"我上次来的时候还是 1882 年,这个城市大变样了。"

"旅途还愉快吗?"

---

① 大西洋城:Atlantic City,位于新泽西州的中型城市,距离纽约市近三个小时车程。

"阿拉巴马,你姐姐呢?"

"哦,她有事来不了了。"

"是的,她来不了了。"大卫机械地附和着。

母亲一脸讶异,阿拉巴马赶紧说些闲话:"您看,上次见到琼的时候,她把我最好的行李箱借走了,去装孩子的尿片,从那以后就不大见着她了。"

法官一脸严肃,"借你的行李箱有什么不对吗?"

"那是我最好的行李箱啊!"阿拉巴马尽量耐着性子。

蜜莉叹了口气,"可怜的孩子,回头我们打电话给她吧。"

法官说:"等你有了孩子就知道了,这些小事不应该记在心里。"

阿拉巴马只是念念不忘自己的身材是不是显现出来。

蜜莉温柔地说:"我能理解阿拉巴马的心情,还是小孩子的时候,她就这样,不喜欢别人碰自己的东西,更别说借了,看来她一直没变。"

出租车载着一家人从一片雾气中开出来。

阿拉巴马不知道怎么开口让父亲付出租车钱,其实自从得知父亲对她的婚姻还算满意之后,有些话她就不好开口了。当女孩子们在大卫面前骚姿弄首,希望大卫给她们画像时;当大卫因为洗衣服把扣子洗掉了,就气得跳脚说这简直是在辱没他的才华的时候,她都不知道该怎么跟父母解释。

幸好这个时候法官说:"孩子们,你们去把行李搬到火车上吧,我来付出租车钱。"

终于坐上前往康州的火车了,虽然一路颠簸,但窗外的景致让人神清气爽。

新英格兰地区①多的是连绵起伏的小山丘和修建整齐的草地,小菜园星罗棋布,空气甜美得好像花束。树枝垂下轻抚着门廊,草地上一片小虫子的鸣叫。这是个处处都整齐漂亮的地方,找不到一块荒地,阿拉巴马刻薄地想,如果你要吊死谁,也只能吊死在自家后院了。

小路上蝴蝶翩翩,好像照相机的闪光灯,人们总是说:"你又不是花蝴蝶。"但是花蝴蝶有什么好的?傻傻地飞来飞去,还觉得自己能飞得很高。

临近家门时,阿拉巴马脸红了,"我们本来是要割草的,但是——"

大卫接茬说:"这样不是更好?多别致啊。"

法官和蔼地说:"我倒是不讨厌杂草。"

蜜莉也跟着说:"是啊,它们很特殊,有原野的味道,但是,你们晚上会不会孤单?"

"哦,不会,大卫的大学同学有时会来,而且,我们偶尔也去城里。"

其实阿拉巴马没有完全说实话,他们哪里是"偶尔去城里",他们几乎是一有空就去纽约,在那里消磨了一个又一个的下午,在小酒馆里喝柠檬汁,肆无忌惮地聊天。他们找各种理由进城,这个城市的一切都让他俩疯狂跟随,就好像救世军跟随基督,他们在彼此的躁动不安中求得解脱。

"欢迎你们,先生们,女士们。"谭卡站在台阶上迎接

---

① 新英格兰地区:New England,美国东北角毗邻加拿大的区域,包括六个州,由北至南分别为:缅因州,新罕布什尔州,佛蒙特州,麻省,罗德岛和康州。

他们。

谭卡是个日本裔的管家,这还是靠跟大卫的经纪人借钱才雇得起的。谭卡确实花费不少,因为他用黄瓜来打理花园,用黄油来保养鲜花,他擅长在日常消费上做手脚,挤出钱来去学长笛。

可是小两口又离不开他,他们曾经试图解雇他,但是阿拉巴马开罐头的时候把手划破了,大卫割草的时候又把画油画的手腕扭了。

这个东方人身体里好像安了个轴承,动起来一板一眼,迅猛生硬,而且经常出其不意地大笑起来,把周围的人都吓一跳。他转向阿拉巴马,用带着浓重口音的英文说:

"小姐,我们一会儿再见——是的,一会儿再见,请这边走。"

阿拉巴马费劲地明白了,"哦,他是让我去换衣服。"于是跟着他走进门廊。

"看那里。"谭卡不高兴地比画了一下。屋后门廊的柱子之间有一个吊床,两个年轻人正肆无忌惮地躺在上面,睡得东倒西歪,呼噜冲天,旁边是一个杜松子酒的空瓶子。

阿拉巴马皱了皱眉头,"谭卡,你最好去跟先生说一声,让他尽快处理——不过别当着我家人的面。"

"谭卡会非常小心的。"这个日本人点了下头,把手指竖在唇边做了个"嘘"的动作。

阿拉巴马叹了口气,回身去找蜜莉,"妈妈,我想您最好上楼休息一下,旅途一定很累,养养精神再吃晚饭。"

当她安顿好父母,从房间里出来的时候,正撞上大卫,

"阿拉巴马你怎么了?瞧你这一脸的不高兴。"

"怎么了?吊床上有两个醉鬼,如果爸爸看见了,我们就吃不了兜着走了。"

"把他们弄走不就行了?"

"他们根本烂醉如泥。"

"上帝啊,这个谭卡有什么用啊?就会眼睁睁地看着。"

"出了事推给下人,你觉得法官大人会满意你的处理方式吗?"

"说不定会吧——"

阿拉巴马无奈地瞪了他一眼说:"服了你了,算了,我也不管了,有些事躲也躲不过。"

"很糟糕吗?那两个醉鬼。"

"简直是惨不忍睹,这个时候他们最需要的是救护车。"阿拉巴马小声地说。

午后的阳光发出云纹绸一样的光泽,照着这座殖民地风格的房子,暖洋洋又生机盎然,壁炉台上的花朵舒服地伸着懒腰,在阳光里反射出明黄的色彩,好像沿着壁炉绣了一层金羽毛。

小两口摇了摇头,觉得他们无能为力,只好听天由命了。

管家用勺子轻轻敲打锡盘子召唤大家去吃晚饭。

奥斯丁法官倒是兴致不错,看着那些活像甜菜的玫瑰说,"我必须说,我很高兴看到阿拉巴马结婚后变成一位合格的主妇,这都是你的功劳。"看来法官大人很喜欢甜菜。

大卫却想着他衣服上的那些华丽的纽扣,都掉了,躺在楼上。

他只好模糊地回答:"是的。"

阿拉巴马紧张地说:"大卫也非常努力。"

正当她准备好好描述一番她的幸福生活的时候,吊床那边传来一阵声响,接着一个年轻人梦游一般地走过来,她还没有明白怎么回事,这家伙已经神情恍惚地站在大家眼前了,他呆头呆脑,衬衣的一角耷拉在裤子外面,站也站不稳。

他竟然还记得礼貌,"晚上好,各位。"

奥斯丁愣了半晌,"这位是你的朋友吗?要不要请他吃点东西?"

这个"朋友"突然傻笑起来,大家都吓了一跳。

蜜莉今天已经被谭卡别致的家庭布置搞糊涂了,现在更陷入云里雾里,虽然她一直鼓励她的孩子们交朋友,但眼下这个状况,她搞不懂了。

这时候第二个人也披头散发地蹭过来,满嘴胡言乱语,谁也听不懂他在嘟囔什么。

眼看法官要发作,大卫赶紧编造了一个烂理由,"哦,这是我朋友,他刚刚做完手术。"

"而且,做的是喉咙手术。"大卫机警地补充,同时狠狠地瞪了一眼这两个搞不懂状况的浑小子。谢天谢地,他们好像听进去了。

阿拉巴马不知道哪儿来的灵感,加了一句:"有一个人失声了。"

"好吧,希望是这样。"法官将信将疑地说道。他听起来还是怒气未消,但是得知不需要寒暄,心里暗暗松了口气。

这时,其中一个笨蛋突然来了一句:"没错,我确实说不了话,小姐说得对,我失声了。"

阿拉巴马想:"真要命,这下要我怎么说。"

蜜莉赶紧说些闲话,什么空气中有海潮气对银器不好之类。法官冷冰冰地看着女儿。桌子上的人不管出于什么目的都试图说些什么,好缓解这种尴尬,大家跳圆圈舞一样轮流说话,语无伦次,只求打个圆场,好像这样就可以把这个不愉快的小插曲抹掉一样,不管是小两口,还是老两口。

蜜莉夫人心烦意乱地乱说一通:"这个门楣很有趣啊,像希腊的浮雕。"

法官补充:"还是粗糙了些,不那么精致。"

两个惹了乱子的浑小子在地板上站也站不稳,摇摇摆摆。

一个终于讲话了,"如果大卫能借给我们二十块钱,我们倒是可以去小旅店待待,要不的话,也没办法,只好打扰你们了。"

大卫哼了一声,简直怕什么来什么。

阿拉巴马只好厚着脸皮说:"妈妈,您能借我们二十块钱吗?明天我去银行取了还您。"

"当然可以,亲爱的,在我楼上的抽屉里,"她尽量保持礼仪,"真遗憾你的朋友们要离开了,希望他们在这里待得愉快。"

事情貌似解决了,大家都不讲话,蟋蟀的鸣叫声清晰可闻,好像有人在咯吱咯吱吃蔬菜,这尴尬简直要人命。

地里的青蛙鼓着肚子咕呱乱叫,门口的橡树伸出粗大的树杈,树影在窗户上左摇右晃,这两人终于走了,大家长出一口气,气氛渐渐缓和了。

晚上，阿拉巴马爬上床，紧紧依偎在大卫身边，一副劫后余生的表情，"好险啊，差一点。"

"是的，"大卫说，"我都说了，不用担心。"

这是个"不用担心"的时代，波士顿邮政路①上开车的人们总是说"不用担心"，以至于老有人喝多了酒，开车撞上消防栓、卡车或者石头墙什么的，而警察也在嘟囔着"不用担心"，懒得逮捕他们。

刚睡了没多久，小两口就被草地上聊天的声音给吵醒了，才刚刚凌晨三点。

大卫只好穿上衣服下楼去查看，一个小时之后，声音反而更大了。

阿拉巴马根本睡不着，索性起来了，她听到大卫在楼下说话——"如果你们能小点声的话，我倒可以跟你们喝一杯。"阿拉巴马开始穿衣服，万一需要叫警察的话，她不希望自己衣冠不整。

她推开厨房门，大卫试图阻止她。

"亲爱的，别插手，我来搞定，放心吧。"他用一种夸张但略带沙哑的嗓音神秘兮兮地说。

阿拉巴马怒气冲冲地看着一片狼藉，"噢，得了，快闭嘴吧。"

大卫几乎是乞求了，"真的，阿拉巴马，相信我。"

她不理他，继续指责，"你一直说我们会体面地生活，可

---

① 波士顿邮政路：Boston Post Road，美国东部的主要路线，在没有高速公路的时代，这条有红绿灯的路是唯一贯穿美国南北的道路，连接加拿大到佛罗里达。

是你现在看看,这都成什么样子了?"

"不用担心,大卫说得完全没错。"地上躺着的那个人有气无力地说。

"我父亲要下楼来看见了会怎么说?他还会说'不用担心'吗?"说到这儿她指着地上的罐头轻蔑地问,"这是怎么回事?"

大卫解释说:"番茄汁,能解酒,一般来说,我都是让他们先来点番茄汁,再给他们杜松子酒的。"

"给我!"阿拉巴马试图夺下大卫手里的酒瓶,大卫挡了她一下,她滑向厨房门边,为了防止自己栽进大厅,她只好往旁边冲去,结果一头撞在门框上,鼻子马上喷出了血,好像刚出油的油田一样,哗哗直流,衣服的前襟立刻红了。

大卫赶忙说:"阿拉巴马,快到水池边来,屏住呼吸,我去看看冰盒里有没有冻牛排,你需要冷敷一下。"

一阵忙乱之后,天亮了,曙光流水一般涌进乡村,那两个男人终于跌跌撞撞地出去找旅店住了,大卫和阿拉巴马闷闷不乐地处理她的乌眼圈。

"他们肯定觉得是我干的。"他说。

"肯定的,我说什么他们也不会相信的。"

"他们要看见我们亲亲热热的,就会相信。"

"得了吧,人们总是去相信更精彩的版本。"

法官和蜜莉一大早下楼的时候,厨房还是乱得不能看,被水泡过的烟头小山一样堆着,谭卡站在炉灶前,正在煎培根,脸上一副准备看好戏的神情。到处都是空酒瓶和橙汁瓶,连个下脚的地方都没有。

阿拉巴马头疼欲裂,好像有人在里面爆米花,她脸上覆盖着厚厚的粉,试图掩盖淤青的眼睛,活像戴了个假面具。

"早上好!"她故作轻松地说。

法官气得直瞪眼。

"阿拉巴马,"他说,"我和你妈想好了,今天就打电话给琼,她肯定需要人给帮忙照看孩子。"

"是的,父亲。"

阿拉巴马虽然对他们的态度早有准备,但还是止不住地沮丧。不过她也知道,为了讨好别人伪装成不是自己的样子,一天两天也许可以,但早晚有天要原形毕露的。

"而且,"她倔强地想,"那些在我们没有思考能力之前被灌输的规矩,家庭也没有权利让我们为其负责。"

法官继续说道:"既然你跟你姐姐最近不那么融洽,明天早上我们单独去见她。"

阿拉巴马呆坐在那里,盯着昨晚的残骸。

阿拉巴马苦笑着说:"我猜琼一定会找各种理由为自己辩解,说我们是多么难相处,相比之下她是多么无能为力,相信听了她的故事之后,你们就会觉得我们简直就是十恶不赦。"

法官说:"放心吧,我不会对你们的言行做任何道德上的评价,你是一个成年人了,你应该为自己负责。"

"我明白,只要不喜欢,您就会离开,只要不是按照您的意思生活,您就会让我为自己负责,所以,我觉得我也没有权利再请您留下了。"

法官回答:"没有贡献之人也无所谓权利。"

法官和蜜莉夫人乘坐着堆满货物和牛奶罐的火车走了，即使说再见的时候，他们也不是太高兴，过几天他们就直接回南方了，不再回来看他们。

不久大卫就要出门一段时间去查看他的画作，法官和蜜莉夫人都认为大卫出门的时候，阿拉巴马最好乖乖待在家里，实际上，他们对大卫越来越大的名声还是满意的。

大卫劝她："别难受了，我们还会再见到他们的。"

阿拉巴马忍不住抽抽搭搭："可是一切都变了，他们发现我们不是想象的那样，从此以后我们的形象要大打折扣了。"

"天哪，我们不是一直没什么形象吗？"

"可是，大卫，人生怎样才能两全呢？又做自己，又做父母眼里那个乖巧，甜美，处处等着别人来保护的姑娘呢？"

"我相信不光是你一个人这么想，别操心了，取悦别人总是很难，很多时候我们唯一能跟别人保持一致的不过是对天气的看法。"

文森特·尤曼斯一直在写曲子，当阿拉巴马的孩子出生的时候，医院的手摇风琴还在演奏那些旧曲调，新曲子已经欢快地在豪华的酒店大厅和棕榈花园里飘荡了。

蜜莉给阿拉巴马寄来了包裹，里面都是小孩子的东西，还有一张清单，罗列着给孩子洗澡的注意事项，她让阿拉巴马把它挂在洗手间的门上。

实际上母亲一收到邦妮出生的电报，就急不可待地回电了，信中满是喜悦之情："我的蓝眼睛的宝贝长大了，我为你骄傲。"电报局给写成了"烂眼睛"。妈妈还说，从此之后她应该安分一些了，言外之意小两口以前太荒唐了。

当她读那些电报的时候，仿佛听到门廊上生锈弹簧门的吱吱作响，还有柏树沼泽里的青蛙叫声。

纽约还是那个纽约，满眼繁华，河岸上装点花灯，粼光闪闪，仿佛绳索上系的一串小灯笼，长岛在暮色里尽情延伸下去，好像蓝色平原，高楼矗立于朦胧天色之间，如一挂拼布毯子从天而降。

那些机敏的，明智的，破烂的，落魄的，都在这个感伤的黄昏下自我消失。城市平躺着，黑红相间，任由边缘地带充斥着邪恶。是的，文森特·尤曼斯又写了新曲子。爵士乐构架出伤感的迷宫，人们摇头晃脑地行走在路上，跟认识的人点头致意，城市好像大船，上面排满了玩偶一样的小人儿。

孩子的降临为这个小家庭带来很多骄傲和喜悦，也让大卫和阿拉巴马的开销骤增，两年里他们花了不少钱，给自己装点奢侈的门面，他们觉得很值。在现实生活中，最物质的人也没有像艺术家一样，对生活索取无度，就算情感上的付出他们都要求双倍的奉还。

那些年，人们都在跟上帝讨价还价。

银行职员站在大理石门厅里，殷勤地询问："早上好，先生，《雅典娜》的画钱已经到账了，您是准备取钱吗？"或者"需要我把《黛安娜》的画钱放到您太太的户头吗？"

坐在出租车顶上比坐在里头更需要勇气和金钱，约瑟夫·乌尔班[①]的舞台背景如果变成真的也将所费不赀。太阳升

[①] 约瑟夫·乌尔班：Joseph Urban（1872—1933），纽约著名的建筑家、插图画家、舞台布景艺术家。

得高高的，洒下一片银针来修补这个城市的大街小巷，一针魔法，一针劳斯莱斯，一针欧·亨利。疲惫的月亮只求更疯狂的潮汐。

在这黑暗之池中浸染，奈茨夫妇只好更加张扬任性，他们前前后后花了五万块，给邦妮买了一个纸板婴儿护士，一辆二手的马蒙汽车，一幅毕加索的蚀刻版画，一件给串珠鹦鹉穿的白缎袍子，一件绣满仙翁花的雪纺裙子，一件油漆绿的裙子，两件白色的几乎一模一样的尼克博克西装①，一件职业西装，还有一件沉闷得活像八月荒地的英式西装，最后，他们买了两张去欧洲的头等舱船票。

他们的行李里挤满了阿拉巴马收集的泰迪熊，大卫的军大衣，还有他们结婚时四角镶银的大相册，里面满是让人们艳羡的美好时光。

"再见。"人们在舷梯上纷纷说着道别的话，"有一天你一定要尝尝我的佳酿。"或者"夏天的时候乐队会去巴登巴登②，说不定我们到时候会再见。"或者"别忘了我说过的话，钥匙在老地方。"

"真高兴啊，"大卫把自己舒服地放在雕花大床上，"我们要离开了。"

阿拉巴马手里拿着小镜子，认真研究自己的脸。

---

① 尼克博克西装：knickerbocker suits，一种荷兰式样的西装，上半身与英式西装雷同，下半身的裤子长度只到小腿肚，穿的时候男士要配长袜子。
② 巴登巴登：Baden-Baden，德国西南部的一座城市，位于法国边界的黑林山，很长时间以来它都是欧洲最受欢迎的旅游胜地之一。马克·吐温曾对巴登巴登做过如下评价：五分钟你会忘了你自己，二十分钟你会忘了全世界。

"开船之前还有一个派对,真想知道维奥莱-勒-杜克①能不能修复我这张脸。"

大卫凑过来作势端详了一番。

"你的脸怎么了?依我看挺好的。"

"粉刺太多了,我不去茶会了。"

大卫不以为意地说:"我们一定要去,就是因为你的小脸蛋,才开这次茶会的。"

"要不是因为太无聊了,我也不会把脸搞成这样。"

"好了,阿拉巴马你一定要来,人家要问我'奈茨先生,您那可爱的太太呢?'我只能说'哦,我太太呀,她在家挤粉刺呢。'这听起来像话吗?"

"你可以说饮酒不适,或者水土不服啊。"

阿拉巴马垂头丧气地看着镜子,奈茨两口子看上去没什么变化,女的依然一副刚起床的样子,男的兴致高涨,好像正在百万码头②上寻欢作乐。

"我想去,"大卫说,"看看这天气吧,也没办法画画,不如去找点乐子。"

外面正下着雨,他们第三个结婚纪念日就这样在雨中度过。这一路上雨水也太多了,中音雨,高音雨,英国人的雨,

---

① 维奥莱-勒-杜克:Viollet-le-Duc,法国建筑师,主要成就为修护中世纪建筑,最有名的工作是修护巴黎圣母院。
② 百万码头:Million-Dollar Pier,位于大西洋城的人工码头,全长1775英尺,由钢筋混凝土搭建的方形码头,于1905年由著名的娱乐业大亨约翰·杨投资建成,码头上挤满了各种娱乐设施、水族馆、电影院、无线报局、饭店、酒吧。百万码头迅速成为著名地标,在商业上取得辉煌成功。随着约翰·杨的去世,百万码头几经易手,百万码头这个名字也随着改变,目前是一个大型的购物中心,叫作码头购物中心。

农夫的雨,橡胶雨,金属雨,水晶雨。远处的春雷阵阵,水汽蔓延,紧压在大地之上,让人喘不过气来。

她叹口气说:"去的人一定不少。"

"那儿永远都是很多人,你不想跟你的男朋友说再见吗?"大卫揶揄她。

"大卫,我有些受够了,总是有那些高谈阔论的男人,以前他们坐着出租车来,现在直接坐到我旁边来了,一身烟味,懒得理他们。"

大卫想说什么又忍住了,"算了,不跟你说这个。"

"说什么?"

"某位愤世嫉俗的美国妇女对世俗的无奈妥协。"

"天哪,快算了吧,你该不会是在嫉妒我吧。"

"当然是啊,你不嫉妒我吗?"

"真过分,我觉得我们不应该互相嫉妒啊。"

"好吧,我们扯平了。"

他们情意绵绵地望向对方,这场景也怪有趣的,两个蓬头垢面的人。

下午茶的时候雨停了,空气中还有水汽,远远一轮苍白的月亮,躺在一堆云朵之间,软绵绵的。

派对的地点是码头上的一间高级公寓,人满为患,门口有好闻的肉桂吐司的味道。

当他们彼此寒暄的时候,管家出来了,"亲爱的来宾们,主人有事不能相陪了,但是他让我转告大家,请不要拘束,尽情享乐吧。"

大卫说:"成功逃脱啊,人们总是有这事那事的,反正就是躲起来,这个鸡尾酒会难道不是很早之前就定下日期的吗?"

阿拉巴马有些失望,"为什么这么突然。"

阿拉巴马和大卫可是常客了,管家不想他们太失望,悄悄过来说实话,"先生出海了,带着他的一百三十条手织手帕,大英百科全书,还有两打弗朗西斯-福克斯软膏①,您没发现他的行李不在了?"

阿拉巴马还是不开心,"他至少要跟我们说个再会啊,他明明知道我们要来,而且他也知道这一走,只怕好多年见不到了。"

"亲爱的夫人,他确实让我转达了,他说,'再会'。"

每个人都希望自己也能这样,他们说,最开心的事情莫过于逃离现在的生活。派对上最不缺哲学家、辍学的大学生、电影导演和知识分子了,他们纷纷加入讨论,最后一致得出结论:人们之所以这么浮躁,是因为战争结束了。

大家还七嘴八舌地说了好多欧洲的事情,他们告诉阿拉巴马,夏天暴露在里维埃拉②实在不是个好主意,这个时候抱着孩子去很容易得霍乱,大人们就算不得病也早晚会被法国的蚊子咬死,那里的食物也难以恭维,除了山羊之外没什么可吃的,地中海那些城市连下水道都没有,如果想找点冰块

---

① 弗朗西斯-福克斯软膏,Frances Fox ointment,盛行于20世纪20年代的一种清洗液,可做洗发香波和洗手肥皂。
② 里维埃拉,Riviera,又称为蓝色海岸,地处地中海沿岸,属于法国东南沿海的一部分。蓝色海岸被认为是最奢华和最富有的地区之一,世界上众多富人、名人汇集于此,附近的滨海小城戛纳以每年一度的电影节闻名于世。

加在威士忌里更是痴心妄想,所以要去的话,一定要带足罐头。

月影在屋中滑动,映出那些新潮家具的流畅线条。阿拉巴马坐在角落里,身上披着柔和的月光,想着心事。喔,她忘了把小儿止泻药还给邻居了,那半瓶杜松子酒可能已经给谭卡喝掉了,如果保姆让邦妮在酒店睡过头,那么上船后她就不会再睡了,她应该临走前打电话给妈妈告别,但既然已经这么远了,还是算了吧,会吓着她的。

她抬起头来,望着玫瑰粉色客厅里的人群,他们看起来多么开心啊,母亲如果在,也会说:"我好开心啊。"但是阿拉巴马对自己说:"开心与否真的那么重要吗?自己还是宁可有更有趣的事情发生。"

早春的月光像冰刀一样,在街角留下半月形的光环,她耸了耸肩,船上可能会更有意思吧,有舞会,还有乐队,一起演奏那个"啊——嗯——啊",你知道的,就是文森特·尤曼斯刚写的,关于忧伤的曲子。

船上的酒吧里一股潮湿的味道,空气黏稠得像糨糊一样,阿拉巴马和大卫穿着晚礼服端坐在酒吧的高凳上,溜光水滑,活像两只俄国狼犬。船舱乘务员正在看船上的报纸。

"你看,那好像是斯尔维亚·普利斯特里-帕斯内普爵士夫人,我们是不是应该请她喝一杯?"

阿拉巴马转过头去,看到一个女人独自站在那里,"好吧,她不是跟她丈夫一起上船的吗?"

"看来今晚没来,嗨,您好吗?夫人。"

斯尔维亚夫人啪嗒啪嗒地走过来,好像一只笨重的海洋生物在沙滩上爬行。

"我一直在找你们两个呢，大家都在开玩笑说这船要沉了，所以今晚我们必须有场舞会，好好热闹热闹，我想邀请你们两个来参加我的晚宴。"

"帕斯内普夫人，您不必这么客气，而且我们也不想让朋友们太破费，是个什么样的晚宴呢？"

"我倒没那么大方，"她摆摆手说，"总得有人参加我的晚宴吧，我听说你们俩很恩爱，噢，我先生过来了。"

她先生一直以知识分子自居，但实际上，他只是擅长钢琴。

"我一直很想认识你们呢，我太太斯尔维亚一直跟我说，少见的相亲相爱的小两口。"

"旧时代婚姻的受害者。"阿拉巴马笑了，"不过，要提前声明，我们不会付酒钱的。"

"噢，亲爱的，不用你们付，朋友们已经很久不跟我们抢账单了——自从战争之后，我也不指望他们。"

大卫插嘴说："这天气，看起来要有风暴了。"

斯尔维亚夫人说："有点意外不是坏事，就好像你穿上精心准备的内衣，总是希望有点刺激的事发生吧。"

"对我来说，发生意外的最好方式就是晚上抹了祛痘霜再睡觉。"阿拉巴马一边说一边优雅地跷起腿。

大卫说："没错，如果您现在去我们房间，会发现到处都是八角皂。"

"噢，那些是我的朋友，"斯尔维亚夫人突然打断他们，"这些英国人被送到纽约来拯救他们的颓废，而美国人呢，又争先恐后地跑到英国来附庸风雅。"

"所以我们才要广结朋友，否则真不知道怎么度过这个漫长的旅途呢。"四个漂亮的人儿一边往这走一边高声说。

"盖勒夫人，你呢？晚上也来我的晚宴吧。"

盖勒太太眨了眨她的圆眼睛。

"我当然很愿意，但是我老公，斯尔维亚夫人，您也知道，他无法忍受派对。"

斯尔维亚夫人笑了，"噢，亲爱的，这很正常，我也一样。"

"我们也一样。"大家都齐声附和。

"但肯定没我更反对，"夫人坚持道，"我曾经热衷于开派对，那时我家里川流不息，派对一个接一个，直到有一天他们把我的房子搞得乱七八糟，我实在受不了了，只好离开，唉，我的阅读室都毁了。"

"干吗不把房子修好呢？"

"我留着钱开更多的派对呢，其实，我也不怎么读书，阅读室是给我先生准备的，我多爱他啊，他想要什么我就给什么。"

帕斯内普爵士插嘴道："客人们练拳脚，把灯打坏了，斯尔维亚为这个很不开心，拉着我去了美国，我们这是在返程途中。"

他太太果断地说："美国虽然是个大乡下，但是你一旦适应了，就会爱上它。"

晚宴跟船上的其他饭菜没什么区别，一股咸抹布味儿。

"我们必须打起精神，别让那些服务生小看了。"斯尔维亚夫人俨然一副上等人的样子。

"我一直都特别小心,"盖勒夫人说,"真的,周围老有质疑的声音,我必须小心翼翼,别出一点岔子,我们曾经都不敢要孩子,怕生下来是个杏仁眼蓝指甲的怪胎。"

帕斯内普爵士表示同意,"没错,这就是朋友,口蜜腹剑,他们把你拽进一个无聊的晚宴,在里维埃拉把你切了,在比亚里茨①把你吞了,然后再全欧洲地散布谣言,说你是个长着尖牙的怪物。"

一个美国人说:"女人一旦结婚了,就会被各种品头论足,她们就变得谨小慎微起来,不像以前那样有意思了。"

大卫说:"深有同感,而且,一旦你爱上她,你就永远摆脱不掉她对你的指手画脚。"

阿拉巴马插嘴说:"你想摆脱就摆脱吧,我批准了。"

"这倒是,"斯尔维亚夫人补充说,"人际关系中的隐私越来越不被重视,这真让人忍无可忍了。"

"说到隐私,"她先生说,"斯尔维亚是指那些不光彩的事情。"

"噢,亲爱的,好的坏的,都一样的。"

"是的,我同意你,老婆大人。"

"当今这年头,总是有人无法无天。"

斯尔维亚夫人叹口气说:"可不是嘛,还出来招摇,不显摆显摆他们多能钻空子就难受得不行。"

---

① 比亚里茨:Biarritz,法国西南部的一个城市,早期以捕鲸业为经济支柱,18世纪以降,因为海滩风景秀美而成为著名的度假疗养胜地。

大卫说:"世道虽然这样,但我认为婚姻才是我们唯一搞不定的东西呢。"

"少来了,人们都说,你俩婚姻很幸福。"

阿拉巴马笑着说:"那我们就去罗浮宫展示我们的幸福婚姻吧,看来法国政府已经批准了。"

"我还以为我跟斯尔维亚是唯一一对相爱的夫妇呢——当然,如果没有艺术,这也是很难办到的。"

那个美国人说:"大多数的人认为,婚姻和生活是两码事。"

英国人插嘴说:"生活跟什么不是两码事?"

斯尔维亚夫人举起酒杯:"生活难搞得很,再来些香槟怎么样?"

"噢,当然,暴风雨就要开始了,我们还是先给自己来点解药吧。"

"我从来没见过海上风暴,风暴过后会留给我们一个烂摊子吧。"

"哈,只要不淹死怎么都好说。"

"别担心亲爱的,我先生说了,如果在海上遇到风暴,没有比待在船上更安全的了。"

"噢,这是当然了。"

"绝对的。"

暴风雨来得很凶猛,船拼命地摇晃,俱乐部的台球桌撞在柱子上,当场粉碎,到处是粉碎的声音,这条船似乎撑不下去了。一种死一般的绝望弥漫而来,船员们在走廊上跑来跑去,用绳子固定大行李。午夜的时候,绳索断了,壁灯松了，水从通风口倒灌进来，淹的到处都是，而且有谣传，船上的无线电坏了。

全体船舱乘务员在楼梯底下站成两排，让阿拉巴马吃惊的是，他们在危难关头表现出极强的纪律性，他们表情严肃但毫不慌张，有一种面对大灾难时毫不退缩的气概，见者无不备受鼓舞。

"共患难容易，但是作为领导者指引大家走出困境就难了，"她从走廊上深一脚浅一脚地跑回自己房间，"这也许就是父亲一直很孤独的原因吧。"

一阵巨浪袭来，把她从屋子这头晃到了那头，她感到腰都快断了，"上帝啊，沉就沉吧，别这么摇晃行吗？"

邦妮怯生生地看着母亲，"别害怕，妈妈。"

阿拉巴马虽然吓个半死，但还是柔声安慰孩子："宝贝儿，妈妈不害怕，你现在要两只手抓住床沿，如果从床上掉出来，你会摔死的，我去找爸爸。"

船摇晃得厉害，几乎站不住脚，她紧紧抓着栏杆，东倒西歪地往前走，所有人都吃惊地看着她，好像她疯了一样。

阿拉巴马跌跌撞撞路过指挥室，对着一脸平静的联络员歇斯底里地喊道："为什么不通知大家救生船的位置？"

他吼回来："回到你的房间去！这种情况下什么船也放不下！"

她找到大卫的时候，他正坐在酒吧里，和帕斯内普爵士一起，桌子被摞在一起，椅子被固定在地板上，又捆上了绳索，两个人竟然还在喝香槟，虽然他们晃来晃去，跟两个脏水桶似的。

老先生很平静地在说故事："那是我从阿尔及尔回来的路上，糟糕极了，从来没有过的糟糕，我几乎是走在船舱的墙上，而且战争中救援又特别不给力，我觉得船是一定要沉的了。"

阿拉巴马几乎是爬着过去的，荡秋千一样从一根柱子晃到另一根柱子，"大卫，你必须下到船舱里去看看。"

他看起来还算清醒，至少比旁边那个英国人强，听了阿拉巴马的要求他不以为然，"亲爱的，我下去有什么用呢？"

"不知道，但是我觉得我们应该一起下去。"

"噢，算了吧。"

她只好独自离开，跌跌撞撞中她听到那个英国佬在背后高谈阔论，"是不是很有趣？危险能激发人们的热情，在战争中——"

危险只是激发了她的恐惧，她感到自己如此无助，两边的海浪拍打过来，船舱变得越来越小，两边都在挤压，令人窒息，胃里也在翻江倒海，要吐了。她只好硬撑着，又过了一会儿，似乎是适应了，不那么难受了，邦妮紧紧挨着她，睡着了。

她抬起头来张望，舷窗之外除了水什么都没有，连天空也看不见，她浑身发抖，整晚都惊恐不已，不知道天亮之后自己是不是还活着。

早上的时候，阿拉巴马紧绷了一晚上的神经几乎要断了，她感觉又恶心又惶恐，根本无法在船舱里待着。

风暴没有那么猛烈了，大卫扶着她去酒吧，帕斯内普爵士已经在一个角落里睡着了，背对着大家的真皮高椅里坐着两个人，正在压低声音热烈交谈。

阿拉巴马点了一份蒸土豆，真希望这两个男的别再喋喋不休了。"我是不是太挑剔了？"她木木地问大卫，大卫说所有的女人都是。"好吧。"这次阿拉巴马倒是顺从地同意了。

她看不到交谈的是两个什么人，只听到一个声音在不停地卖弄学识，活像一个平庸的医生只会人云亦云地给患者背书，而另外一个声音呆板无趣，潜台词里全是牢骚。

"这还是我第一次认真思考这个问题——不管是生活在非洲的人，还是其他什么地方的人，以至于全世界的人，据我的观察，人人都自以为是，其实他们知道的那点儿东西还差得远呢。"

"喔？您的意思是？"

"今天的人号称文明，其实对生存的了解不过是老生常谈，几百年前的人都明白的道理，说到底就是'顺其自然'四个字，能活下去的，你也杀不死。"

"哦，这个啊，这个还用观察吗？死的都是活不下去的。"

一个声音明显不高兴了，另一个声音话锋一转，说起了别的。

"在纽约的时候经常去看秀吗？"

"三四场吧，都是平庸之作，毫无启发，简直浪费我的时间！"

"这倒是，他们应该做出一些对社会有正面意义的东西来。"

"前两天我跟一个做报纸的人聊过，他对我的意见深表同意，我跟他说，学学人家《辛辛那提问询报》吧，从来不报道丑闻和八卦，干干净净，这才是第一大报该有的样子。"

"不错，不是公众的问题，而是媒体，他们有社会责任，该想想怎么做。"

"当然，所以我经常去看秀，看这帮人是不是知道进步了。"

"我去得不大多——一个月三四次而已吧。"

阿拉巴马听不下去了，跺了跺脚："简直无法忍受。"整个酒吧闻起来就是橄榄盐水和骨灰的味道，她转头跟大卫说："告诉服务生，把我的土豆拿到外面去。"

她刚刚走到甲板上，一个巨大的浪头扑过来，幸好她紧紧抓住了栏杆，她听到椅子嗖的一声被抛到甲板的另一边，紧接着眼前出现一个巨大的浪头，好像一块大理石碑迎面砸来，还没等她反应过来，浪头又倏忽不见了，一滴水珠都没有留下，船在空中摇摇欲坠。

身边一个英国人气定神闲地说："在美国，所有的事情都跟风暴一样，当然，你们不禁要问，我们不是已经离开了吗？"

她看了他一眼说："也许英国人从来不惧风暴。"

大卫说："不用担心邦妮，阿拉巴马，她还是个孩子，什么都不知道。"

"所以才更令人担心，万一有个闪失可怎么办？"

"不见得，如果非要在你们之间做个选择，我会选择你，至少你已经成人了，还出落得这么优秀。"

"我宁可选她，将来她会成为一个了不起的人。"

"可能吧，虽然我们都不是什么了不起的人，当然，咱们也没有那么糟糕。"

"大卫,说真的,你觉得我们能安全度过这次风暴吗?"

"乘务长说这是来自佛罗里达的飓风,现在风速是每小时九十英里——七十英里就算是龙卷风了,咱们的船目前最大倾斜到三十七度了,看来是要突破四十大关才肯罢休。当然,乘务长也说了,风速总是要减慢的,别担心,担心也没用。"

"好吧,不过,你现在想什么呢?"

"没想什么,临危不惧是我的优点之一,我这人有太多优点,还真让人不大好意思啊。"

"我也不大想其他事情,目前看来风景还是美的——沉不沉的无所谓了,从小我就泼辣。"

"是啊,面对灾难,自我是那么渺小,当不得不放弃焦虑的时候,我们反而获得了自由。"

"管他呢,反正依我看,不管是在这艘船上,还是在其他的聚会里,我还真没碰到什么死了我会惋惜的人呢。"

"看来只有天才之死才会让我们的阿拉巴马动容呢。"

"不是,我看重那些在科学与文明的进程中,承前启后的人。"

"他们承载了过去?"

"更多的是预示了未来。"

"像你爸爸那样的人?"

"不管怎么说,我爸爸尽了他的本分。"

"很多人也尽了他们的本分。"

"但是他们不自知,自觉意识也很难得,我觉得。"

"那么教育的目的就是让我们认清自己,最大程度上实现人类的可能性?"

"这就是我的意思。"

"好了,尽说傻话。"

三天之后,一切如常了,邦妮吵着要去娱乐厅看电影。

阿拉巴马说:"你觉得她应该去吗?好像有些关于性的话题,会不会少儿不宜啊?"

斯尔维亚夫人说:"肯定的,不过,如果我有个女儿,我就让她场场不落地去看,早接受这些对她将来有好处,再说了,上船的钱我们都花了不是?"

"喔,这样啊,那我也没什么主意了。"

"哈哈,亲爱的,我也只是这么一说,但是,性这个东西是本能的。"

"邦妮,你自己选吧,少儿不宜?还是在甲板上散步?今天阳光也蛮好的。"

邦妮今年才两岁,但是她的父母觉得她又聪明又懂事,仿佛二百岁了。在她断奶的那几个月里,奈茨一家想尽办法去转移她的注意力,其中之一就是事事询问她的意见。

孩子也很快给出了意见,她咿咿呀呀地说:"邦妮,走,走,往后走。"

天空在风暴之后显得没精打采,美洲大陆早就被甩在身后,繁荣的欧洲大陆就在前方。

阿拉巴马和邦妮在甲板上踢踢踏踏地走了一会儿,累了,就停下来靠在船舷上。

阿拉巴马说:"夜晚的时候,航行都变得妙不可言。"

邦妮伸出小手指,"看,星星!"

"啊,是北斗星,时空好像都静止了一样,很多年前我在航空馆的一个小玻璃盒子里也见过这么漂亮的星空。"

"一样一样吗?妈妈?"

"是的,不同的只是人们看待它的方式,任何事情都是不同的,这取决于你看它时心中所想。"

空气微咸,令人心旷神怡的淡淡海洋之味。

阿拉巴马想:"如此广阔,如此美丽,世界上最动人的事情就是茫茫无垠了。"

一颗流星倏忽穿过星空,好像一只肆意的蜂鸟。它划过金星、火星、海王星,最后消失在遥远的地平线上,留下一线白光。

邦妮赞叹:"真好看啊。"

"这可能就是给你孙子的孙子的孙子准备的哦。"

小姑娘故作老成地回答:"也许是我孩子的孩子。"

"不是,亲爱的,我是说那些星星,也许将来有一天会用来在外太空生存呢。"

她们不紧不慢地散步,脚步声回荡在甲板上,反而使这夜晚更安静,一切是这么美好。

"要回去睡觉了,宝贝。"

"不要,睡着了就没有星星了。"

"星星每天都会有的。"

邦妮睡觉去了,大卫和阿拉巴马爬上了船头,红晕的脸庞在月光下发出美丽的光泽,他们坐在大绳索打成的结上,月光把他们的背影拉长。

阿拉巴马说:"你画的船有个地方不对,那些女孩子们脚下的影子，应该是优雅的小步舞曲。"

"也许吧，月光把东西都搞变形了，真讨厌。"

"不是挺好的嘛。"

"明暗面都搞乱了。"

"但是，它反而更有意思了。"阿拉巴马说着挺直了腰板，仰着小脸，让自己站得高高的。

"大卫，你爱我吗？如果是，我就为你飞起来。"

"那就飞起来吧，亲爱的。"

"真可惜，我不会飞，不过你还是要爱我。"

"这没翅膀的小可怜。"

"爱我是不是很累？"

"你觉得呢？我的折磨人的小精灵。"

"我这么做是为了我的心，我要让灵魂有所回报。"

"那就让月亮回报你吧——看，你在上面可以找到布鲁克林和皇后区①。"

"大卫，女孩子绕在你身边的时候，我也爱你。"

"我这么有魅力吗？怎么没人告诉我？"

"当然，非常有魅力，你自己不知道。"

阿拉巴马躺在大卫的臂弯里，感觉自己像个孩子，发动机发出沉闷的轰鸣声，让人昏昏欲睡。

她不禁喃喃自语："我们很久没这样了吧？"

"是啊，以后每天晚上我们都这样。"

"我写了首诗给你。"

---

① 布鲁克林，皇后区：Brooklyn and Queens，纽约市的两个区。

"念来听听。"

> 如此？如彼？
> 内心挣扎，何处才得静寂？
> 何处才有真我？
> 何处才是彼岸？

大卫哈哈大笑，"这么多问题，需要我回答吗?"

"不用。"

"宝贝儿，我们已经到了谨小慎微的年纪了，连以前那些最本能的反应，现在都要过过脑子。"

"好累人啊。"

"萧伯纳说过，所有年过四十的人都是老狐狸。"

"如果到时候我们成不了老狐狸呢?"

"说明你的小脑袋停止进化了呗。"

"好好的晚上说这个，无趣。"

"这个话题挺有意思的，接着聊吧。"

"就这么待着吧，也许过一会儿就好了。"

"夜深了，还是下次吧。"

当他们下去的时候，碰到斯尔维亚夫人正在跟人疯狂接吻，那人隐身救生艇之后，看不清楚。

"是她先生吗？如果是的话，他俩堪称恩爱楷模啊。"

阿拉巴马盯着那个模糊的影子看了一会儿："好像是一个水手，对了，我现在真想去马赛舞厅跳舞。"

"为什么?"

"说不上——跳完舞后可以吃牛排?"

"就把我一人留下?我会气疯的。"

"得了吧,只怕你早跑到救生艇后头跟斯尔维亚夫人接吻去了。"

"噢,你饶了我吧。"

船上乐队正在演奏《蝴蝶夫人》:

> 花开终有人赏,
>
> 心上人总有一天会到来,
>
> 野百合也有春天

阿拉巴马小声跟着哼唱。

"您是名艺术家?"身边有个英国人问。

"不是。"

"但是您唱起来真投入。"

"是吗?那是因为我喜欢自娱自乐。"

"哦,是吗?您是位自恋的姑娘呢。"

"非常自恋,我对自己说话走路以及做任何事情的样子都满意得不得了,需要我演示一下吗?"

"非常荣幸。"

"那就请我喝一杯。"

"当然,去吧台吧。"

阿拉巴马优雅地站起来,回头妩媚地说:"事先声明,只有把自己想象成大明星的时候,我才能展现真实的自我。"

"只要您乐意,我并不介意。"这个英国人说道,隐约觉得也许应该再殷勤些，对很多三十五岁以下的人来说，搞不懂的事情往往意味着性。

阿拉巴马当然感受到了他的暧昧，她笑了笑，"我还要告诉你啊，虽然理论上不一定认同，但我是一个忠实的一夫一妻制信徒。"

"为什么？"

"因为它最稳定，你要的都在里面，唯一缺失的不过是千变万化的快感。"

"说得太好了。"

"当然，虽然我的理论都比较惊世骇俗。"

"您简直是本书。"

"没错，本书纯属虚构。"

"那么，是谁把这本书带到这儿来的呢？"

"第一银行的出纳员，算错数了，给我支了一大笔钱，可以让我去欧洲旅行。但是他就倒霉了，如果不把钱追回来，我看人家一准儿会解雇他。"阿拉巴马信口乱编。

"可怜的人哪。"

"不过要没有这个人，我可能就会在某个角落规规矩矩地做自己，哪里会跑到这里逗您开心呢？"

"这倒是，不过不管您是什么样子，都足够让我神魂颠倒的了。"

"喔？理由？"

他换了一副认真的面孔，"因为您是一个这么纯粹的人。"

他可能意识到自己说得太多了，赶紧加了一句，"您先生不是答应加入我们吗？"

"我先生？他正在甲板左边第三个救生艇后面数星星呢。"

"您在开玩笑吧，您怎么知道的？"

"神秘的天赋。"

"您真是越说越离谱了。"

"当然，我说自己说得够多的了，您呢？"

"我去美国是想挣些钱。"

"这是每个人的梦想。"

"我有一些札记。"

"将来写书的时候也许用得到。"

"我可不是作家。"

"所有喜欢美国的人最后都写书了，当你从疲惫的旅途中恢复过来的时候，你会变得神经质，好像你有满腔的故事要倾吐，不把它们发表出来就对不起谁似的。"

"也许我会写吧，我那么喜欢纽约。"

"是啊，纽约就像《圣经》插图似的，是吧？"

"您读《圣经》？"

"《创世记》，我喜欢看上帝得意洋洋的样子，创造出这么多东西，我觉得他很开心。"

"是吗？您相信《创世记》？"

"也许吧，不过一定有人创造了这个世界，是谁呢？没人知道，只好归功上帝喽，至少《创世记》这么认为的。"

浩瀚的大西洋尽头就是欧洲大陆，船小心地驶进瑟堡港①,远处传来悠扬的钟声,人们的木鞋踩在鹅卵石小径上,踢踏有声,一片静谧的绿色。

纽约被远远地抛在身后,连同那些熟悉的人和事。

大卫和阿拉巴马从来没有像现在这样兴奋,每一个心跳都带劲儿,人们总是在到了一个新环境之后才明白,之前培养的繁规琐矩是多么可笑。

大卫说:"我简直要哭了,真想把乐队拽上来演奏,眼前就是人间美景,你要的一切都在这儿了,尽情挑选吧!"

阿拉巴马说:"选择,是受了生活这么多苦之后,我们应有的权利。"

"太美了,美不胜收,我想在午餐的时候喝点酒。"

"啊,欧洲,赐予我梦想吧。"

大卫说:"你现在没有吗?"

"我想越活越年轻。"

"难道不是吗?"

"乱讲。"

"哈哈,我应该说,您的想法真是激动人心,可以在布洛涅森林公园②引起轰动了。"

过海关的时候他们碰到了斯尔维亚夫人,她正在埋头整理一大堆摊开的行李:数不清的漂亮内衣,一个蓝色的热水

---

① 瑟堡港:Cherbourg,位于法国西北下诺曼底大区芒什省的一个港口。从南北美洲到欧洲大陆的轮船大都在此停泊。
② 布洛涅森林公园:Bois de Boulogne,巴黎西部的著名森林公园,位于塞纳河畔,面积846公顷,属巴黎市政府管辖,跟巴黎东南的文森森林一起被视为巴黎吸收氧气的两扇"肺叶"。

100

袋，一个很复杂的电器，还有至少二十四双美国鞋子。

百忙之中她不忘招呼他们，"今天晚上会过来吗？我领着你们去逛逛巴黎，真的，大卫，你可以把这美丽的城市变成你的画作。"

"噢，还是算了吧。"大卫说。

阿拉巴马忙着教育邦妮，"宝贝儿，如果你这么大摇大摆地过马路，那么你的脚丫儿很快就会给卡车压扁的，这既不——法国人怎么说的来着——哦，'优雅'，也不'别致'。"

从瑟堡港弃船登车，他们乘着火车一路南下，穿过了深粉色的诺曼底，布满花格窗的巴黎，矗立着钟楼的第戎，穿过里昂的小阳台，阿维尼翁①的白色浪漫，最后，他们来到普罗旺斯②，这座被柠檬香气笼罩的城市，夕阳如血，蛾子成群，肥大的植物摇摇摆摆，那里的人们无所事事，唯一的正事是寻找夜莺。

II

地中海的风吹来，带着炙热的希腊风情，普罗旺斯这令人陶醉的文明边缘啊，历史的碎片在这里被碾压，化作橄榄树和仙人掌下的灰尘。古老的护城河缓缓流淌，缱绻在金银

---

① 诺曼底（Normandy），巴黎（Paris），第戎（Dijon），里昂（Lyon），阿维尼翁（Avignon）：均为法国地名。
② 普罗旺斯：Provence：法国东南部的一个地区，毗邻地中海，和意大利接壤，普罗旺斯物产丰饶，阳光明媚，风景优美，是著名的旅游胜地，每年盛开的薰衣草花田更是难得的美景。

花的怀抱里，娇嫩的虞美人蔓延岸边，岸上遍布嶙峋怪石，小葡萄园点缀其中，犹如毡毯。

中世纪的钟声响起了，浑厚如男中音，时间仿佛停住了，薰衣草安静地开着，在强烈的阳光下逼人眼目。

大卫召唤阿拉巴马："这些薰衣草多么奇妙啊！它们的颜色很难琢磨，初看是蓝的，又变成灰色和猩红色，仔细看时又好像是黑的，再凑近些，它们就像水晶一样淡紫了。"

"我要看风景，等一下，"阿拉巴马把鼻子紧贴在遍布苔藓的城墙裂缝上，仔细闻了闻，"是香奈儿，没错，香奈儿五号，"她很肯定地说，又伸手摸了摸，"光滑得就像你的脖子。"

"我又不用香奈儿，"大卫抗议道，"过来宝贝儿，我给你照个相。"

"和邦妮？"

"是的，你们一起吧。"

"看爸爸，宝贝儿。"

孩子扑扇着大眼睛看着妈妈。

"阿拉巴马，让邦妮侧一下脸，她脸蛋比额头还宽，身子也稍稍探一下，她宽得好像雅典卫城的门框。"

"哈！邦妮！"阿拉巴马冲邦妮做了个鬼脸，小丫头吓了一跳，拖着妈妈一起摔在了地上。

阿拉巴马笑嘻嘻地爬起来，看见邦妮的胳膊脸色一变，"天哪，出血了，大卫你带红药水了吗？"

"看起来不是那么严重，不过我们最好回去消消毒。"

"宝宝，回去回去。"邦妮费劲地跟着妈妈学舌，舌头在嘴里翻腾，活像一个使劲搅拌果酱的厨子。

"回家回家。"她安抚着宝宝，大卫扶着她跌跌撞撞地下山。

"就在那儿，宝贝，勃陀罗尼金群岛大酒店，看见了吗？"

"大卫，我们为什么不去皇宫大酒店或者天地大酒店，它们的花园里有更多的棕榈树。"

"凭我们的平民姓氏？亲爱的，你很聪明，美中不足就是历史感不怎么样。"

"我不明白我为什么需要编年史的知识才可以欣赏这条铺着白沙的小路，亲爱的，你抱孩子的姿势活像一个卖唱的。"

"没错，宝贝儿不要拽爸爸的耳朵，你见过这么热的天吗？"

"还有那么多苍蝇，不知道这儿的人怎么受得了。"

"也许我们应该搬到离海岸线再远一点的地方。"

"腿好酸，这些鹅卵石简直要杀了我，我得再买些凉鞋了。"

他们沿着法国风情的石板路慢慢走着，耶尔①成片的竹林在微风下沙沙作响，有人在绳子上晾布拖鞋，路边有兜售女人内衣的小摊，水槽里的水清澈见底，雕刻成士兵模样的木偶站在路边，小脸棕红，憨态可掬。沿路还有浑身脏乱的乞丐，栖身在大片的九重葛和灰扑扑的棕榈树之下，旁边是一溜等待客人的马车，村子里的理发师把散发着素心兰香味的

---

① 耶尔：Hyeres，也被称作伊埃雷，是法国普罗伦萨－阿尔卑斯－蓝色海岸大区的一个市镇。

103

牙膏摆出来，小军营们星星点点，把几个镇子连接在一起，活像一张全家福，只是这客厅乱了些。

"到了。"

大卫一边说一边把邦妮放到一摞旧报纸上，大厅里挺凉快，邦妮屁股底下是一堆去年的《伦敦新闻画报》。

"保姆去哪儿了？"

阿拉巴马往那个雕梁画栋的侧厅看了一眼，没人。

"我猜她八成是出去了，你也知道他们英国人有多爱比较，等回到巴黎的时候她就有的聊了，'没错，耶尔的云是灰的，船舰一样的灰，至少我跟大卫·奈茨先生去的时候是这样的。'"

"英国人嘛，还是比较传统的，这对邦妮好一些，我是看重这一点。"

"我也是。"

"嬷嬷在哪儿？"邦妮警觉地转了转眼睛。

"哦，宝贝儿，她出去了，一会儿就回来，回来就可以发表高屋建瓴的观点了。"

邦妮看上去似懂非懂。

"斑点？"小姑娘指指自己的衣服，"我要橘子水水。"

"哦，是观点不是斑点，等你长大就明白了，好的观点比橘子水更重要。"

大卫摇了摇铃。

"给我们拿些橘子水好吗？"

"哦，亲爱的先生，这个可是有点难办，今年夏天太热了，我们根本搞不到橘子，整个酒店因为这个差点关门呢，您知道的，没有橘子怎么过夏天呢？不过，请您稍候，我再去看看。"

这个领班看起来活像伦勃朗①笔下的医生，他也掏出个铃铛，摇了摇，一个男仆出来了，也是一副伦勃朗医生的样子。

"我们还有橘子吗？"领班问。

"一个都没了。"这个男仆说起话来活像个倒霉蛋。

领班松了一口气，"您看啊先生，我说的是实话，我们根本没有橘子了。"

他心满意足地搓了搓手——这个时候如果橘子出现了，他可能会当场崩溃。

"我要橘子水水，我要我要！"孩子开始不依不饶。

大卫有些受不了了，"天哪，保姆到底跑哪儿去了。"

领班不紧不慢地说："您是说那位英国小姐？她在花园里，橄榄树下，啊，那棵橄榄树已经一百多岁了，多么辉煌伟大的树啊，您一定得看看。"

他们只好起身去花园，领班跟在他们屁股后面，一路走一路找话说，"令公子真可爱，长大之后他可以说法语，我以前英语也是很不赖的。"

邦妮确实不大有小女孩的样子。

大卫懒得搭理他，只好敷衍："哦，是吗？"

保姆确实在花园，她端坐在铁丝椅子上，周围散落着些缝纫手工，一本书，几副眼镜，还有一些邦妮的玩具。桌子

---

① 伦勃朗：Rembrandt，荷兰画家（1606—1669），是欧洲巴洛克艺术的代表画家之一，也是17世纪荷兰画派的主要人物，被称为荷兰历史上最伟大的画家。

上点了一个小小的酒精灯,这个花园有一种温馨舒适的氛围,换言之,她完全把这里搞成了英式幼儿园。

保姆看到阿拉巴马就嚷嚷起来,"夫人,我看了今天的菜谱,老天爷啊,又是山羊肉,所以我路过厨房拿了些东西,我想给邦妮熬点汤,请恕我直言,这里有些脏,我觉得您还是回避为妙。"

阿拉巴马脸红了,有些抱歉地说:"这里太热了,如果今天下午还找不到别的住处,奈茨先生就动身去海边帮我们找一栋小别墅了。"

"哦,我相信我们一定会想出办法呢。我以前跟哈特罗-柯林斯一家在戛纳待过,非常舒服,当然,夏天的时候,他们一家都去多维尔①了。"

阿拉巴马的脸更红了,为待在这个鬼地方,而不是前往多维尔而感到不好意思。

大卫倒是从善如流,"我们可以试试戛纳。"

正午的阳光在空旷的餐厅里嗡嗡作响。一对英国老夫妇正在对付橡胶一样的奶酪和浸了水的水果,他们忙活了半天收效不大,于是放下颤巍巍的刀叉,老太太伸手在邦妮的小脸蛋上刮了一下。

"简直就是我孙女嘛。"她一副盛气凌人的样子。

保姆一下子炸毛了,"太太,还是请您不要吓着孩子。"

"我哪里吓她了?我只是摸摸她而已。"

---

① 多维尔:Deauville,法国北部城市,位处濒临大西洋英吉利海峡的卡尔瓦多斯省,开两个小时的车可以到达首都巴黎,是享誉法国的海边休闲度假小城。

保姆气哼哼的，一副不吃你那套的样子，"天气热，孩子本来就不舒服。"

"不要吃饭，我不要！不要！"还是邦妮的吵闹打破了两个英国人的对峙。

"我也不吃，一股淀粉的味道，大卫，我们的地产经纪呢？还是赶紧换地方吧。"

阿拉巴马和大卫安顿好邦妮就出门了，市中心的广场上阳光灿烂，这是个昏昏欲睡的沉闷所在。每一小片阴凉下都趴着马车，所有店铺都关张，四周连个鬼影都没有，一个野心勃勃的太阳挂在天上，谁还敢出来。

他们找到了一辆没精打采的马车，车夫支着脑袋睡得正酣，他们只好往车上一跳，车身荡起来，他醒了。

"两点，"这个男人很不乐意，"我两点才开张。"

大卫说："行，我们能等，这是地址。"

马车夫不情愿地耸了耸肩，皱着眉头说："等待时间是十法郎一个小时。"

"没问题，我们美国佬都是百万富翁。"

阿拉巴马说："车上有跳蚤，用袍子垫着座位点儿。"

马车终于肯走了，拖拖拉拉地，他们把军用的棕色毯子拿出来，垫在被汗水浸透的大腿底下。

拐了几条街，马车夫勒住马，随手一指："喏，你们要找的人，泰恩斯先生。"街对面站着一个漂亮的南欧男人，一只眼睛戴着眼罩，正全神贯注地给自己的铺子卸门板。

大卫上前礼貌地打了个招呼，"你好，有个度假别墅在出租是吧，我们想去看看，名字叫'青莲'。"

"对不起,我要去吃午饭,当然,这世界上没什么事是不可能的。"

"哦,明白了,不知阁下是否允许我付一些额外佣金呢?"

"那就不一样了,"这个地产经纪豪爽地笑了,"先生一定知道战争之后,一切都不一样了,当然,人还是要吃饭的。"

"这是自然。"

马车载着他们胡乱走着,先是经过一片洋蓟地,蓝得晃眼,好像上帝在上面打了一束强光;又经过一片青菜地,软塌塌的,分明是海里摆来摆去的水草。

原野平坦得像一碗水,偶尔冒出一两株巴西杉木,马路上热气滚滚,阳光让人睁不开眼,远处就是大海,海水在阳光里打滚,如同车间里刨出的一地刨花。

"看,它就在那儿,多漂亮啊。"地产经纪大惊小怪地喊。

"青莲"孤零零地站在一片红焦土上,也是一副滚烫的样子。他们打开大门,挂着百叶窗的客厅里竟然凉意袭人。

"这里是主人卧房。"

大床上放了两件蜡染的睡衣,还有一件黄绿色带皱褶的睡袍。

"这个国家的随性真让我吃惊,"阿拉巴马说,"他们显然是过了一夜就走了。"

"我倒希望我们的生活是这样的,没有预设。"

"看看盥洗室吧。"

"夫人,您算来着了,盥洗室堪称完美,请看。"

推开一个巨大的雕花门,眼前出现了一个哥本哈根式的脸盆,脸盆外面疯狂地画了好多雏菊,墙上的瓷砖贴得五颜六色,讲述着诺曼底的打鱼故事,在一片不知所云的艺术当中,阿拉巴马犹犹豫豫地去拧水龙头。

"咦,没水,好像坏了。"

地产经纪老僧入定一样抬了抬眉,"那个那个,肯定是因为不下雨嘛,不下雨怎么有水呢?"

大卫眯着眼睛问:"如果一个夏天都不下雨怎么办?"

地产经纪给逗乐了,"先生,一定会下的。"

"下之前怎么办?"

"先生看来不喜欢大自然啊。"

"不管怎么说,我们的文明至少进化到有水这步了吧。"

"我们真该去戛纳。"阿拉巴马说。

"我们走吧,没必要再浪费时间了,我可以赶第一班火车,去戛纳。"

大卫刚走到圣拉斐尔①就打电话过来了。

"地方找到了,六十美金一个月,带花园,管道通畅,厨房的炉子棒极了,屋顶用的是航空材料,可以马上入住——好的,我知道了,放心吧,明天就回去接你们。"

这是阳光灿烂的一天,他们租了一辆老式礼车就上路了。这辆车浑身散发出陈旧的味道,拼花玻璃上还贴着破破烂烂的贴纸,把外面的景色搞得一片模糊。

邦妮喊道:"我要开车,为什么不让我开车?"

阿拉巴马不理她,"高尔夫球杆放这里,大卫,你的画架可以摆那里。"

---

① 圣拉斐尔:St-Raphael,法国南部沿海小城,位于耶尔与戛纳之间。

宝宝自顾自地手舞足蹈，"耶，好棒好棒。"

天边的树林郁郁葱葱，夏日一点一点走进他们的心里，回想过去，阿拉巴马觉得生活其实还算平顺，完全意识不到这是因为她把不愉快的东西都忘掉了。感觉如此美妙，她都怀疑当初为什么要离开家。

七月的下午三点，他们乘着租来的车翻山越岭，白色的小路，满眼松林，保姆坐在后排默默地想念着她的英格兰，日子好像一首摇篮曲，岁月真好。

大卫租的房子在离海边不远的地方，有一个好听的名字叫"夜莺"。

客厅风格是路易十五时代的，褪色的蓝色幔帐垂下来，屋子里弥漫着烟草花的香味，橡木餐厅有点沉闷，但是桌子上一只木雕杜鹃鸟却十分活泼可爱，阳台上铺着蓝白相间的瓷砖，上面落满松树针，牵牛花绕在栏杆上。

小石子铺就的车道绕着巨大的棕榈树根，树根的狭缝里开满了天竺葵，转过弯来就能看见后院里爬满月季的花架。房子是奶油色的，在金色的午后阳光下静静地等待着他们。

"就是这栋房子了，"大卫得意地说，"竹子建的，花园设计得不错吧，简直就是高更①的作品。"

"美得像天堂，真会有夜莺吗？"

"绝对的——每天晚上还烤面包喂自己呢。"

"是这样的，先生，是这样的。"② 邦妮乐乐呵呵地哼着

---

① 高更：1848—1903，生于法国巴黎，著名的印象派画家。
② 原文为法语。

儿歌。

"看，她能用法语唱歌了呢。"

"这真是个神奇的地方，法国很了不起，是不是，保姆小姐？"

"哦，奈茨先生您如果要问我的话，我只能实话实说，我在这个国家已经二十年了，但我从来搞不懂法国人，当然这也跟我一直没机会去学法语有关，不过也没这个必要，我待的家庭都是有教养的上流家庭。"

"哦，那是当然。"大卫随声附和道，不管保姆说什么，对他来说都跟说菜谱没什么两样。

阿拉巴马四处张望着，"厨房里好像有用人，是地产经纪留给我们的礼物吗？"

"哇，竟然有三个厨娘啊，简直就是希腊三女神啊。"

在一旁咿呀学语的邦妮终于爆发了，"游泳，我要游泳。"

保姆也跟着嚷嚷起来，"邦妮，你怎么把娃娃扔到金鱼池里去了，喔，坏邦妮，可怜的金发小娃娃。"

邦妮纠正保姆说："她的名字叫'小乖'，你看她会游泳哎。"

这个娃娃静静地躺在绿色的水底。

"啊，那些一直想要套牢我们，但总被我们机智地逃脱的枷锁，现在终于摆脱了，我们在这儿的日子将会非常开心的。"大卫一边说，一边搂着阿拉巴马的腰，把她推进满是落地窗户的房间。

天花板竟然是彩绘的，画了一个丘比特，正在牵牛花和玫瑰花丛中愉快地嬉戏，头上戴了一顶拙劣的花环，没见过这么糟糕的花环，活像一个甲状腺，或者其他什么器官。

她一边四处张望一边将信将疑，"看起来不错，但住起来怎么样，也很难说。"

大卫也看到了丘比特，忍不住乐了，"我们现在就在天堂了——就算没有也足够接近了，你看这不就是最好的证明吗？"

"你知道吗？一提到'夜莺'，我就想起蒂克西的那本《十日谈》，以前她老是把它藏在抽屉里，人生真有意思，处处充满关联不是吗？"

"没有人能从一件事直接跳到另一件事，至少我不这么认为，总有些关联。"

"我希望这栋房子不要跟上次一样，成为我们的噩梦。"

"我们得有辆车去海边。"

"是啊，不过明天我们可以叫出租车去。"

第二天他们被花园里的园丁吵醒了，窗外已经日炎炎，园丁胡乱地耙着小径，一副懒散样子，女仆把他们的早餐放到了阳台上。

"替我们叫辆出租车好吗？法兰西姑娘。"

大卫看起来兴高采烈的，阿拉巴马暗暗哂笑，有必要吗？一大清早的。

"而且，阿拉巴马，我们以前忽略了一件重要的事情，原来大卫·奈茨是我们这个时代的天才，他的笔触非凡，灵感无限，每天游完泳之后他就开始画，一直画到下午四点，然后他再去游泳，创作让他无比满足。"

"我啊，在这骄奢的生活中纸醉金迷，天天香蕉夏布利酒，都长肉了，而伟大的大卫·奈茨呢，他长精神头了。"

"别担心，亲爱的，好酒就是为女人准备的，"大卫乐呵呵地放下餐具，"现在我要去完成一幅旷世杰作了。"

"天哪，你不会画一整天吧？"

"我会尽量早回来的。"

"这真是个男人的世界。"阿拉巴马叹了口气，在阳光下轻抚自己，"这里的空气真让人心神荡漾。"

奈茨一家的生活在三个女仆的照顾下，井然有序地进行着，夏天在院子里肆意绽放，芳香慢慢撑满整个世界。窗户外花开如锦，夜晚的时候，星星们挂在松树枝头，一明一灭，灌木在低低吟唱，"轻轻拍打可怜的灵魂吧。"温暖的影子在树林深处应着"喔"。打开窗户，可以望到远处弗雷瑞斯①的罗马竞技场，沿着月光延伸自己的影子，好像一个装满美酒的酒囊。

大卫去画画了，阿拉巴马孤零零一个人。

她不禁问大卫："亲爱的，我该做什么？"

大卫说她不应该再跟个孩子似的了，要学会自己找乐子。

一辆拖拉机一样的简易车每天带他们去海边，女仆们用法语管它叫"*la voiture*"②，以表达她们的喜爱之情，车在门口一出现，她们就争先恐后地来报告，即使两手粘着奶油和蜂蜜也不在乎。

吃完早餐，大家就开始讨论什么时候去海边游泳，每天

---

① 弗雷瑞斯：Frejus，法国海滨城市，紧靠奈茨一家居住的圣拉斐尔小镇。
② 法语"汽车"。

如此。

太阳软软地躺在小镇的后面,留下一个拜占庭式的剪影,冲凉间和舞厅在微风中被洗得发白,蓝色的海岸线绵延几英里,保姆在沙滩上习惯性地表露出她英国式的保护欲。

"山这么红是因为土里含铝,太太,邦妮需要一件新泳衣了。"

阿拉巴马建议说:"我们可以去失物招领处拿一件。"

大卫说:"或者在沙滩上捡一件。"

"让小鲸鱼送来也成,要不,就从那个男人的胡子里变出来吧。"阿拉巴马指了指不远处站着的一个人,他穿着帆布长裤,皮肤黝黑,身材高挑,打眼一看如同象牙做的基督,但是他的眼睛过于明亮,燃烧着欲望。

"早上好,"他也注意到了他们,"我经常见到你们在这里散步。"

他的声音低沉、果敢、有磁性,充满上等绅士的自信和骄傲,"我的小房子就在这附近,晚上有聚餐还有舞会,非常欢迎来到圣拉斐尔,夏天的时候这里人不多,但是我们一样玩得很愉快,如果您肯赏光过来喝一杯的话,我将不胜荣幸。"

大卫很吃惊,他完全没想到这里竟然还有欢迎活动,而且听起来有模有样,跟搞了个欢迎俱乐部似的。

"非常乐意参加,"他急忙说,"我们需要准备什么吗?"

"不必,来就可以,朋友们都管我叫让先生,我希望你能认识我的那些朋友们,非常有魅力。"说完他饱含深意地一领首,转身消失在晨光中了。

阿拉巴马看了看周围,"这里并没有很多人啊。"

"他可能把人都藏在瓶子里了,这人神神怪怪的,天晓得是不是个巫师,我们很快就知道了。"

保姆大声召唤邦妮过来,从她恶狠狠的态度来看,她明显听到了巫师要办酒会的事情。

孩子根本不听她的,在水边乱跑,"不要!不要!就不要!"

"别担心,我去叫她。"

大卫最后把孩子扑倒在水里才算是抓住了她。

阿拉巴马笑了,"你真应该做个水手啊。"

大卫抗议说:"我一直都是阿伽门农①大将军。"

邦妮也插嘴,"我是一条小小鱼,一条可爱的小小鱼。"

"好的好的,你想成为什么都可以。天啊,这种感觉真好,没有什么能打扰到我们,就这样快乐地生活。"

阿拉巴马说:"非常完美,光彩夺目,但是,我也要做阿伽门农大将军。"

邦妮央求说:"跟我一起做小小鱼吧,更好。"

阿拉巴马忍不住笑了,"好吧,我是阿伽门农小小鱼,我能用腿来滑水,看。"

"但是,你怎么能同时是两个人呢?"

"宝贝儿,因为妈妈聪明啊,我不需要爸爸,我自己可以成为全世界。"

---

① 阿伽门农:Agamemnon,古希腊神话中的英雄,希腊迈锡尼国王,特洛伊战争的主要原因是因为他想称霸爱琴海,在战争中,他也成为希腊联合远征军统帅。

"喔，阿拉巴马，脑子里进海水了。"

"哈，那我就是一条海水腌制的阿伽门农小小鱼，这个更难哎。"阿拉巴马幸灾乐祸地说。

"喝点酒就容易了，走吧，我们去参加酒会。"

和明亮的沙滩比起来，让先生的小屋又暗又凉快，窗帘上有海腥味，滚滚的热浪都止步于屋外。

"梳子在哪里，在哪里呀在哪里，没办法了，今天没梳子。"阿拉巴马低低唱着，吧台后面是一大面镜子，长满了霉点，她还是看了看自己，里面的姑娘光彩照人，皮肤丝滑，她偏了偏头，另外一个侧脸更迷人一些。

她的周围是一群穿军装的男人，白色的空军制服，个个都帅气挺拔。有人过来献殷勤，是个活像圣诞硬币头像的男人。他摇头晃脑，古铜色的大手在空中徒劳地挥着，拼命思索英文单词来表达他的拉丁意思。

他的肩膀坚实，微微摆动。他从口袋里掏出一把红色的小梳子，笑眯眯地冲阿拉巴马伸了过来。他听到了，阿拉巴马有些不好意思，好像自己正在做坏事时被逮了个正着。

"请允许我？"这个男人用法语说。

阿拉巴马莫名其妙地看着他。

他想了一下，"允许我吗？这句话在英文中是这么说的吗？"

这个时候说法语看来不是个好的选择。

阿拉巴马仰着迷糊的小脸说："听不懂。"

"欧啦，我明白了，"他矜持地挺了挺胸，"这样可以吗？"接着低下头轻轻地吻了阿拉巴马的手。抬起来的时候这张金灿灿的脸上已经挂上歉意的微笑,他的举止做派都有一种刻意的调调,好像一个孩子在私下练了很久的礼仪,终于可以在公众场合派上用场了似的。

"请您不要怕,我不是病毒。"他说话的时候也伴随夸张的手势,好像在演话剧。

"欧啦,我知道了。"她说。

"你看。"这人把梳子作势在头上梳了两下。

阿拉巴马疑惑地给了大卫一个眼色,"我很乐意使用它。"

这时让先生挤过,"夫人,容我给您介绍,这位是法国空军中尉雅克·书福·弗耶,他可是个不错的人,旁边是他的朋友们,勃兰特中尉和他的太太,白龙度中尉,还有科西嘉岛①的蒙塔古中尉,站在那边的是咱本地的棒小伙,瑞尼和博比。"

屋子里灯光很暗,墙上的阿尔及利亚挂毯,若有若无的海腥味,细若游丝的熏香,让这个小聚会充满了神秘魅惑的味道。

阿拉伯人用的弯刀挂在墙上,角落里摆着非洲鼓,锃亮的黄铜盘子放在镶嵌着珍珠的小茶几上,啊,这个小房间黄昏一样迷人。

雅克中尉雷厉风行,很有领导者的风范,身后总是跟着他的兄弟们:胖大的白龙度中尉跟雅克中尉住一间公寓,喜欢跟他争论黑山共和国的问题;而那个科西嘉人,蒙塔古中

---

① 科西嘉岛:法语为 Corse,是西地中海的一座岛屿,也是法国最大的岛屿。科西嘉岛原属热那亚共和国,1768 年协议卖给法国。

尉，他忧郁敏感，常常陷在自己的情绪中不能自拔，他开飞机喜欢贴着海平面飞，恨不能擦着游泳的人的头皮，那架势好像他准备一头扎进海里死了算了；高大的勃兰特中尉，英俊漂亮，堪称美男子，他的太太有一双玛丽·罗兰珊①笔下的大眼，直愣愣地盯着自己的丈夫，一刻也不放松；瑞尼和博比都穿着白色沙滩服，挺着胸膛，讲话时拿腔拿调，以为自己是阿瑟·兰波②；博比有高耸的眉毛和一双簸箕船的大脚，他年纪要大一些，经历过战争，灰色的眼睛总是雾气蒙蒙，好像凡尔登的上空；瑞尼是普罗旺斯一个律师的儿子，却酷爱艺术，这个夏天他把雨后大海的颜色都画遍了，他的眼睛是棕色的，燃烧着冷冷的火焰，跟丁托利托③画中的一模一样。

一个阿尔萨斯④来的巧克力制造商的太太坐在那里，皮肤被晒得黝黑，她盯着破旧的留声机费劲地看，一会儿又大声跟她女儿讲法语。还有两个卷头发的美国小伙子，看起来都二十出头，既有拉丁裔的好奇心，又有盎格鲁·撒克逊人种的严谨，在人群中晃来晃去，分明是文艺复兴时破画在角落里的小天使。

---

① 玛丽·罗兰珊：Marie Laurencin（1883—1956），法国画家、雕塑家。她笔下的女性人物多半有苍白、几乎没有血色的面容，和非常突兀的、漆黑漆黑的眼睛。
② 阿瑟·兰波：Arthur Rimbaud（1854—1891），19 世纪法国著名诗人，无法被归类的天才诗人，神童，创作时期仅在 14—19 岁，之后便停笔不作。但是他被公认为是超现实主义的鼻祖。
③ 丁托利托：Tintoretto（1518—1594），意大利文艺复兴晚期最后一位伟大画家，提香的弟子。提香、委罗内赛、丁托利托并称威尼斯画派"三杰"。
④ 阿尔萨斯：Alsatian，法国东部的一个地区。

大卫今天兴致很高，打从一早上起来他就画得很顺手，地中海让他的灵感大爆发了。

雅克中尉兴致更高，"让我来，我来请客，但是，只能请得起波特酒①，你们也可以看出来，我没什么钱。"他讲英文真是费劲，一边讲一边做出各种夸张的手势让大家明白他要说的话。

阿拉巴马悄悄跟大卫说："你觉得他是不是个人物？他跟你有点像，不过你是个月亮般的人，他充满了阳光。"

雅克中尉站在阿拉巴马旁边，但对她若即若离，这感觉很微妙。他对着大卫口若悬河，似乎无视阿拉巴马的存在，其实是在掩饰自己的真实心情。

他豪爽地说："好吧，下次我开飞机去你家，以后每个下午都去游泳。"

大卫给逗乐了，"你今天下午就飞过来吧，我们正好要回去吃午饭，择日不如撞日。"

出租车带着他们在干枯的路上驰骋，路过大片的葡萄园，远处就是普罗旺斯。

阳光焦灼，好像把大地的颜色都吸干了，酝酿之后，再胡乱喷洒在天空，大地于是变成白花花的一片，死气沉沉地趴在那里，下午晚些时候，那些颜色才会顺着清凉的葡萄藤乖乖爬回来。

"夫人，您看啊，邦妮的手臂，我们要赶紧找个阴凉地

---

① 波特酒：Porto，是葡萄牙的加强葡萄酒，它通常是甜的红葡萄酒，经常作为甜点酒，常与奶酪一起享用，也可作为开胃酒。

儿了。"

"哦,不要大惊小怪,就让她晒吧,我喜欢那些棕皮肤的人,他们看起来那么自由自在。"

"还是不能太晒啊,夫人,晒过之后的皮肤更容易生病,特别是小孩子,我们总得想得长远些。"

大卫说:"我也想去晒晒太阳,晒成混血才好,阿拉巴马,你觉得我要是剃腿毛会不会太娘娘腔了?不过有它们在,不好晒啊。"

"我能有条船吗?"邦妮一边望着远方一边问。

"阿基坦号①?没问题,等我把手上的画画完了。"

"太老套了,"阿拉巴马插嘴说,"我要漂亮的意大利远洋邮轮,停在那不勒斯的海湾里。"

大卫说:"又活回去了,别忘了你已经离开美国南方了,对了,你如果再用那种眼神看雅克那小子,我就扭断他的脖子,我警告你。"

"那个人有什么好担心的,话都说不明白。"

餐桌是台球桌改装的,桌布底下都是坑,蓝色酒杯里盛着绿色的葡萄酒,味道寡淡,引不起任何食欲,一只苍蝇在头顶飞来飞去,午餐是橄榄油烧的鸽子,大热天的闻起来有一股马厩的味道。

大卫建议说:"要不我们去花园吃吧。"

保姆说:"那我们就是喂蚊子去了。"

---

① 阿基坦号:The Aquitania,上世纪 20 年代法国著名的远航邮轮,被称为同时代最美丽的邮轮,早期作为客轮,是泰坦尼克号之后最安全的邮轮,后来被用作军事用途,在两次世界大战中都服役过。

阿拉巴马表示同意,"很难相信这么美丽的地方也有让人不舒服的时候,我们刚来的时候一切多奇啊。"

"嗯,事情总是越来越差,也越来越贵,你知道一公斤是多少磅①吗?"

"两磅吧。"

大卫饶有兴趣地问:"那你说说我们一个星期怎么能吃掉十四公斤黄油?"

"那就是一公斤半磅?"阿拉巴马犹犹豫豫地说,"这个问题很重要吗?"

"哦,夫人啊,跟这些法国人打交道,你得非常小心才是啊。"保姆摇摇头。

大卫叹口气说:"我真不明白,你整天抱怨说没事做,为什么不花点精力出来搞搞家务,至少别让仆人报虚账,一个月十四公斤黄油,天啊。"

"可是,我有什么办法呢?我不是不想说,但每次刚说两句,厨娘就跑到地下室在账单上再加上一百法郎。"

"真是离谱,如果明天午饭还是鸽子的话,我就不吃了,"大卫气哼哼地说,"总得想出办法。"

保姆若无其事地说:"夫人,不知道您注意到了没有,我们来了之后仆人们新买了一辆自行车。"

大卫突然打断她,"麦迪小姐,你愿意帮奈茨太太管管家里的账目吗?"

阿拉巴马真希望大卫不要把保姆拽进来,家务事一直让

---

① 美洲的重量单位是磅,欧洲用公制,一公斤差不多两磅。

她头疼，有时间的话她更愿意想想怎么晒太阳，或者怎么让葡萄酒凉下来。

"奈茨先生，我跟您说，就是那些社会党人，他们把国家搞得一团糟，如果他们再不收敛的话，我们之间必有一战，我以前的主人哈特罗·柯林斯先生就经常说……"保姆不停地说啊说啊，她一板一眼，吐字清晰，你想不听都不行。

大卫不耐烦地反驳道："一派胡言，社会党是很成气候，那是因为这个国家已经乱七八糟了，互为因果。"

"对不起，先生，社会党才是这一切麻烦的源头，现在变本加厉。"保姆继续她的高谈阔论，那劲头是没人能阻止的了。

晚上阿拉巴马一回到卧室就忍不住地抱怨。

"简直不能忍受，我们每天都要这样吗？由着她在饭桌上大谈政治？"

"我可以让她去楼上吃，我猜她只是太闷了，每天早上都是一个人在沙滩上，除了看邦妮没别的事情可做。"

"但是，楼上是仆人吃饭的地方，让她也上去，她会不舒服吧。"

"我知道，但是这样你就不会抱怨了，亲爱的，你这样想，也许法国厨娘们对政治话题很感兴趣呢？关键是，不能让这些鸡毛蒜皮的小事毁了我们的夏天。"

阿拉巴马一言不发地从一个屋子走到另外一个屋子，默默盘算着保姆的事情。小镇的傍晚宁静安详，耳边只有仆人们收拾家务的声音。突然头顶上传来一阵巨响，好像整个房子塌了一样。

她赶紧冲到阳台，发现大卫也打开窗户探头出来看。

是飞机，飞得如此之低，甚至可以看到飞行员的金发，是雅克。

雅克也看到了他们，越发抖擞精神。飞机先是恶狠狠地俯冲下来，画出一道长长的弧线，好像鸟儿扑食，接着转了个潇洒的圈，迎着夕阳直飞上去，翅膀发出耀眼的光芒，让人睁不开眼。还没反应过来是怎么回事，飞机又开始下降，急速地、转着圈地下降，眼看要碰到屋顶了，雅克唰的一下，拉直了机身。

雅克潇洒地挥了挥手，朝花园扔了一个小包裹。

大卫惊呼道："这个傻瓜是要自杀吗？还是要吓死我们啊？"

阿拉巴马不禁心神荡漾，"他只是非常勇敢罢了。"

大卫冷笑一声，"我看他只是闲的。"

"哈啰，夫人，哈啰！哈啰！哈啰！"女仆们倒是很兴奋，小鸟一样叽叽喳喳，她们争先恐后地跑到院子里，把那个棕色的小盒子取回来。阿拉巴马在想，估计没有哪个法国军队可以允许一个飞行员如此耍酷，飞这么低只为了递一件包裹。

阿拉巴马打开盒子，里面是一页笔记本上撕下的纸，用蓝色铅笔写着一行法语："请接受我这从飞机上投下的友谊吧——雅克·书福·弗耶。"

阿拉巴马歪着头问大卫："你觉得这什么意思啊？"

"就是问候呗，你自己找本字典查查不就得了。"

下午，去沙滩的路上，阿拉巴马真的拐了个弯去图书馆了，她从一大堆发黄的书册中挑了一本法语小说《德·奥热尔伯爵的舞会》①,想了一想,她又拿了一本法语字典。

到了四点,微风吹开海面,炎热渐渐褪去。让先生的小屋一片清凉,一个三人爵士乐队正在演奏美国流行音乐,借此抵挡忧郁的晚风。小号吹出了《是的,我们没有香蕉》,引得很多人下场开始跳舞。蒙塔古中尉的舞步还是那么沉闷,白龙度中尉满脸讥讽的味道,勃兰特中尉和他太太就狂野多了,他们可能觉得美国狐步舞就应该怎么热闹怎么来。

大卫看得兴致勃勃,"明明是一群走钢丝的体操运动员啊。"

"多有意思啊,我也想学学。"

"那你必须戒掉香烟和咖啡。"

"可能吧,哦,雅克先生你可以教我吗?"

"我可不大会跳啊,驻守马赛的时候我只能跟男人跳,您可以想想,这样的话舞技怎么可能好呢?"

阿拉巴马听不大懂他的法语,但这也没关系,他金色的眼睛可以指引她,前前后后,他们在《是的,我们没有香蕉》的音乐中来回舞动。

"您喜欢法国?"

"我爱法国。"

"噢,如果要爱法国的话,得先爱一个法国男人。"他说得煞有介事。

---

① 《德·奥热尔伯爵的舞会》:*Le Bal du Comte d' Orgel*,法国作家雷蒙·拉迪盖(Raymond Radiguet,1903—1923)的遗作。拉迪盖被誉为"天才少年",只活了短短 20 年,可留下了两部爱情传世杰作,《**魔鬼附身**》和《**德·奥热尔伯爵的舞会**》。

雅克的英语说到"爱"的时候还算流畅，但是每次他都把这个词音发成"莱"还加重语气，好像不这样"爱"就跑了似的。

"我买了本字典，我决定学学英文。"他说。

阿拉巴马笑了。

"这么巧？我也正在学法语呢，这样就可以字正腔圆地爱法国了。"

"如果有机会，我真希望带你去看看阿尔勒①，那是个美丽的地方，盛产美女，我妈妈就是阿尔勒人，不过，她已经不在了。"

说到这儿他难过起来，阿拉巴马也不知道该说些什么，两个人渐渐停下来，一起望着大海尽头的地平线，他们陷于一种不可言说的尴尬中。

"我想也是。"阿拉巴马小声说着，已经忘记了他们的话题是什么。

"你妈妈呢？"

"我妈妈已经老了，她非常温柔，很宠爱我，我要什么她给什么，她最受不了我哭，如果没有她，我可能会是另外一个样子。"

他温柔地说："跟我说说你小时候的事吧。"

音乐停止了，他把她拉过来紧靠着自己，他体格健美，皮肤是古铜色的，身上有好闻的味道，好像阳光下的沙滩，她能感觉到那笔挺制服下的炙热身躯。那一刻她没有想到大

---

① 阿尔勒：Arles，法国南部的一个城市。

卫,也不在乎他是否发现这一幕,她觉得就算是在凯旋门顶端亲吻雅克·书福·弗耶也没关系。亲吻这个穿着白色亚麻制服的陌生人就好像去拥抱一个失去已久的宗教仪式。

晚餐之后大卫和阿拉巴马一起开车回圣拉斐尔——他们买了一辆雷诺牌子的汽车,月光淡淡的,城市远远的,只露出轮廓,好像有人做了一个舞台幕布,挡着后面不停变换的舞台。

水边的梧桐树干上波影闪动,海边有个凉亭,乐队正在演奏《浮士德》和《旋转木马华尔兹》。巡回夜市还在,各种商品琳琅满目,旋转木马也在,上面坐着年轻的美国人和开心的士官们。

保姆适时警告说:"夫人,这个广场就是个百日咳的滋生地。"

为了避免细菌,她和邦妮只好待在车里,或者在车附近散散步,只能远远地看热闹。邦妮对此非常不满,她大哭大闹,非常难搞,最后他们不得不把保姆和邦妮先送回家才了事。

每天晚上他们都在"舰队咖啡馆"跟雅克一群人聚会。这些年轻人都爱热闹,他们轮着付钱,轮到大卫的时候,他们就很不客气地喝掉更多啤酒、波特酒甚至香槟,喝多了就瞎起哄,称呼侍应生为"海军上将"。瑞尼有一辆黄色的雪铁龙,有次喝醉了,直接把车开上了台阶。

这些飞行员们都是保皇党,也很有些人颇具文艺细胞,一些人是画家,一些人不飞的时候也尝试写作,总之他们的军旅生活还算多姿多彩,酬劳也不错,夜间飞行的话还有额外的薪水。勃兰特中尉和雅克经常要在夜间飞行，有时一抬头就能看见他们蓝红相间的飞机灯从海平面上掠过。

大卫付钱的时候，雅克都不大乐意，勃兰特却恰好相反，他手头缺钱，有人付账正是求之不得的事，他有个孩子，放在阿尔及尔①的父母家里。

里维埃拉②到处都是摄人心神的蓝色和纯白的宫殿。蓝色列车③开通之后，那些大土豪、大独裁者、大人物蜂拥而至，但远在此之前，艺术家们就已经来到这里，把地平线之蓝丰富地运用到了这座城市的装饰艺术中了。

这是个热情迷人的城市，这里的人们在快乐中挥霍时光，或者是在时光中挥霍快乐，不管是在热乎乎的棕榈树下，还是爬满葡萄藤的土堤旁。

又是一个漫长的下午，阿拉巴马正在读亨利·詹姆斯④的大作。大卫工作的时候，她只能读书打发时间，除了亨利·

---

① 阿尔及尔：阿尔及利亚首都。
② 里维埃拉：Riviera，又称为蓝色海岸，阿拉巴马夫妇居住的圣拉斐尔属于蓝色海岸。
③ 蓝色列车：Le Train Bleu，著名的豪华夜班车，横穿法国，来往里维埃拉和加来，上接英吉利海峡，冬天的时候，英国和法国北部的达官贵人都乘坐这辆列车前往法国南部的蓝色海岸度过漫长冬天。整个路线耗时 20 小时，在当时是最快的速度，列车因此全被布置成豪华卧铺车厢。著名的英国侦探小说家阿加莎·克里斯蒂曾经以此为灵感写过著名的《蓝色列车之谜》。进入上世纪 80 年代以来，蓝色列车逐渐被更快速的 TGV 列车替代，最终于 2003 年正式退出历史舞台，但人们依然以各种方式纪念这个具有时代意义的列车。法国里昂火车站餐厅于 1901 年改名为"蓝色列车餐厅"；20 年代居住法国的艺术家们创作了著名的芭蕾舞剧《蓝色列车》，毕加索担任舞台背景设计，香奈儿本人负责舞台服装。
④ 亨利·詹姆斯：Henry James（1843—1916），美国作家，长期旅居欧洲，对 19 世纪末美国和欧洲的上层生活有细致入微的观察。主要作品有《贵妇的肖像》《华盛顿广场》等。

詹姆斯,她也读罗伯特·休·本森①、伊迪丝·华顿②甚至狄更斯③。里维埃拉的下午是冗长的,天还没黑就满是夜的味道了。她有时站在窗前看码头,货船发光的脊背,汽艇的轰鸣声,这个夏天仿佛行走在水面之上。

"做点什么才好呢?"她心神不宁,百无聊赖。她曾经试着做条裙子,但是没有成功。

她决定找点保姆的茬儿,"我觉得邦妮最近吃太多淀粉了,你觉得呢?"

保姆轻而易举就把她打发了,"我不这么认为,夫人,我带了二十年孩子了,还没有哪个吃淀粉吃多了。"

但是保姆转头就把淀粉的事告诉大卫了。

大卫去找阿拉巴马,"你能不能别去管保姆?对我来说,安静是最重要的,别让这些破事再来烦我了。"

当她还是个孩子的时候,日子就是这样不疼不痒地过着,她不知道这就是生活的本来面目——如水般平静,浪花只是偶尔为之——反而怪罪在自己父亲头上,一定是他过于严苛,才把生活搞得这么没滋没味。于是她开始跟大卫抱怨日子太单调了。

---

① 罗伯特·休·本森:Robert Hugh Benson(1871—1914),出身于英国一个声名显赫的家庭,父亲是英国坎特伯雷大主教,两位兄长也是英国爱德华时代的文学精英。罗伯特本人也是英国文坛的顶尖人物,在历史小说创作方面著述颇丰,著名作品有反乌托邦小说《世界独裁者》。
② 伊迪丝·华顿:Edith Wharton(1862—1937),美国女作家,她出身于富裕的美国上流家庭,但是婚姻并不幸福,大部分时间住在欧洲。她的作品主要描写她所熟知的纽约上流社会,《高尚的嗜好》《纯真年代》《四月里的阵雨》等,与简·奥斯丁同属"风俗小说家",她与亨利·詹姆斯保持终生的友谊。
③ 狄更斯:Dickens,英国最伟大作家之一。

大卫建议她:"你要不开个派对吧。"

"我们请谁呢?"

"我不知道,咱们的地产经纪小姐和那个阿尔萨斯巧克力商的太太?"

"她们太没劲了。"

"你把她们想象成马蒂斯①不就有劲了。"

奈茨家的派对还是开起来了,这两个女人也来了,浑身的小资产阶级味道,拿腔拿调得令人厌烦,就算把她们想成马蒂斯也没办法。

大家都躲到花园里喝意大利沁扎诺酒。勃兰特太太在那架小小的柚木钢琴上演奏法国小调《点绛唇》,一个法国人口若悬河又口齿不清地跟大卫和阿拉巴马讲述费尔南·莱热②和勒内·克勒维尔③的作品。

法国人,他们讲话的时候全都一个样子,哈着腰,身体绷得紧紧的,虽然怪异,但永远是场上的焦点,雅克尤其这样,他正肆无忌惮地挥洒魅力,以期得到阿拉巴马的青睐呢。

阿拉巴马问:"做特技表演的时候你害怕吗?"

他得意地说:"不管怎么飞都会害怕,但也正因为这个我才喜欢飞行。"

别看平常厨娘们的手艺乏善可陈,但在特殊的日子里,

---

① 马蒂斯:Matisse(1869—1954),法国画家,野兽派的创始人。
② 费尔南·莱热:Fernand Leger(1881—1955),法国画家、雕塑家、电影导演。早年属印象派、野兽派,渐渐转入立体派,晚年回归古典主义风格。
③ 勒内·克勒维尔:Rene Crevel(1900—1935),法国作家,他短暂的一生历经坎坷,曾参与法国超现实主义运动。

她们的本事简直跟七月烟花一样绚丽多彩。龙虾拌芹菜，蛋黄酱拌时新菜蔬，又美味又好看，颜色清得好像复活节的卡片，桌子上摆满了牛尾菜，甚至还有备用的冰，阿拉巴马在地下室见到过。

勃兰特太太和阿拉巴马是花园里仅有的女士。勃兰特离得远远的，眼睛紧随着他太太，他可能觉得参加美国人的晚宴跟参加"布尔日狂欢节"①一样丢人。

勃兰特夫人的声音很好听，令人愉悦，"哦，是的，肯定是有的，嗯哼，我完全可以肯定。"像密斯婷瑰②歌曲的和声。

那个科西嘉人说："但是在黑奴山③，哦，应该是黑山，您一定听说了吧，男人都穿紧身衣，每个人都穿！"

雅克闷闷不乐地死盯着阿拉巴马，不加掩饰的。

他慷慨陈词："在法国海军里，一个指挥官如果能跟自己的舰艇同共生死，那是非常骄傲的，我就是这样一位指挥官。"

这个派对里到处都飘着虚张声势的法语，阿拉巴马实在懒得听下去了，她自顾自地在脑子里开小差。

"请允许我献上如公爵服饰一般华丽的美味，"她自言自语，用葡萄干蘸了一下果酱，摆在唇边，"或者一勺美味的伦勃朗？"

---

① 布尔日狂欢节：Quatre – Arts ball，巴黎一年一度的狂欢日，本来是由布尔日艺术大学的学生举办的，狂野的艺术节。
② 密斯婷瑰：Mistinguett（1875—1956），法国女演员、女歌手。
③ 黑奴山：Montenegro，位于巴尔干半岛西南部的一个多山小国，又译为蒙特内格罗。原文把黑山的英文拆开念成 Monte – Negro（黑奴山），以表现讲话人不熟练的英文。

人们坐在清风习习的凉台上，讨论着美国、远东和法国，也聆听黑暗中小鸟的叫声。这个夏天里月亮贡献良多，在诸多的微风、黑影和交谈中，它渐露疲惫之色，月亮淡下去。一只猫爬上屋脊，多炎热的一天啊。

夜色渐深，大家都累了，瑞尼和博比被蚊子咬得受不了，去拿驱蚊水了，白龙度睡觉去了，勃兰特跟他太太回家了。茶水间地面上的冰在一点一点融化，仆人们拿出熏得漆黑的铁锅来煮鸡蛋。

天色暗淡，破晓前一片寂静，阿拉巴马、大卫和雅克一起开车去阿盖①，凉爽的空气迎面扑来，奶油色的太阳正艰难地往上爬，走一步停一停，终于跃上松树枝头时，花朵积蓄了一晚的芳香噗的一声炸开了。

"那是发现尼安德特人②的山洞。"大卫指着山上一排紫色的洞穴说道。

"不见得吧，"雅克说，"他们的遗址是在南部的格勒诺布尔发现的。"

雅克开着他们的小雷诺车活像开着飞机，一路扑扑棱棱的，仿佛一只飞不起来的鸟儿。

"这要是我的车，我就开到海里去。"他显然为自己的车技感到得意。普罗旺斯渐渐远去，海滩就在前方，他放慢了

---

① 阿盖：Agay，法国城市，离奈茨夫妇居住的圣拉斐尔很近，以优美的海湾著称于世。
② 尼安德特人：简称尼人，常作为人类进化史中间阶段的代表性居群的统称。尼安德特人是现代欧洲人祖先的近亲，从12万年前开始，他们统治着整个欧洲、亚洲西部以及非洲北部，但在24000年前，这些古人类却消失了。

速度，小路懒洋洋地打着圈，绕着山，好像皱皱巴巴的花边。

到了海边，雅克就和阿拉巴马下车游泳去了，大卫待在岸上，看着他们愉快的背影愤愤地想："修车可能需要五百法郎。"

回到家后，大卫继续画画直到天光大亮，结果他却什么也画不出来，正午的阳光把他的心都搞乱了，于是他去沙滩上找阿拉巴马，想在午饭之前放松一下。结果正撞上阿拉巴马和雅克并肩坐在沙滩上，湿漉漉但又整整齐齐，活像两只刚舔完自己的猫。大卫看了心里不大舒服，他浑身炙热，脖梗上的汗被太阳一烤，难受得像戴了个铁领子。

他意识到不能就这么傻站着，总得说点什么，他瞪着阿拉巴马说："也跟我游一会儿吧？"

"哦，大卫，今天早上那么冷，再说，要起风了。"阿拉巴马用一种埋怨的口吻说，好像很不耐烦一个不识时务的孩子来打扰。

大卫只好自己一个人下水，回头看着那两个发光的人儿并肩坐在阳光下。

他恼怒地想："这两个人还真是少见的放肆啊。"

风起了，水凉了，阳光斜切下来把地中海变成银箔，一片一片推到沙滩上来。大卫起身去更衣的时候，他看见雅克亲昵地俯身过去跟阿拉巴马咬耳朵，大卫无法听到他们在说什么。

雅克其实是在问："你会来吗？"

"我不知道，你希望我来吗？哦，好吧。"

当大卫从洗漱房出来的时候，扬沙刺痛了他的眼睛，他发现阿拉巴马哭了,眼泪在晒得通红的脸颊上闪烁,阿拉巴马说风太大眯了眼睛。

"你太过分了,阿拉巴马,你是不是疯了,你如果再见这个男人,我就回美国,你自己搁这儿待着吧!"

"你不能这么做。"

"你看看我做不做得出。"他恶狠狠地说。

她愣在沙滩上,不知道怎么办才好,凄凉的风吹过,她心里糟透了。

雷诺小车开走了,薄薄的白云之下,海水清冷如白色的金属板。

有人走过来,是雅克,手里拿着一杯波特酒。

"我帮您叫了一辆出租车,如果您允许的话,我可以再也不来了。"

"后天下午他要去尼斯,如果我没有去公寓找你的话,你就不要再来了。"

"好吧,"他把酒递过来,"你准备给你先生怎么说呢?"

"我必须实话实说了。"

"这可能不好吧,"雅克踌躇道,"会把事情搞砸的——"

到了下午的时候,天气更加糟糕,风大得几乎听不到自己讲话,房子每个角落都被吹得冰凉。

"嬷嬷,我们今天午饭后不去海里游泳了,太冷了。"

"但是太太,今天这风搞得邦妮吵闹不已,我想我们应该去,当然如果您同意的话。我们可以不下水,您知道,奈茨先生愿意开车带我们过去。"

海边根本就没人,风把阿拉巴马的嘴唇都吹干了。她想躺下来晒晒太阳,但风太大了,还没等暖和过来热乎气就被吹走了,真没意思。

瑞尼和博比从酒吧里摇摇摆摆地出来了。

大卫生硬地打了个招呼:"哈啰。"

他们也过来坐下了,好像明白奈茨家的秘密似的。

沉默了一会儿,瑞尼问:"注意到那面旗帜了吗?"

阿拉巴马往飞行区那边看了看,屋顶上降半旗了,风依然很大,阳光薄碎,旗帜庄严地飞着。

瑞尼继续说:"那是因为有人死了,所以降半旗,有人说是雅克中尉,在这种西北风大作的糟糕天气里,非要飞。"

阿拉巴马的心头一颤,紧接着世界为之一暗,好像得知了小行星马上就要撞击地球。

她迷迷糊糊地站起来,"我要走了。"她轻轻地说,同时感到自己浑身冰凉,大卫紧跟着她往车里走去。

他气鼓鼓地推动引擎,换挡都带着情绪,他一路沉默,连看也没看阿拉巴马一眼。

"我们能进去吗?"他把车停在军营门口,探出身子问哨兵。

"不行先生。"

"听说发生了空难——能告诉我是哪个飞行员吗?"

"不行,先生,这有违纪律。"

军营之外就是白色的沙滩,阳光击打上去,发出银子一样的光,西北风吹过来,哨兵身后的夹竹桃东倒西歪。

"我们只想知道是不是书福·弗耶中尉?"

哨兵看了看阿拉巴马悲痛欲绝的脸,终于让步了,"这个嘛，先生，我去请示一下。"

他们只好在风中等候，心情越来越糟糕。

哨兵回来的时候，身后跟着一个人，神采奕奕，派头十足，那样阳光活泼，那样自信骄傲，如海洋之蓝，如沙滩之白，还有一些普罗旺斯的随性，一些地中海人的坚毅，一点克制，一点隐忍，天哪，正是雅克。

"你们好。"他疾步上前，紧紧握住阿拉巴马的手，仿佛刚刚死里逃生一样。

阿拉巴马哭了。

"我们必须知道真相，现在好了。"大卫说完就把车发动起来了，"但是别自作多情，我太太是为我哭的！"

突然，大卫再也不想忍了，他一把推开车门，"去他的吧，来跟我打一架吧！"

雅克目不转睛地看着阿拉巴马，温柔地说："我不想打，我比他可强壮太多了。"

没错，他扶着雷诺的手活像戴着一副铁手套。

阿拉巴马试图看清他，但是泪水模糊了她的双眼。雅克的金色脸庞和白色亚麻布的身躯，在眼前一片朦胧，只见一团光影。

她不知道该怎么办，只好任性地哭，"不，大卫，你不能，你不能和他打架。"

她靠在大卫的肩头，泣不成声。

大卫挂上挡，小雷诺飞驰而去，眼看要冲向让先生的栅栏了，阿拉巴马及时拉起了手刹车。

"傻瓜！"大卫恼怒地把她推开，"少碰我的刹车！"

她也有些激动,大声喊道:"很抱歉,我没有让他把你打成糨糊。"

大卫轻蔑地说:"我如果想的话,杀了他是分分钟的事。"

"女士,有事吗?"有人在车窗外面询问。

"没什么,只是有人死了,死了也好,活着一点意思也没有。"

大卫回家之后就直奔他的画室。街上有两个孩子在树上摘无花果,用拉丁语聊天,晚风吹拂,他们的谈笑随风起伏。

又过了好长一阵,阿拉巴马听到大卫冲窗外的孩子大喊:"给我走开,你们这些该死的南欧人。"

晚饭的时候他们谁也不讲话,当对方是空气。

保姆倒是挺健谈的,"西北风挺好的,至少蚊子都给吹到内陆去了,我的夫人,你发现了吗?风停的时候空气非常清新,但是,我以前的主人哈特罗·柯林斯先生却不这么认为,每次刮风他都气死了,跟个暴躁的狮子一样。不对呀,您的脸色似乎也不大好,应该不是因为刮风吧,我的夫人。"

大卫决心把这事做个了结,不能这么不了了之,太便宜他了,吃完晚饭后,他开车带阿拉巴马进城了。

酒吧里只有瑞尼和博比,喝着马鞭草酒,风太大了,椅子都被摞在桌子上,大卫给自己叫了一瓶香槟。

"这个大风天里香槟可不是好选择啊。"瑞尼虽然这么说,但还是抓了个杯子,一起享用起来。

"你们见到书福·弗耶这家伙了吗?"

"刚见到,他说他要走了,去远东,印度?中国?谁知道。"

阿拉巴马有些害怕,大卫听起来完全是想找到雅克打一架。

"他什么时候走?"

"一个星期?也许十天,等他把调离的手续搞好就走。"

树下那些寻欢作乐的人看起来那么兴致勃勃,夏天已经把它所有的一切都奉献给我们了,夏天就要走了,雅克也要走了,就这么在阿拉巴马的人生中出现又消失,好像一阵风一样。只剩下一个廉价的咖啡馆,水槽里的落叶,和一个脸上有刀疤的黑人报贩子,夏天就这么走了。

大卫并没有说他找雅克有什么事。

瑞尼说:"他刚才还在里面,现在已经走了。"

大卫起身到街对面去了。

阿拉巴马飞快地说:"听着,瑞尼,你务必找到雅克告诉他我不能再去找他了——你可以帮我传这个话吗?"

瑞尼脸上显现出一切了然的表情,他拉起阿拉巴马的手,低头亲吻了一下。

"当然,我理解您,雅克中尉是个好人。"

"你也是个好人,瑞尼。"

第二天早上雅克没有在沙滩上现身。

让先生热情地冲他们打招呼,"夫人,你们好啊,这个夏天过得还算愉快吧。"

保姆倒是嘴快,"非常愉快,但是我觉得先生和太太对这个地方有些厌倦了。"

让先生马上换上一副哲学家的腔调,"是啊,这个季节也马上就结束了。"

鸽子在附近徘徊不去，等着吃点剩奶酪什么的，女仆们焦躁不安呼啦呼啦地翻看账本，保姆一直在喋喋不休，"必须承认，太美了，我是说这里的夏天。"

大卫恼火地说："我讨厌这里，如果你能打好包，我们明天就走，去巴黎。"

保姆劝诫道："但是，奈茨先生，在法国有个规矩，您必须得提前十天通知仆人们，这是规矩。"

"这些穷讲究的家伙们，我给他们钱好了，两法郎都可以收买总统了。"

保姆有些不好意思，只好大笑起来，"他们确实把钱看得太要紧了。"

阿拉巴马说："我晚上再打包，现在我想出去走走。"

"没有我陪着，你不能进城，听到了吗阿拉巴马？"

他们之间开始有了角力，就好像一场快舞中两个人在不停地碰撞，不停地试探，只为寻找最后的依靠。

"我答应你，大卫，就算去我也会带上保姆。"

她在松树林里漫无目的地走着，然后取道屋后的小径回家。邻居都安上了栅栏，车道上落满了梧桐树叶，夏天真的要过去了吗？

异教徒的墓地前摆放着一些石头的神像，精致庄严，更像是摆在家里或者阳台上的。这些路都很平坦，一望便知是新修建的，方便那些冬天来度假的英国人。葡萄园之间有小石子路，是给拖车用的。

保姆陪着她，两个人默默走着，太阳猩红，把葡萄叶子染得像血一样，云是黑的，扭转着地平线，大地在充满神性的光辉里，像一本摊开的《圣经》，无尽蔓延。

保姆故作神秘地说："您知道吗？法国人出于尊重，从来不亲吻太太的嘴。"

阿拉巴马不置可否，她们于是一直走啊走啊，邦妮累了，阿拉巴马就把她背在身上。

小家伙在背后发牢骚，"得儿驾，妈妈，你为什么不跟马儿似的跑起来？"

"嘘——，我是一匹很老很老的马，还生病，我没法跑啊宝贝儿。"

一个正在田里忙活的农夫冲她们招手，一副过于热情的样子，把保姆吓坏了。

"天哪，夫人，我们还带着孩子呢，他该不是要打我们的主意吧？我回去一定得跟奈茨先生唠叨唠叨，战后不太平啊。"

日落的时候，能听到远处塞内加尔①帐篷里传来手鼓的声音，这是他们在为死去的人祈祷。

一个孤独的牧羊人赶着羊群迎面走来，他有棕色的皮肤和帅气的外表，轻快的脚步扬起阵阵烟尘，小路狭窄，厚厚的羊群白云一样把阿拉巴马三人包围起来。

"好怕。"她用法语说。

牧羊人也用法语温和地回应，"是啊是啊。"一边说一边驱赶着羊群走了。

---

① 塞内加尔：Senegalese，非洲国家，位于非洲西部凸出部位的最西端，此处指游牧民族。

他们还是待到周末才离开圣拉斐尔，这期间阿拉巴马一直待在房子里，偶尔跟保姆和邦妮出去散步。

勃兰特太太打电话过来，问阿拉巴马能不能下午的时候去看她。大卫说去吧，去道个别。

勃兰特太太偷偷给了她一张雅克的照片，还有一封信。

"我非常非常同情你，不知道怎么会搞成这样，我们都以为这只是一场简单的爱情而已。"

阿拉巴马无法读这封信，它是法语写成的。她把信撕得粉碎，扔在港口桅杆之下的黑水里，那些船来自上海、马德里、哥伦比亚和葡萄牙。她伤透了心，索性连照片也撕了，虽然这是她这辈子拥有过的最美好的事情，但是留着它有什么用呢？雅克·书福·弗耶已经去中国了，没有什么可以挽救这个夏天了，那些漂亮的法国短语不能拯救支离破碎的记忆，一张照片又能做什么呢？她对雅克的所有幻想都被他带到中国去了，也终将挥霍在那里。

你跟生活要一样东西，如果最终得到了，你也将因此失去其他所有。

海滩上的沙子依然洁白如六月。他们乘坐火车从这个满是阳光和柠檬树的伤心地离开，地中海蓝得一如过往。他们起程去了巴黎，不知道旅行或者换一个环境，能否成为治疗心病的灵丹妙药，他们只是逃也似的离开了。

但是邦妮是开心的，小孩子们总是这样，因新鲜事而蛮兴奋，但是他们不知道的是，任何事情只要自我完美，就已经包含万物了。夏天，爱情和美好时光，不管在法国戛纳还是在美国康州，都是一样的。大卫的年纪比阿拉巴马大，对他来说，并没有因为胜利了而多么高兴。

III

没有人知道这是谁的派对，它永远在那儿，没完没了，你觉得自己受够了，晚上回家之后发誓再也不来了，但是早上起来你又回来了，发现竟然多了一大波新人，派对似乎又有趣起来。

可能从 1927 年同船的那拨人上岸之后，派对就没停止过。阿拉巴马和大卫是在 5 月份加入的，他们刚在巴黎一间公寓里度过一个糟糕的冬天，那间公寓没有通风，闻起来像一个陈旧的教堂。在冬天的连绵阴雨里，他们只能待在屋里，哪儿也去不了，完全陷入从里维埃拉带来的悲苦情绪中不能自拔。

窗户外面是灰色的天空，挤在高耸的烟囱之间，地平线被切割成哥特式的尖顶和线条，以缥缈之姿悬挂在躁动不安的民居头顶。从他们红金色的小客厅望出去，能看到版画一样的香榭丽舍大街，精致的小阳台，鳞次的灰色屋顶，还有凯旋门下细雨轻轻的马路。

埃尔玛桥的另外一边就是左岸，大卫的工作室就在那里，远远望过去，可见呆板的洛可可式公寓楼，还有沉闷的林荫路，毫无神秘感地摊在那里。

大卫花在工作室的时间越来越长，他非常努力，几近严苛，从秋天开始，那些热的日子，冷的日子，空洞的日子和绚烂的日子，都被沉淀下来，他创作了一系列的作品，吸引了好多沙龙艺术家和先锋派。

从他的作品中你可以看到一个全新的，自我意识更强的大卫，他声名鹊起，人们开始谈论他，不管是在银行大厅，还是在丽兹酒店，到处都听得到他的名字。他的极简主义的风格也深受室内设计艺术界的青睐，"装饰风艺术"推出了一个餐厅设计，里面那个灰色的海葵壁画就是出自他的手笔。俄罗斯芭蕾舞团也选用了他的画做舞台背景，那是一幅圣拉斐尔的海滩，在日升日落中变幻莫测，他们把它用在一幕叫作"重生"的舞剧中，向人们展示世界之初。

一时之间大卫·奈茨成了一颗冉冉升起的明星，这让他和他的经纪人迪奇·阿克顿小姐都有些飘飘然起来。他们一起游荡在圣日耳曼大道①上，在墙上写些自己也看不懂的话。他们尤其喜欢清晨和黄昏，那时四下无人，可以独自享受紫罗兰的芳香，地平线上的太阳半明半暗，发出蓝色炫光，河对岸的协和广场②仿佛裹在面纱之下，整个巴黎宁静而且疯狂。

一天早上，日上三竿，阿拉巴马和大卫还没起床，电话响了，他们还在做着征服世界的美梦，电话铃声不依不饶像大铁锤一样砸下来，大卫只好抓起听筒。

"你好，是的，这里是奈茨家。"

迪奇兴致高昂的声音从电话那头传来。

---

① 圣日耳曼大道：Boulevard St–Germain，法国巴黎的一条主要街道，位于塞纳河左岸，它的最西头就是通向协和广场的协和桥。
② 协和广场：Place de la Concorde，法国巴黎市中心，塞纳河右岸的一个大广场。

"今天晚上有事吗？来我家吃晚饭吧。"隔着电话也听得出她多么兴奋，活像一个杂技演员在翻跟头。

对迪奇来说，没有什么事她不掺和，除了有违道德，有违社会，有违爱情的事，所以你可以想象她的活动范围有多大。迪奇听命于她的人性，在这个时代，这种人的存在并不奇怪。虽然她有时情绪化，但大部分时候她八面玲珑，跟什么人都聊得起来，给她三百块钱她就能从意大利贵族的手中抢下那些几个世纪前的宝贝，然后像递鱼子酱一样递给从堪萨斯来的大小姐，再多几百块，她连大英博物馆和阿里巴巴的大门也打得开。只要那些美国暴发户肯出钱，德布雷特英国贵族年鉴①和法国尚蒂伊城堡②也一样不在话下。

她在欧洲做起事来游刃有余，不管是西班牙人、古巴人、南美人甚至黑人，她都有本事交际一番。奈茨两口子混得还算是小有名气，所以俨然成为迪奇手里的一张牌了。

大卫对去迪奇家这事兴趣不大，阿拉巴马劝他："你用不着这么傲慢，要知道这里藏龙卧虎。"

大卫对话筒说："好吧，我们会去。"

阿拉巴马伸了伸懒腰，已经下午了，阳光越发慵懒，两个人还是横七竖八地赖在床上不肯起来。

---

① 德布雷特英国贵族年鉴：Debrett's，字面意思是指英国一家成立于1769年的出版社，以出版贵族礼仪事宜闻名于世，这个名称也多指被称为"纨绔圣经"的贵族礼仪合集，主要是指导上流社会怎么优雅、高贵、沉着行事，无论是喝汤还是偷情。
② 尚蒂伊城堡：Chantilly，法国古老城堡之一，优美壮观，内设孔代博物馆，是法国最优秀的美术馆之一。2011年，成龙影片《十二生肖》成为有史以来首度被允许进入的电影剧组，因而在中国闻名。

"也挺好的，"她起身，拖拖拉拉地去洗手间，"越来越抢手不是件坏事，不过需要好好规划，我觉得。"

大卫静静地躺在那里，听着水流的声音和盥洗台的玻璃发出的吱吱声。

"好啊，人生得意须尽欢，就随波逐流吧！"他大喊一声，"我发现放弃原则没有想象中那么困难，虽然这不大好，但是，我很难克服自己的弱点——那就是对尽情放纵零免疫。"

"你刚才说什么？威尔士亲王没有免疫力？"阿拉巴马在洗手间里大声问。

"我每次跟你讲话你都不好好听。"大卫气鼓鼓地说。

"有人非要等我刷牙的时候才讲话，是不是也够烦人了？"

"我刚才说床单不舒服，我的脚肿了。"

轮到阿拉巴马担心了，"床上有什么东西吗？皮肤被腐蚀了？或者是神经衰弱吧，你最近又添新症状了？"

"我太久没睡觉了，可能分不清现实与梦境，出现幻觉了。"

"可怜的大卫，真是个神经病——我们今天做什么？"

"我不知道，真的，阿拉巴马。"大卫点上一支烟，"我的工作越来越没劲了，也许我需要点艳遇刺激刺激。"

阿拉巴马冷冷地看着他。

"我明白了。"自从普罗旺斯那个闹腾的夏天之后，阿拉巴马就一直处在一种被奚落还不能反抗的境地。"你想成为贝利·沃尔①那样的花花公子就随便你好了。"

"没什么东西刺激一下,我连明暗面都画不好。"

"大卫,你如果是认真的,那么我就必须说了,我觉得我们之间不应该这么冷嘲热讽。"

"阿拉巴马,你自己可能都不知道,"大卫继续说道,"有的时候,你暗自神伤,好像在一片苏格兰迷雾中丢了魂。"

她也不依不饶,"当然,我是在为某人烦恼,因为他吃起醋来什么都顾不上了。"

大卫突然认真起来,"听着,阿拉巴马,我没什么信心,你觉得今晚我们有必要去吗?"

她反而果断了,"别那么当回事,我只想炫耀我的新裙子。"

"我穿旧西装好了,你知道的,我们本不应该去,有这时间还不如用来思考人类的使命。"

对阿拉巴马来说,"使命"只是现代文明里的一个陷阱,它只会抓住阿拉巴马的幸福并且粉碎它。

"又说教了?"

"没有,不过,我倒是想见识一下她家的派对。这种毫无价值的派对,半点意思没有,但是还有好几百人在门口挤破头都进不去。听说达克公爵夫人会出现,迪奇在美洲花了三个月的时间才把她请到。"

"也不会有什么了不起的,你就坐在那里享受就是了,什

---

① 贝利·沃尔:Berry Wall (1860—1940),当时的社交名人,花花公子,纽约人,继承了大笔遗产,之后挥霍无度,一生只喝香槟不喝水,临死的时候身边仅剩12608美元,"每一分钱都被用来快乐地生活"。

么也不会发生。"

世界好像一夜之间陷入骄奢,大概有六千个美国人游荡在欧洲,就好像猎兔棋①中没有猎犬追逐的兔子。战后的繁荣造成一种假象,好像人人都可以不劳而获,但是事实却是残酷的,就算付出所有,也有可能一无所获,于是人们的紧张情绪暗生,达摩克利斯之剑②终于挂起来了。

这些美国人不分日夜地在欧洲狂欢,他们腰缠万贯,出手阔绰,把银行的大理石门厅都挤满了。

鲜花变得供不应求,人们只好发明出了各种拙劣的替代品,橡胶皮做的莲花,蜡做的栀子花,电线头做的知更鸟。他们还培育出不需要多少肥料就可以开花不败的植物,也搞出一些因为肥料刺激而造型夸张的花束。

杜伊勒里花园③里女士们时髦的帽子挤成一团,这年夏天,大胆的裁缝们卖出了不少夸张的衣服。女士们纷纷效仿化妆品广告里女模特的样子,在铺子里为自己量身定做发型和高跟鞋。她们去餐厅点菜也要跟服务生们端着架子斟酌,

---

① 猎兔棋:Hare and Hounds,一种益智游戏,类似华容道,一只兔子要在三只猎狗的围追堵截下从棋盘的一头走到另一头。
② 达摩克利斯之剑:The sword of Damocles,一个古老的典故,达摩克利斯是公元前四世纪意大利舒拉古的僭主狄奥尼休斯二世的朝臣,他非常喜欢奉承狄奥尼修斯,他奉承道:作为一个拥有权力和威信的伟人,狄奥尼修斯实在是很幸运。一天狄奥尼修斯建议与他交换一天的身份,让他可以尝试当首领的滋味。在当天晚上举办的宴会里,达摩克利斯非常享受成为国王的感觉。但是在晚餐快要结束的时候,他才注意到王位上方有一把利剑,仅用一根马鬃悬挂着。当发现自己无时无刻不处在命悬一线的境地时,他立即对王位失去了兴趣,并请求马上换回身份。后来达摩克利斯之剑就被用来形容繁华背后潜伏的末日危机。
③ 杜伊勒里花园:Tuileries,巴黎一座对外开放的皇家庭院,位于罗浮宫和协和广场之间,是巴黎人休闲、散步以及放松心情的场所。

推敲菜单上那些眼花缭乱的形容词，"这个怎么样？""那个怎么样？"身边的男人大呼受不了，纷纷起身站在餐厅外面享受片刻宁静，巴黎小街上满是嗡嗡低沉的噪音，像是一个隐形的小乐队在调音。

这些年来的美国人在巴黎郊区的纳伊和帕西买了漂亮的房子，他们争先恐后地挤进市中心的巴克街，好像荷兰人堵堤坝一样奋不顾身。这些不讲究的美国人整天忙着挥金如土，生怕别人小瞧了他们——在摩天轮上也带着个仆人随身侍候。对他们的非议越来越多，但他们懒得理会，一有时间就大把地花钱，坐着出租车四处游玩。

人们很忙，来去匆匆，"不好意思，只是过来打声招呼，失陪了，再见。"这是他们经常说的话。他们在凡尔赛宫蕾丝一样的草地上享用维罗纳小点心，在郁郁葱葱的枫丹白露享受美味的鸡肉和榛子。

郊区的阳台上华盖如云，肖邦的华尔兹轻轻荡漾。他们围坐在累累如珠的榆树下，头顶上的枝叶铺盖像欧洲地图，树叶上都生着细绒，好像黄绿色的羊毛毯，榆钱葡萄一样地垂下。他们天生食欲好，天气也大好，高大的建筑在七叶树和玫瑰花苞之上高耸，里面都是挥金如土的暴发户，像喝水一样喝波特酒。

美国佬给人们留下很多印象，多半是简单、憨傻、缺乏想象力，是一群没见识的土包子。他们认为法国学校的孩子们都是孤儿，因为他们整天穿黑的，他们中的一些人还听不懂"无动于衷"这个法文，还以为法国人在说"不可理喻"。

所有的美国人都酗酒，扣眼里别着红色蝴蝶结的美国人坐在路边读着小报喝；看人种给小费的美国人在楼梯底下喝；腰缠万贯在酒店有专门美女按摩的美国人在莫里斯大酒店和克里雍大酒店的套房里喝，剩下的美国人在蒙马特①喝。他们用蹩脚的法语要酒喝——"我渴了"，"我热了"，"我饿了"，"我病了"。反正他们只要自己过得高兴，才不管法国人是不是觉得他们是一群祸害。

这一年里，有超过五万法郎的鲜花被供奉给圣母得胜圣殿②。

大卫说："这个世界疯了。"

阿拉巴马衷心希望有些事情不要重演，但是她也不得不承认，她跟大卫已经达成了某种默契，在处理对方情绪上，他们渐渐掌握了规律，可以数学公式般，精准地，理性地适应对方的节奏。

大卫说："别多心，我的意思是如果有人出现，提醒我们不要掉以轻心——有些事还是不要发生的好——也未尝不是坏事啊。"

"我明白你的意思，生活可能又要一波三折了，跟舞蹈似的。"

"没错，我只是发发牢骚，最近太忙了，画得也不大顺。"

老式留声机里传来轻快的法国小调："爸爸同意了，妈妈

---

① 蒙马特：Montmartre，是位于法国巴黎十八区的一座130米高的山丘，在塞纳河右岸。
② 圣母得胜圣殿：Notre-Dame-des-Victoires，法国巴黎的一座罗马天主教教堂，位于巴黎第二区圣母得胜街6号，是法国法兰西岛地区十座乙级宗座圣殿之一。

也同意了。"现代科技已经可以把一本书通过无线电波传到屋子里,可是又改变了什么呢?人们经历了从上帝到莎士比亚,生活不依然柴米油盐地继续?该烦恼还是要烦恼,该逍遥还是要逍遥,大卫和阿拉巴马更加不为所动,世道要变就随它去吧。

出租车转了一大圈之后把他们放在乔治五世大饭店门口。酒吧间里已经挤了一群生猛活泼的人,都长着毕卡比亚[①]的脸,每一个线条每一个墨点都充满疯狂的商业气息。大家把这个小地方挤得水泄不通,让人有一种穿了紧身衣透不过气的感觉。酒保的神色闲散,客人的疯狂他早就见多不怪了。

迪奇每次都带新朋友过来,酒保跟她很熟的样子,从她在巴黎东站一枪崩了情人的那天晚上开始,她就一直在这喝酒,对酒保来说,今天晚上唯一一对儿新人是阿拉巴马和大卫。

有人大声招呼:"迪奇小姐好些了吗?发生那样的事太意外了,估计很伤元气吧?"

迪奇用充满活力的嗓音解除了人们的担心,她看起来精神饱满,兴致勃勃,跟酒保说话都是喊的,"给我来杯掺了威士忌的杜松子酒,马上!"

她的头发随意潇洒,好像一个心不在焉的人勾出的素描,她有两条大长腿,走起路来步子前倾,活泼有力,仿佛在用脚指头跳舞。有人说她睡过黑人,酒保很明显不信这类鬼话,

---

[①] 毕卡比亚:Picabia (1879—1953),法国画家,达达派的创始人之一。他主张摒弃一切传统的审美,声称艺术与美学无关,当然也就不要美学意义上的和谐与节奏。他创造的艺术是一种符号,是一系列线条的无意义结合。

迪奇小姐身边的白人先生还不够她忙活的呢，偶尔还有拳击手，哪里有时间去搞别人。

至于道格拉斯小姐就是另外一回事了，她是英国人，你不知道她到底跟谁睡觉，她有的时候也过于随便了，但是她有钱，还算体面，所以也不至于太出圈儿。

"道格拉斯小姐，您来点什么？还和以前一样？"酒保一副奉承的样子。

道格拉斯小姐是个妖娆迷人的美人儿，她苍白透明，独来独往，好像一缕暗香。

她忽闪着明亮的大眼睛，"不，我的朋友，这次我想要喝苏格兰威士忌加苏打水，我一肚子雪利酒，正胀得难受呢。"

迪奇说："亲爱的，人们是这样说的，你把六本百科全书放在肚皮上，然后背诵一套乘法口诀，每天坚持，几个星期之后，小腹就平坦如初了，就又可以若无其事地继续喝了。"

道格拉斯小姐深表同意，她一边捶着自己腰上的肥肉一边说："可不是嘛，再同意不过了，而且啊——"说到这儿她停下来，俯身过去在迪奇的耳边一阵嘀咕，两个女人爆发出放肆的尖叫。

迪奇笑完之后意犹未尽，"要我说啊，在英国，他们可是要为这个干一大杯呢。"

黑斯廷斯先生不合时宜地过来插嘴，"我就从来不锻炼，因为我有胃溃疡，每次犯病的时候除了菠菜什么也不能吃，结果一直胖不起来，气色也糟糕。"

迪奇夸张地捂住胸口，"哦，我可怜的虐食症患者。"

"我也不是光吃菠菜，有时配鸡蛋，有时配煎面包，还有的时候——"

"哦,亲爱的,"迪奇打断他,"你还是别太激动了。"她转过头来温和地跟大家解释:"不好意思,我必须看着他点,他刚刚从精神科出来,不能激动,一激动就必须不停地听留声机,否则连衣服都穿不上,邻居为这事儿不知道有多烦我们,所以我必须让他保持冷静。"

大卫喃喃自语,"听起来倒是很麻烦啊。"

"不光麻烦还很恐怖呢——想想吧,一路带着那些唱片去瑞士,还要用三十七种语言说菠菜。"

道格拉斯小姐建议:"我觉得奈茨先生倒是可以跟我们分享一下,怎么才能保持年轻,他看上去至少比实际年龄年轻五岁。"

迪奇说:"没错,他是个权威,问他就对了。"

黑斯廷斯先生没听明白,"什么权威?"

迪奇笑了,"当然是关于女人,这年头一说权威,一定是关于女人。"

"你对俄国人感兴趣吗?奈茨先生?"

"哦,当然,我们都喜欢俄国人。"阿拉巴马抢着说,她发现她已经几个小时没说话了。

大卫冷冷地说:"不喜欢,我们对音乐一无所知。"

迪奇故作神秘地说:"你们认识吉米吗?就是那个作曲家,据我的观察,他马上就要成名了,等着看吧。但是他有怪癖,每写十六小节就要来上一杯,否则就写不下去,当然,膀胱也毁了。"

"我可不能跟有些人似的,为了成功什么都肯牺牲。"黑斯廷斯先生阴阳怪气地说，这话明显是说给大卫听的。

"同意，就算你成名了，人人都知道你——又怎么样呢？一个没有膀胱的人。"

阿拉巴马发现自己明显被排斥在外，不觉自惭形秽，跟优雅善谈的迪奇·阿克顿小姐比起来，她手足无措，沉默寡言。

迪奇气场那么大，浑身散发着一种成功者的光芒，手臂挥舞起来有冲破一切困难的气势，活像西伯利亚的那些雄伟的铁路。相比之下，阿拉巴马的裙子实在是不够精致，接缝处太肥大了，越想越令人难堪啊。她感觉自己胸口慌闷，仿佛糊了一大片冷奶油在上面。

她抓了一把咸坚果，问酒保："干你们这行的是不是经常把自己喝醉？"

"这倒不会，太太，我以前是特别喜欢来一杯烈的，但是自从在这一行混出名声之后，我就控制住了。"

巴黎那几年充斥着各种派对，一到晚上就冒出来了，它们翻滚着，闪烁着，好像一群骰子滑落人间。粉色的路灯亮了，树盖变成流动的青铜，美国佬们一提到巴黎的这些灯就会心跳不已，因为跟小时候马戏团的彩灯一模一样。

阿拉巴马和大卫从酒吧出来，叫了一辆出租车，沿着塞纳河边的林荫大道开得飞快，脱缰的野马一般。圣母院、跨河大桥、政府大楼、烧烤园，然后再烧烤园、政府大楼、跨河大桥、圣母院，原路转回来，他们在城里不停地兜圈子，纪录片一样。

圣路易岛周围都是发霉的庭院，窗户外装着铁栅栏，车道是黑白相间的，完全保留了国王时期的风格，河岸对面，就是那些被东印度仆人和格鲁吉亚仆人服侍的有钱人的公寓了。

到迪奇·阿克顿家的时候，已经很迟了。

迪奇先一步到家，一见到他们就迫不及待地说："我希望大卫见见盖布丽艾尔·吉布森小姐，作为一个画家，特别是当你准备扩展人脉的时候，最好什么人都见见。"

"盖布丽艾尔·吉布森？"阿拉巴马沉吟道，"哦，是的，我好像听说过她。"

"盖布丽艾尔虽然是个蠢货，"迪奇轻描淡写地说，"但是如果你别跟她聊太多，会发现她也蛮动人的。"

黑斯廷斯先生又插嘴了，"她的身材是很棒，跟白色大理石一样。"

公寓里没人，中间的桌子上摆着一盘早就冷掉的炒鸡蛋，一件珊瑚色披肩随便搭在椅子上。

阿拉巴马推开盥洗室的门，一个虚弱的声音响起，"你来这儿做什么？"是法语，阿拉巴马吓了一跳，低头看，是吉布森小姐，整个人瘫在地板上。

"哦，对不起，我不说法语。"阿拉巴马一边回答，一边打量这位小姐。

这是个漂亮的姑娘，有着大理石雕像一般精致的面容，长长的金发倾泻下来，还有一缕散落在洗手台上。她一脸无辜，好像刚刚逃离猎人魔爪的小兽。

"好可惜啊。"她继续用法语说道，手腕上至少有20个钻石手镯在水盆沿儿碰得乱响。

"哦，亲爱的，我忘了说了，"迪奇忍住笑过来解释，"吉布森小姐一喝高了就不说英文，你知道，酒精让她愣是要附庸风雅。"

阿拉巴马再次打量这个女孩，她打扮得非常讲究。

"上帝啊，"这个小醉鬼继续郁闷地用法语自言自语，"不是公元400年吗？真真让人伤心啊。"她东倒西歪地站起来，迷迷糊糊地盯着阿拉巴马看，大惑不解的样子好像是在端详一幅抽象画。

突然她打了个冷战，好像有人拍了她一下，接着她换成英语说："我得让自己清醒清醒。"

"我看你也最好醒醒酒了，"迪奇皱了皱眉头，"外面这个男人是你从来没遇到过的那种男人，他来这儿的唯一目的就是一睹你的风采。"

"天哪，在厕所里搞成这样，"阿拉巴马想，"这跟战后市中心那些廉价的小酒铺有什么区别？"她担心自己忍不住要在吃饭的时候把这想法说出来。

吉布森小姐努力地换上一副端庄的面孔，站也站不稳，"请你们出去吧，我要洗漱一下。"

迪奇赶紧拉着阿拉巴马一阵风似的出了盥洗间。

餐厅里黑斯廷斯先生正在发表高谈阔论，"所以，我们认为，没有任何必要重建人际关系。"

接着，他颇有点刁钻地问阿拉巴马："这个假想中'我们'是指谁？"

阿拉巴马根本懒得搭腔，她脑子里在想，等一会儿吉布森小姐出现在大厅的时候，她是不是要把刚才盥洗室里想的那番话说出来。

"啊！亲爱的们！"这个姑娘出来了，大呼小叫的。

她整个人纤巧圆润得像一个精致的瓷器，坐下后就不停地跟大家道歉，把自己装扮得无辜可怜。她的每个手势都那么做作，充满精心设计的小动作，好像是在为自己安排一场有头有尾的舞蹈表演。很明显，她是个舞蹈演员，而且是个绝不会被自己衣服束缚的舞蹈演员，她扭来扭去，仿佛只要扯到一个线头就能把她剥光一样。

"吉布森小姐，"大卫飞快地说，"你还记得1920年那个给你写了无数表达仰慕的小字条的男人吗？"

飘飘的眼睛耐人寻味地转过来，"那么，你就是那个要见我的人咯？我可是听说你深爱你太太啊。"

大卫大笑，"传言总是真假难辨，您说呢？"

吉布森小姐开始咯咯乱笑，身上散发出一股伊丽莎白·雅顿①的香水味。继而又一板脸，故作严肃地说，"噢，讲这样的话多让人家伤心啊。"她的个性活泼轻狂，好像一团粉红色的薄纱在风中乱舞。

"我今晚十一点有演出，你可一定要来哦，我们可以共进晚餐，唉，巴黎呀，"她长叹一声，"可要忙死我了，从上个星期开始，每天凌晨四点半之后才能坐上出租车。"

长长的桌子上摆着成百的银刀叉，不加掩饰地告诉大家，一大群有钱人在这儿吃饭呢。那些怪异的发型，一张一合的

---

① 伊丽莎白·雅顿：Elizabeth Arden，美国化妆品品牌，全球知名护肤品，成立于1909年，现在她是美国销售最好的高档护肤品之一，但是当时算是廉价商品。

猩红嘴唇，口技演员一样夸张的音调，吞噬着烛光，也给晚宴带来一种中世纪帝王家宴的豪华质感。美国人卷着舌头操着外国腔，把自己搞得疯疯癫癫。

大卫一直腻歪在吉布森小姐身边，阿拉巴马听到这个丫头矫情地说，"你知道吗？今天的汤实在是乏味，我都想在里头加点古龙水呢。"

吃晚饭的时候吉布森小姐不停地讲话，阿拉巴马根本就没有时间插嘴。

终于，她掐准时间，鼓足勇气说："依我看啊，盥洗室对女人来说——"

"真过分！令人难以置信！这是彻头彻尾的欺骗啊，"还没等她讲完，吉布森小姐那无所不在的声音就插进来了，"我倒希望他们给自己弄点壮阳药吃吃。"

"壮阳药？"迪奇惊呼一声，"哦，亲爱的，你真不知道战后这些东西多贵。"。

桌子上倒是很丰盛，食物满满当当，那些巨大的托盘一个接一个，里面摆着些中看不中吃的食物，让人目不暇接，给人感觉仿佛是从一辆飞驰的火车里往外看，令人头晕目眩。

黑斯廷斯先生别别扭扭地说："这些东西还能更难吃吗？简直跟出土文物一样，也不知道迪奇怎么搞的。"

这个男人总是一副难搞的样子，阿拉巴马几乎可以肯定今天晚上他一定会再次抓狂的。正当她张开嘴准备说些什么的时候，大卫的声音波浪一样从海面上传来。

"吉布森小姐，有一个男人告诉我，您的皮肤细腻白净，可以看到遍布全身的蓝色血管，美丽至极。"

"黑斯廷斯先生,我有时在想,"阿拉巴马继续她的谈话,"怎么没有精神贞洁带这种东西呢?我倒是愿意尝试。"

黑斯廷斯先生只顾低头吃饭,别的一切不管,真是个英国人。

"蓝色的冰淇淋!"他轻蔑地哼了一声,"大概是冷冻了那些利用现代文明从全世界巧取豪夺的新英格兰佬的血。"

阿拉巴马放弃了,她一开始看得没错,黑斯廷斯就是个吃货,指望不上。

迪奇不乐意了,"在座的各位不要拿食物寻不开心。"

"我只是评论评论食物,"黑斯廷斯嚷嚷说,"我不明白你什么意思。"

道格拉斯小姐出来打圆场,"神父在非洲的时候拍了好多照片,那些俾格米人爬到大象的身子里面,还用手抓内脏吃呢。"

大卫兴奋地继续他的话题,"而且那个男人还说,您的胸脯酥软如同大理石纹蛋糕,我猜更像牛奶冻吧。"

"多好的谈话,"迪奇打了个哈欠,"在教会中寻求刺激,在性爱中寻求克制,哈!"

晚餐结束后,大家都去了客厅,每个人都怀有心事,好像被迫去手术室里参观的官员,戴着口罩,表面上很镇静,其实心里乱成一团。

夜光从窗户透进来,荧光点点,好像蓝宝石瓶子上雕刻的星星。夜深了,街面上静悄悄的,派对也相对消停一些了。大卫在屋子里穿梭,简直是在编花边,把吉布森小姐编在花边中心。

阿拉巴马没办法不去看他们。吉布森小姐老是处于中心位置,只要她一存在,事事就只能围绕着她,她抬起眼睛,轻飘飘地看了大卫一眼,洋洋得意,活脱一只大波斯猫。

大卫的声音低沉有力,"我在想,您衣服下面是不是穿了什么令人吃惊的内衣,是特别甜美那种,还是……也许是男士内衣也说不定呢。"

阿拉巴马勃然大怒,穿男士内裤的是她,她一整个夏天都穿着男士丝质内裤,大卫怎么能这样揣测别人!

迪奇凑过来,对阿拉巴马耳语,"亲爱的,老天爷是不公平的,你家先生实在是太英俊了,想不受欢迎都不行。"

阿拉巴马感到一阵恶心,几乎要吐出来了,她眼睁睁地看着,什么话也说不出来,——看来香槟真不能喝太多。

大卫在吉布森小姐身边亦步亦趋,不离左右,跟个要吃人的大海蚌一样。迪奇和道格拉斯小姐靠在壁炉边,讨论北极奇怪的图腾柱子。黑斯廷斯先生非常吵闹地弹着钢琴,大家各忙各的。

门铃响了,没人管,又响了。

迪奇这才想起来,"是出租车,接我们去芭蕾剧院的。"

"今晚的指挥是斯特拉文斯基①。"黑斯廷斯先生说,"但他是个剽窃者。"他气哼哼地加了一句。

吉布森小姐神气活现地说:"迪奇,把钥匙留给我好吗?奈茨先生要到金合欢酒店去看我。哦,当然了,奈茨太太,

---

① 斯特拉文斯基:Stravinsky(1882—1971),美籍俄国作曲家、指挥家和钢琴家,西方现代派音乐的重要人物。

如果您不介意的话,欢迎一起去哦。"她竟然还冲阿拉巴马笑了笑。

"介意?我干吗会介意?"阿拉巴马一脸不愉快,心里鄙夷地想,如果你长成丑八怪我就更不介意了。

"啊,我也搞不懂,但是,我爱上您的丈夫了,如果您不介意的话,我也会让他爱上我的,当然,您介不介意我都会努力的,他太迷人了。"她一边说一边咯咯地傻笑。这是个略带歉意的笑,试图掩盖她的尴尬。

黑斯廷斯先生过来帮阿拉巴马穿上外套,她正气得鼓鼓的,这个女人当自己是傻瓜吗?

谢天谢地,派对终于结束了。街上没多少人,路灯都亮着,河边扎着彩带的五朔柱①,在灯光里清丽美妙,春天已经悄悄地在街角喘息了。

黑斯廷斯先生试图说点让她开心的话,"多么美的夜晚啊。"

"小孩子才会关心天气。"

有人提到月亮。

阿拉巴马轻蔑地说:"月亮?在便利店五块钱买俩,满月、新月随便挑。"

"毫无疑问,在奈茨先生眼里,今晚的月亮一定特别好看,太太,这取决于我们看事物的方式。"

很多年后,当阿拉巴马回头审视这件事情的时候,她发

---

① 五朔柱:Maypole,庆祝五朔节扎的彩柱,五朔节是欧洲的传统民间节日,每年5月1日举行,用以祭祀树神、谷物神,庆祝农业收获及春天的来临。

现自己被深深的情绪所左右而不自知,她是那么的愤怒与不满,如同《猫》里的大段花腔演唱,既破碎不堪又尖锐。

从此之后她更坚信了一点,她和大卫都不是完人,大卫经常说:"大多数女人是物质的,看重的不过是鲜花和爱情,甜点和情绪,激情和名声。"这些话都让阿拉巴马生气,但是自从离开圣拉斐尔之后,她根本找不到什么来支撑她摇摆不定的精神世界,她只有不断地调整、寻找,像工程师摸索图纸一样,在迷茫中踯躅前行。

大队人马到达沙特莱剧院的时候,演出就要开始了,迪奇把大家统统赶上大理石台阶,好像在驱赶一支游行队伍。

舞台很漂亮,呈环形,那些漂亮的大腿,凸显的肋骨,消瘦的身体,在疯狂的小提琴里一遍一遍地重复相同的桥段,好几处充满性折磨的暗示,令人痛苦、躁狂。

阿拉巴马体内一股兴奋被感召而起,强大的悲伤黯然滋生,她颤抖不已,手心里全是汗,心脏也狂跳不已,好像愤怒的鸟儿在忽闪翅膀。

歌剧到达结尾的时候,音乐出乎意料地慵懒平静,观众们鸦雀无声,阿拉巴马不禁陷于悲伤的情绪当中,奇怪,有时大卫开怀大笑,她也会产生类似的情绪。

楼梯下面的大理石栏杆上站满了女孩们,她们缠在栏杆上,骚姿弄首,眼睛紧盯着花白头发的老男人们,或者来往身边的那些达官贵人们,四处都是私生活和秘恋的味道。

"看见了吗?那位,据说是俄国的公主,我们带上她一起玩吧,她以前可是非常有名的。"迪奇指着远远过来的一个女人说。

这是一个推了光头，长着一双大耳朵的女人，鸸鹋一样迈着步子，远远望去就像是墨西哥游行队伍里的大怪兽。

迪奇上前去介绍道："这位夫人以前一直也是跳芭蕾的，直到她丈夫把她膝盖搞坏了。"

这个女人露出一副哀怨的表情，"哎呀，好多年了呢，我的膝盖都跟石头一样硬。"

"您当初是怎么做到的呢？"阿拉巴马急切地问，"您是怎么成为芭蕾舞演员，并独挑大梁的呢？"

这个女人转过头来温柔地看着阿拉巴马，这是一双乞求全世界不要遗忘她的眼睛，但是这双眼睛的主人浑然不觉。

"我天生就是个芭蕾舞演员。"她轻飘飘地说，阿拉巴马愣在那里，醍醐灌顶。

接下来大家讨论去哪里继续玩乐，因为"公主"在场，出于礼貌，大家一致同意去一家俄国酒吧。

这是一个充满忧伤的酒吧，一把匈牙利吉他在角落里弹奏，屋子里飘荡着没落贵族的旋律，香槟酒瓶在篮子里彼此撞击，发出地窖里锁链一样的声音，隐秘痛苦但有种难以言说的快活。酒吧里的客人晃来晃去，都长着冰冷的脖子，好像毒蛇的獠牙，打着卷的头发让这个深夜更加沉沦。

"真的，夫人，"阿拉巴马锲而不舍地追着"公主"，"您能写封信介绍我去学芭蕾吗？我愿意放弃所有去学。"

光头公主感到难以理解，上下打量着阿拉巴马。

"这是为什么呢？生活已经很艰难了，人人都不容易，我看你先生倒是可以保证你衣食无忧……"

黑斯廷斯先生插嘴说："真不明白你干吗要想学这玩意？"

不过我可以给你介绍一个教黑臀舞①的老师,当然,他不是白人,但是这年头谁会在意呢?"

"我介意。"道格拉斯小姐说,"上次我跟一个黑人出去,还得我来付账单,从那以后我就给自己立规矩了,交往有色人种最多到中国人。"

阿拉巴马不理会她们,"我能跳吗夫人?我太老了吗?"

"公主"利落地回答:"没错。"

道格拉斯小姐说:"他们没有可卡因可是活不了。"

"而且还信奉俄国那些恶魔。"黑斯廷斯先生补充。

迪奇说,"我觉得他们之中,有些人过得确实潇洒。"

道格拉斯小姐叹了口气说:"生活如此无趣,不过靠性爱苦苦撑着吧。"

"什么?"

"性啊,傻瓜。"

"我觉得,"迪奇突然转过脸来,"阿拉巴马小姐有这样的决定倒是非常符合她的性格,我一直都听说她有点独特——当然不是那种疯疯癫癫的独特——是有点与众不同,现在看来她只是热爱艺术。亲爱的,我支持你,你应该去学。"她说这话的时候非常认真,一脸诚恳,"这和跟画家结婚一样,非常罗曼蒂克,非常异国风情。"

"您的'异国情调'是指什么?"

"精力充沛,兴趣广泛——当然,我对你还不是那么熟

---

① 黑臀舞:Black – Bottom,一种盛行于上世纪 20 年代的舞蹈。带有强烈的非洲色彩,但却在白人社交场所大为流行。

悉，但是我觉得跳舞非常适合你，多学点东西总是不错的，比如说，如果这个派对让你感到无聊，你就可以就地转上几圈。"为了配合她的描述，迪奇还用叉子在桌布上戳了一个小洞，"就像这样。"她激动地结束了她的高论，"亲爱的，你行的。"

阿拉巴马仿佛看到自己在音乐中翩翩起舞，随着小提琴的旋律莲花般盛开，过去的梦想或许已经破灭，但未来依旧充满希望。此刻就在她体内升腾——也许有一天，她也可以在排练室的大镜子前翩翩起舞，周围围绕着卡片、纸张、电报和符号组成的超现实云朵，就像是一幅印象画。演出完后，她可以沿着后台的石头走廊往回走，墙上是电线插板和禁止吸烟的牌子，她高昂着头，脸上充满骄傲，走道上摆着一个饮水机，一大捧百合花，一个破烂的椅子，上面坐着一个怪模怪样的男人，走道的尽头是那间属于她自己的，镶嵌着星星的化装间。

迪奇天生是个鼓动分子，她贴在阿拉巴马的耳朵上小声地说："你一定可以的——看看你的身材。"

阿拉巴马低头看了一眼，看到自己的身体明明僵硬得像个灯塔，"真的吗？也许吧。"她喃喃道，心中有点小雀跃。

"'也许'？"迪奇惊呼道，"你这小身材如果能换钱的话，都可以跟卡地亚换一身黄金毛衣了。"

"那谁能帮我介绍一位舞蹈老师呢？"

"当然是我了，亲爱的，巴黎的牛鬼蛇神我都认识，不过我还是有个小小的忠告，一旦你选择了这条路，就要准备打场硬仗，人们怎么说的来着？不吃苦中苦，难为人上人。"

"是的,我会做好心理准备。"阿拉巴马毫不犹豫地回答。

"哦,天哪,你俩别傻了。"黑斯廷斯先生不插嘴就活不下去,"她先生说她一点音乐细胞都没有。"

这个男人以前是不是受过什么刺激?或者根本就因为他的生活过于乏味,才这么愤世嫉俗。虽然人人都偏激,包括阿拉巴马自己,但至少她还没有这么不识相。这个男人大概除了写信跟家里要钱之外,再无别的事情可做,太可怕了。

她问:"黑斯廷斯先生,您平常都是怎么打发时间的呢?"

他依然一副尖刻嘴脸,"摆弄我那些战争勋章呗,拿枪打着玩儿。"

黑斯廷斯先生有棕色的皮肤,看上去又滑又亮,像块儿蜂蜜硬糖。但他本人却是个令人讨厌的缺德鬼,善于讽刺挖苦,打击羞辱,可谓精神上的海盗。可能是自小娇生惯养,所以养成一副任性乖戾的脾气,大卫简直比他可爱一万倍。

阿拉巴马不无讽刺地说道:"哦,这样啊,这年头角斗士们都待在家里写回忆录了,这也许就是为什么电影院替代了斗兽场。"

黑斯廷斯先生听出了她的挖苦,有些不高兴,"希望您不会因为吉布森小姐带走了大卫就迁怒于我,"他语重心长地看着阿拉巴马,换上一副关切的表情,"我想您不会寂寞得想拿我当替代品吧。"

"哦,您想到哪去了?当然不会,我就喜欢独处。"

小房间开始变得烟雾缭绕,一只大鼓击打着昏昏欲睡的清晨,夜总会里的保安们不知道从什么地方冒出来,是他们吃早饭的时候了。

阿拉巴马静静地坐在那里，嘴里哼着："马儿，马儿啊，马儿。"轻声细语，好像在引导一艘小船冲破迷雾。

当账单出现的时候，她接了过来，"让我来吧，我请客。"

"是吗？那怎么没见您邀请您先生呢？"黑斯廷斯先生不怀好意地说。

"我当然邀请他了，很久之前就邀请了，他忘了而已。"阿拉巴马气鼓鼓地说。

"你需要有人照顾，"他郑重其事地说，"你是那种小女人，你需要一个霸道的男人保护你。"阿拉巴马忍不住笑起来。

"别笑，我是认真的。"

专门钻女人的空子，给她们毫无诚意的承诺，让她们梦想着童话般的故事，不，阿拉巴马看得清楚着呢，他不是那个王子。

她笑了，"我已经跟'公主'和迪奇约好了，舞蹈是一定要学的，一个没有方向的人生将会是非常艰难的。"

"你有孩子是吗？"

"是啊，有宝宝，生命总要延续。"

迪奇说："战后的狂欢简直是没完没了，来这儿的都是些大人物，如果把支票上的签名收集起来，将来完全可以进战争博物馆了。"

"老是这些人，都看烦了，我们需要新鲜面孔了。"

阿拉巴马说："没错，不能再同意了！"

黎明笼罩着旺多姆广场①，水里的小飞艇闪着银光。黑斯廷斯先生送阿拉巴马回到奈茨的公寓，已经是早上了，这一宿折腾的，阿拉巴马感觉自己七零八落的，好像是斗篷里抖搂出来的碎纸片。

她先进卧室去找，"大卫应该是回来了吧。"

黑斯廷斯先生冷笑了一声，"我不这么认为，为什么我知道？因为我就是神，犹太之神，神浸信会之神，天主教之神——"

她突然感到疲惫不堪，整个人都要崩溃了，她扑在那儿大哭起来，好像很久以来她一直期盼的就是这个——痛痛快快地大哭一场。

她一直哭一直哭，浑身颤抖着，连大卫回家了也没有抬起头来看他一眼。她趴在窗台上，像一条湿毛巾，又像一条死了很久的半透明的虫子。

大卫过来轻声说："我猜你一定非常伤心。"

阿拉巴马一言不发。

大卫忙着解释："这一晚上我没干别的，都是在派对上。"

她真希望大卫的解释听起来更像真的，她真希望时光倒转她能够力挽狂澜不要如此不堪，生命看起来如此无助。

"哦，大卫，"她一边抽泣一边说，"是我不好，我太骄傲了，忽略了你，我太关注自己了，以至于很多事情我都不像以前一样在乎了。"

---

① 旺多姆广场：Place Vendome，旺多姆广场位于巴黎第一区，杜伊勒里宫以北，马德莱娜教堂以东，广场中央的旺多姆广场柱由拿破仑下令建造，以纪念奥斯特利茨战役。

"在乎什么啊,亲爱的,你今晚上不开心吗?"大卫情绪低沉,趴在她耳边喃喃。

"也许阿拉巴马生气我对她的关心太少了,"黑斯廷斯先生手忙脚乱地解释,"太晚了,如果你们不介意的话,我就走了。"

早上的太阳碎银一样敲在窗户上。

阿拉巴马一直哭,大卫把她扶起来,让她依靠在自己肩膀上。阿拉巴马又闻到熟悉的味道,那么温暖干净,好像寂寞深山里安静的炊烟。

他悄声说:"就这样,别说话。"

"说什么都没用。"

她透过晨光看着他,"亲爱的,我真希望我能住在你的口袋里。"

"宝贝儿,一般来说我的口袋里会有一个洞,而你总是忘记去缝补,"大卫睡眼蒙眬地说,"你肯定会从里面掉出来,最后被村里的理发师捡到送回来。"

大卫睡着了,他看起来像是个刚刚被嬷嬷梳洗干净的小男孩。阿拉巴马真想在他头下垫个枕头,这样他就不会打鼾了。对男人来说,永远不可能跟女人似的,成为被塑造的人,他们总是有自己的逻辑,自己的哲学,并且依此行事。

"我不在乎。"她倔强地跟自己说,干脆利落地好像高明的外科医生。

把所有的情感都小心珍藏吧,一切随风,顺其自然也许是最好的方式,能留下的自会积累,直到最后那天。

天光已大亮,伤感也许已太晚,太阳从夜晚的灰烬中重生，新的一天开始了。

塞纳河水伤痕累累，市场的货车也轰轰隆隆地回到枫丹白露①和圣克卢②；医院里的早班手术差不多完成了；西提岛③的居民给自己做了今天的第一杯咖啡；值夜班的司机们刚刚下班，一身疲惫，他们凑在一起，来上一杯烈酒放松一下；巴黎的厨子们把垃圾拿下来，把煤炭挑上去；地铁站肠子一样的站台上挤满了弯着腰咳嗽的人。

埃菲尔铁塔前的草地上总有孩子们在玩耍，白面纱的英国嬷嬷，蓝面纱的法国保姆，她们凑在一起交换香榭丽舍大街上的八卦，时髦女郎们坐在树下用高脚酒杯照着自己补妆，金碧辉煌的圣廷大酒店刚刚开门，俄罗斯大皮靴在里面踏来踏去。奈茨家的女仆适时进来叫醒她的主人们，该去布涅格森林餐厅吃饭了。

当阿拉巴马准备起床的时候，她感到一阵紧张恐惧，坏脾气不自觉地出现了。

她冲着半梦半醒的大卫大喊大叫，"我受不了啦，我再也不想跟男人睡觉！再也不想做上流社会的女人！我没办法再伪装下去了。"

"看在上帝的分上，阿拉巴马，我头疼死了。"大卫抗议道。

---

① 枫丹白露：Fontainebleau，法国最大的王宫之一，在法国北部的枫丹白露镇，从 12 世纪起为法国国王狩猎的行宫。
② 圣克卢：St‑Cloud，法国巴黎的郊区之一。
③ 西提岛：Ile de la Cite，又译城岛，是位于法国巴黎市中心塞纳河中的两座岛屿之一，著名的巴黎圣母院和圣礼拜堂都位于该岛。

"谁管上帝，我不要吃饭，我要一直睡，睡到去舞蹈工作室为止。"

她的眸子坚定狂野，闪烁着岌岌可危的光。她小脸苍白，脖颈发乌，皮肤闻起来一股昨天晚上的脂粉残味。

"那就睡吧，没人不让你睡，你这么站着能睡吗？"

"我想怎样就怎样，我想站着睡就站着睡，谁也别管我。"

大卫对孩子气没有抵抗力，他善良随和，让人感到温暖，这是他迷人的原因。

"好吧好吧，我来帮你。"

经历过残酷战争的人愿意讲一个小故事，说他们在外籍兵团①的时候，曾经参加过凡尔登城外空地上的盛大舞会，与会的是士兵们和尸体，他们手拉手翩翩起舞。

阿拉巴马一生都在寻找生命中的魔法和超然气质，即使她知道生命之脉搏已经僵化如断肢，并散发出邪恶味道，她还是不放弃，寻找她心中的魅力之源。

女人们需要心照不宣地承受很多规矩，默默承受，不能有怨言，即使最聪明的女人嫁给了最愚蠢的农夫也不能有牢骚。相比较阿拉巴马的纠结，大卫就质朴大气得多，他坚定自信，知道自己想要什么，并为之全力以赴，从不犹豫，即使在这个混乱不堪的时代。

"哦，可怜的姑娘，我懂的，让你这么等待一定难受

---

① 外籍兵团：Foreign Legion，为法国的正规部队，自1831年组建后，便参与法国大小战事，拥有相当重要的功绩。军团成员以招募的外籍人士为主，外籍人士在服务满五年以后可以申请法国国籍，不愿意放弃原有国籍者，在契约结束后也可以得到法国居留权。

坏了。"

"天哪,闭嘴。"她明显不领情。过了好一会,她厉声喊他:"大卫!"

"干吗?"

"我要成为著名的舞蹈演员,就像那位白色大理石蓝色小血管的吉布森小姐一样。"

"是的是的,亲爱的。"大卫不置可否。

3

I

奥林匹亚大厅里激荡着舒曼的音乐,红色的砖墙反射出高潮乐章。音乐如此动人心魄,排山倒海而来,让人立不住脚,正当你喘息未定、惶恐不安的时候,音乐结束了,所有声音一下子没了,好像一只大手把所有都收走了,世界静止了。

阿拉巴马在后台逼仄的过道里穿行,灯光昏暗,一个"拉奎尔·梅勒"的名牌镶在门上,旁边画了一颗星星。走道里堆满了剧团的道具,还有其他舞者乱七八糟的东西,阿拉巴马好不容易才来到门前,她定了定神,推开了门。

门后边是另外一个世界,墙壁是蓝色绣球花的颜色,天窗下的地板整洁明亮,像是悬浮在空中的热气球摇篮。房间里有姑娘们在练舞,充斥着努力、抱负、激动、纪律,和无与伦比的认真。

一个肌肉发达的女孩站在房间中间,对着镜子在做转圈练习。起先是激烈地旋转,接着速度慢慢降低,最后降到一个极其缓慢的速度,好像催眠曲一样,她就这样一圈又一圈地转着,阿拉巴马看呆了。

她也看到了阿拉巴马,于是停下来,摇摇晃晃地走过来。

"我跟夫人约好了三点有堂课。"阿拉巴马用法语跟这个女孩说,"是一个朋友帮忙约的。"

"她一会儿就来了,"这个舞者一副高傲的样子,"你带舞衣了吗?准备准备吧。"

这丫头太盛气凌人,阿拉巴马看不出她这是在看谁不顺眼呢,是她阿拉巴马,还是整个世界,或者根本就是天生的别扭。

"你以前跳过吗?"这个姑娘又问。

"没有,第一次。"

"我们都学了一阵了。"这个女孩摆出一副前辈的样子,一边说一边转了三四个圈。

"去那儿等吧。"她明显对新手失去兴趣了,示意阿拉巴马去门厅。

更衣室的墙壁上挂满了芭蕾舞演员的照片,大长腿,硬脚尖,黑色的紧身衣,虽然散发着汗水和泪水的霉味,但利落的节拍感依然力透纸背,让人忍不住多看两眼。可以想象她们一定是在跳普罗科菲耶夫、索盖、普朗克或者法拉①。毛巾架下面,挂着康乃馨一样盛开的芭蕾舞裙,夫人的白色上衣和百褶裙就挂在褪了色的黑色帷幕后面。整个房间一股挥汗如雨的味道。

一个麻秆一样的波兰姑娘正低着头整理着什么,她气色

---

① 普罗科菲耶夫、索盖、普朗克、法拉:都是同时代著名的作曲家。

不大好，脸膛紫红，头发乱蓬蓬的活像一块破抹布。她正在整理乐谱和一些不用的衣服。悬挂的舞鞋在灯影里来回摇晃，她打开一本贝多芬乐谱，一张发黄的照片掉了出来，里面站着一个芭蕾舞演员，她端详了一下说："我觉得这是她妈。"

刚才那个丫头过来看了一眼："哦，我亲爱的斯特拉，这就是夫人年轻的时候啊，这张照片我留着吧。"她一边说一边放肆地大笑。

"凭什么啊，阿里安娜·珍妮特，应该是我来保留它。"

阿拉巴马说："我看看行吗？"

"你看看吧，就是夫人本人。"阿里安娜耸了耸肩把照片递给阿拉巴马。她有点神经质似的，每次要么不动，要么一动起来就大幅度，一惊一乍的。

照片里的人很美，有一双忧郁的俄罗斯圆眼睛，她深情款款，前额上戴了一条闪亮的金属色带子，仿佛古罗马战车御者一样。这是一张非常生动的脸，但眼神笃定执着，一望而知它的主人是个坚忍刻苦的人。

斯特拉忍不住感叹："她是不是很漂亮？"

阿拉巴马说："她看上去跟美国人没什么两样。"

这个女人让她想起了琼，她们的脸上都有一种俄罗斯冬天一样的光芒，不管走到哪里都让人着迷，这也许就是琼气场强大的原因之一吧。

背后响起一阵疲惫的脚步声，女孩们回头去看。

"这老掉牙的照片你们是从哪里找到的？"夫人笑着走过来，她的声音中有一丝敏感，但是依然充满亲和力。她很生动，虽然白皙的脸上显示不出情绪的变化。

"在贝多芬的乐谱里。"

"是啊,以前我总是熄了灯在公寓里演奏贝多芬,"夫人说,"我在彼得格勒的起居室是黄色的,永远堆满鲜花,我那时跟自己说,'我太开心了,但青春易逝,好景难长。'"她无可奈何地挥挥手,意味深长地看着阿拉巴马。

"我朋友说你想跳舞,告诉我,为什么?你已经拥有了朋友和金钱。"她一边说一边用黑眼睛毫不掩饰地上下打量阿拉巴马,从她宽阔的肩膀开始,沿着大腿而下,不放过任何一个细小的凹凸,最后再上行回到她的脖子,目光游走,放肆但专业。阿拉巴马站得笔直,像一根羽毛笔。

阿拉巴马试图解释,"我曾经看过俄罗斯芭蕾表演,对我来说,噢,怎么说呢,仿佛一直以来苦苦寻找的东西这里都有了。"

"你看的是哪出呢?"

"《猫》,夫人,我希望有一天我也能跳!"阿拉巴马冲口而出。

夫人的黑眼睛里闪过一丝几不可辨的欣赏之情,紧接着又恢复了正常。当你望着她的眼睛的时候,就好像独自一人穿过黑黢黢的山洞,脚底潮湿,石头墙壁上有水珠渗出,但是你分明能看到山洞的另外一端灰色的光芒闪现。

"《猫》可不好跳,你年纪不小了,为什么现在才来找我?"

"以前我不懂,整天忙着养活自己。"

"现在忙完了?"

阿拉巴马笑了,"反正饿不着了。"

这个女人在服装道具之间来回走着,不发一言,好像在思量什么,半晌才说:好吧,我们可以试试,你换衣服去吧。"

阿拉巴马匆匆换上衣服,斯特拉教她怎么把长长的鞋带缠在脚踝骨上,蝴蝶结要小得藏在不醒目的地方。

等她再回到夫人面前时,这个俄罗斯女演员说:"至于《猫》呢——"

"怎样?"

"我劝你还是不要跳了,要切合实际一些。"夫人背后的墙上挂着一个牌子,上面用英语、法语、意大利和俄语写着"请勿触压镜子"。夫人起身背对着镜子站好,示意阿拉巴马过来,然后她仪态优雅地看了看她。没有任何音乐,她们开始了。

"等你学会了怎么控制肌肉,我们可以加一点钢琴,"夫人一边示范一边说,"虽然现在才开始学有点晚,但是,第一步永远都是一样的——脚的位置,你必须清楚自己的脚在哪里,而且是精准地知道,不差一分一毫。"她一边说一边把脚水平地抬起,"今天晚上你就练这个姿势,抬腿至少五十次。"

阿拉巴马在把杆儿上踢脚压腿,不停地重复,一会儿工夫脸就涨得通红,她感觉自己的肌肉都要从骨头上剥离了,那种痛苦让阿拉巴马几乎要哭出来了。夫人可爱的媚眼和性感的红唇,此刻都像魔鬼一样可憎,她真是个残忍的女人啊。

"不准偷懒,继续。"夫人吆喝着。

阿拉巴马虽然疼得撕心裂肺,但依然咬紧牙关,夫人看了一会儿就起身离开,但是每过片刻,她就漫不经心地回来了,严厉的眼睛紧盯着她,确保她在继续训练。

"累吗?"她若无其事地问,用法语。

"嗯。"阿拉巴马咬着牙哼了一声。

"累也不能停。"

又过了一会儿,夫人走到她面前,冷若冰霜地说:"我小的时候,在俄国,一晚上要踢腿四百多次。"

阿拉巴马感到体内有股不服输的劲头升起,她受不了这个居高临下的女人的轻蔑样子,于是她平静地说:"我也做四百次。"

"幸运的是,每个美国人都有运动天分,你们生来如此,比俄国人要强,但是你们被自己懒惰的生活方式和轻易得来的金钱给搞坏了,对了,还有特别宠你的丈夫。今天练这些就够了,来点古龙水?"

阿拉巴马接过夫人递过来的黏糊糊的东西在自己身上揉着。换衣间里都是一些嘀嘀咕咕说俄语的姑娘,她们吃惊地看了阿拉巴马一眼,然后旁若无人地开始换衣服。夫人说阿拉巴马可以等一会,看看其他人的排练再走。

这是一幕小剧,人物不多,几个姑娘扮成男人的样子,一个坐在一把破旧的铁椅子上,还有两个站在旁边,脸上粘着大胡子,她们三个看起来像是剧场主管。她们面容严肃,偶尔交谈,对站在面前的女孩子,指指点点,这时另外一个姑娘扮成小男孩的模样飞旋进来,她穿着黑色紧身裤,包着印花头巾,打扮成海盗的样子,风一样轻快。

这组芭蕾非常迷人,它很安静,但是又饱含喧嚣和狐媚,它抛弃了人们常用的单腿回旋,而是运用了大量俄罗斯舒展的芭蕾动作和弹跳来表现强烈的情感。结束的时候,大家都意犹未尽,站在原地不发一言,好像还没有从回味中走出来,整个屋子仿佛旋涡的中心。

"你喜欢吗?"夫人依然是不动声色。

阿拉巴马脸红了,有些尴尬,她的身体因为刚才的训练而疲惫不堪,但是她忍不住激动得浑身发抖。这是她第一次把舞蹈当成一种艺术,这为她打开了另外一扇门看世界。"真是丢人啊。"她想起十年前跳的《时间之舞》,真让人无地自容,多想挥挥手全忘记。她还想起自己是个孩子的时候,在家门口的车道上轻快地跳跃,能跳多高就多高,脚尖在空中击打,整个人好像要升腾一样,这种无与伦比的感觉真是久违了。

"我太喜欢了,这是什么?"

夫人转身离开,"这是我自己编的,讲一个新手想参加马戏团的故事。"阿拉巴马奇怪地发现她琥珀色的眼睛变柔软了,不再饱含讽刺,夫人临走撂了一句话:"明天三点。"

每天晚上阿拉巴马都用伊丽莎白·雅顿的精油一遍一遍地揉腿。膝盖上方肌肉撕扯的地方显出一大片淤青。她口干舌燥,一开始她以为自己发烧了,后来失望地发现不是。阿拉巴马穿上浴衣,在路易十四的大沙发靠背上做拉伸,她的身体一直很僵硬,只好双手紧紧抓着镀金的玫瑰花手柄拼命拉伸。已经连着几个星期了,每天睡觉她都把自己的脚绑在铁床上,以劈叉的姿势入睡。训练真是太苦了。

到了月底的时候阿拉巴马已经能以芭蕾的姿势站立了。她的脚尖完全可以承担她的体重,她也学会了如何控制脊柱,把它拉紧成一个优美的弧度,仿佛赛马奔跑起来拉紧的缰绳,同时放松肩膀,感觉它们要整个掉到屁股上一样。

时间就这样一蹦一跳地溜走了,好像学校走廊上挂着的神经质的大钟。大卫对她整天待在练功室很满意,他俩不再需要用派对打发时间。阿拉巴马练舞练得腰酸腿疼,有点空儿宁可待在家里,大卫也因此能更好地工作,因为她的精力全部被舞蹈占据,不再来烦他了。

到了晚上,她累得动弹不得,坐在窗前幻想着有一天她能成为出色的芭蕾舞演员。对阿拉巴马来说,给自己设定一个目标并为之不停努力,就能压制住体内那个老是出来捣蛋的小恶魔,而在证明自己的过程中,她也就此找到了内心的安宁。舞蹈让她可以控制自己的情绪,召唤爱怜与幸福,舞蹈好像为她提供了一个平台,她想要的一切都可以通过这个平台一一实现。她咬紧牙关,日日苦练,夏天终于来了。

七月的骄阳拷打着舞蹈室的天窗,夫人在空气中喷了不少消毒剂,阿拉巴马的纱裙黏糊糊地贴在身上,汗水淌下来让她双目模糊,地板上升起呛人的灰尘,强烈的阳光好像一块黑布把人眼睛蒙住。在这种天气里跳舞真让人受不了,夫人应该摸摸大家的脚踝,看看有多烫。但所有人都在咬牙坚持,阿拉巴马也不是随便就放弃的人。她偏要较这个劲。

"身体和意志的较量",她咬着牙想,接着来了一个高难度的跳跃,"就不信管不了你们。"

有人在脖子上缠条毛巾,吸收淌下来的汗。正午时分,舞蹈室更加是令人生畏的所在,阳光噼里啪啦敲打天窗,大镜子都红了,好像摸上去就会烫伤一样。老是没有音乐,枯燥地做抬腿动作，阿拉巴马觉得真没劲，今天下午大卫叫她去科尔内比什酒店游泳她都没去。她不由地迁怒夫人，要不是她，阿拉巴马此刻只怕正和丈夫在清凉的游泳池里泡着呢。虽然阿拉巴马觉得她和大卫再也回不到新婚的时候了，但是她依然怀念那两小无猜的时光，并且把它们珍藏在自己的内心深处。

夫人一声提醒把她拉了回来，"注意了，阿拉巴马，下面要学的是这个动作。"她边说边做了一个简单的慢板。

"我做不了。"她试着比画了一下，发现没有想象的那么容易，"不过，这个动作真好看。"她兴高采烈地说。

这个芭蕾女魔头连看也没看她一眼，"好看的动作多着呢，你能做吗？"

下课之后，阿拉巴马把被汗水湿透的衣服收到手提箱里，阿里安娜的紧身衣能拧出一车的水，阿拉巴马帮她抓住一头，使劲拧，跳舞不耗费汗水怎么能行。

一个星期六的早上，夫人突然说："我要出门一个月，这期间阿里安娜·珍妮特可以指导你，希望我回来的时候咱们可以加音乐了。"

"这么说我星期一就没课上了？"阿拉巴马在跳舞上花了如此多的时间，以至于一旦把舞蹈抽掉，她都不知道生活该是个什么样子。

"我说过了，阿里安娜在。"

阿拉巴马突然流泪了，她自己也吓了一跳，目送夫人疲惫的身影在雾一样的尘埃中离去，她应该感到高兴啊——终于可以喘口气了，她也以为自己会高兴。

"哦,别哭了,"阿里安娜温柔地劝她,"夫人必须去鲁瓦亚①,她的心在那儿呢。我会让斯特拉给我们来点音乐。"她轻轻一笑,眨眨眼睛,一副心照不宣的样子。

整个炎热的八月她们都在练习,圣叙尔比斯大教堂门前的花盆里满是腐烂的落叶,香榭丽舍大街上充斥着汽油的呛人气味,那些有趣的、了不起的人物都走了,巴黎没人了,每个人都这么说。杜伊勒里宫的喷泉还是如烟如梦,裁缝们开始准备长袖子的衣服了。

阿拉巴马每天去两次排练室,邦妮也不在家,保姆带着她去布列塔尼岛②走亲访友了,大卫跟一群朋友在丽嘉酒店喝得大醉,庆祝这个城市终于消停了。

"你现在也不跟我出去了。"大卫问她。

"跟你出去老是要喝酒,第二天就没法跳舞了。"

"你是不是觉得自己能跳个名堂出来?"

"不知道,我还是要继续努力。"

"家里冷冷清清的。"

"你总是不在家,我总得给自己找点事做。"

"啊,又来了,女人的抱怨——男人都不来陪我。"

"别这么说,我愿意为你做任何事情。"

"那就今天下午陪我出去吧。"

---

① 鲁瓦亚:Royat,法国的市镇,位于巴黎南边。
② 布列塔尼岛:Brittany,法国西北部的一个半岛,与英国遥遥相望,因为曾经有大量的英国居民,所以这个法国的半岛保持有浓浓的英国风味,它的英文名称即有"小不列颠"之意。

他们去了勒布尔歇①,租了一架小飞机,大卫喝得实在不少,当他们飞到圣丹尼门②上空的时候,他酒劲上来了,非要驾驶员把他们带到马赛不可。终于回到了巴黎,还没喘口气,大卫就央求阿拉巴马跟他一起去丽拉丝咖啡馆,"咱们去那儿逛逛,然后找个人一起吃晚餐,好吧。"

"大卫,我不想去,刚才酒喝得不少,现在只想吐,如果你非要我出去的话,最好给我来一针吗啡。"

"那你现在去哪儿?"

"去排练室。"

"你还是不能留下来陪我!找个太太有什么意思?如果女人只负责跟我睡觉,那有大把的女人可以选择,干吗找你?"

"那么找个丈夫又有什么意思呢?你以为有了丈夫就有了一切,结果你发现他净说些废话,跟个长不大的孩子似的。"

出租车风驰电掣一般载着她穿过康朋街,她气鼓鼓地来到排练室,发现阿里安娜已经在等她了。

"怎么了啊?一张臭脸。"她问

斯特拉也过来询问,"生活本来就是一团乱麻,是吗?我的阿拉巴马。"

练完基本动作之后,阿拉巴马和阿里安娜来到房间中间。

"斯特拉,来点音乐!"

她选了肖邦的《玛祖卡舞曲》,天气闷热,音乐有点伤

---

① 勒布尔歇:Le Bourget,法国法兰西岛大区塞纳－圣但尼省的一个市镇,位于巴黎东北 10.6 公里。
② 圣丹尼门:Porte St‑Denis,是一座法国凯旋门,位于巴黎第十区圣丹尼郊区街附近,圣丹尼门原址是查理五世城门之一,曾是巴黎的防御工事。

感，阿里安娜翩然起舞，阿拉巴马能看出来她在尽量模仿夫人，可是她不够高挑，很难有夫人的神韵。这位巴黎歌剧院曾经的首席舞蹈演员啊，阿拉巴马心里一阵难受。

她叹口气，"生活再难，也没有专业芭蕾难。"

阿里安娜听出她的弦外之音，不高兴起来，但还是咯咯一笑，"没错，不过舞蹈不是养老金申请表格，哪有什么固定格式。你如果不喜欢我跳的，你来跳啊。"说着她叉腰往旁边一站，一副挑衅的样子，看这意思，既然阿拉巴马敢褒贬，就必须露两手了。空气中的紧张情绪一触即发，阿拉巴马感到很无辜，你阿里安娜跳得不好，跟我阿拉巴马有什么关系呢？

阿里安娜严厉地说："快跳吧，我这都是为你好。"

阿拉巴马满面不高兴，"我的脚疼，指甲一定是掉了。"

"那下次长个不掉的指甲，斯特拉小姐，音乐！"

阿里安娜抖擞精神，一阵小碎步旋转①，她的脚尖点在地板上非常果断，好像一群母鸡啄米，她一个一个地旋转，足足转了两里地，上身纹丝不动，连抖一下都没有，停下来的时候她得意洋洋地看着阿拉巴马，浑身散发出潮湿羊毛的味道。

阿拉巴马也学她的样子一遍一遍地旋转，脚踝螺丝一样拧在地上，但是很明显，她身体的速度比不上脑子，好几次都失去了平衡。但是她却发现了一个窍门：旋转的时候你必须有意识地后拉，别让身体前倾得太厉害，这样不仅省力气，

---

① 小碎步旋转：pas de bourrée，芭蕾专业动作，以小步伐连续旋转前进。

还非常优雅漂亮。

"别傻了,"阿里安娜在一旁尖叫,"这个动作你连做都做不出来还想理解它,可能吗?"

阿拉巴马不理她,继续按照自己的方式旋转,当她终于掌握了小碎步旋转的时候,她的速度之快,像是踩着风火轮,又像一只飞翔的鸟儿。以至于不管是她本人,还是旁边围观的人都不得不屏住呼吸。

大卫询问她进展如何,阿拉巴马一脸的傲娇。她觉得他不可能理解小碎步旋转这样的舞步,解释将会是徒劳的,有次她兴致好,给大卫说了两句,脸上的表情也全是"听懂了吗","就知道你不明白",到最后大卫都烦了,直接叫她神经小姐。

他恼火地说:"这世界上没有什么事是解释不清楚的,只有不好的解释。"

"你只是试图去理解,而我,是心知肚明。"

大卫心想你也不见得对我的画"心知肚明"。艺术本来就是无法言传的,虽然这些无法言传的东西是千变万化的,但它们是不是都有其共性所在呢?像物理学里的"X",它是可以代表万物的,但是表述上又简单到只有一个字母"X"。

九月,天气干燥,夫人回来了。

"你进步倒是挺大的,但是身上还是有股美国乡巴佬的味儿,多练,少睡觉,一天睡四个小时就够了。"

"路途愉快吗?您心情好些了吗?"

夫人笑了,"他们把我关在小笼子里,闷死了,要不是有人一直牵着我的手,我早就跑了。对一个非常疲惫的人来说,一个劲的休息反而不起作用,艺术家尤其如此。"

阿拉巴马傻乎乎地问:"那里有小笼子吗?"

"小可怜,你还想跳《猫》吗?"

阿拉巴马笑了,"全听您吩咐,只要您觉得我可以了,我马上冲出去买舞裙。"

夫人耸了耸肩,"为什么不现在就买呢。"

"我想先成为一名合格的舞者。"

"那你就得苦练了。"

"我一天练四个小时。"

"哦,不少了。"

"什么时候我才能成为一名舞者呢?"

夫人笑了,"呵呵,这个问题还是别问我了。"

"我还是向圣约瑟①祷告吧。"

"说不定管用啊,下次试一个俄国大神。"

秋天就要来了,冒着最后几天高温,大卫和阿拉巴马搬到了左岸。他们的新公寓正对着圣叙尔皮斯教堂的圆顶,墙壁上挂着华丽的挂毯,两边是波浪一样滚滚而下的黄色绸缎。从窗户望出去,教堂全景尽收眼底——一个老妇人蛰伏在角落里不知道在嘟囔什么,有人在办葬礼,教堂的钟声满含凄苦。广场的鸽子们吃饱了就呼啦一声从他们的窗沿儿上飞过。

阿拉巴马有时坐在夜晚的凉风里,托着腮发呆,她太疲惫了,周围静悄悄的,她想起了自己的少女时代,那时候父

---

① 圣约瑟: St Joseph,圣经人物,《新约圣经》记载中耶稣的养父,圣母玛丽亚的丈夫。

亲老是板着脸，一副不容分说的样子。但是这给了她安全感，大卫的性格有一点捉摸不定，纠结敏感，她自己也这样，但她不喜欢。他们共同经历了很多，彼此也妥协，但这一切不快乐。他们没有意识到如果要解决问题，必须要勇敢地面对，大胆地改变，而不是不停地妥协只求息事宁人。他们太相信彼此是天造地设的一对了，以至于不明白相处是需要慢慢调整的。

迷人的秋天来了，空气中渐渐有了凉爽的水汽。他们这段日子参加了好多饭局，跟一些珠光宝气的妇人们一起吃饭，她们闪闪发亮好像水族馆里的鱼。

他们也经常出门，近的地方散步去，远的地方就坐出租车。阿拉巴马越来越感到他们的夫妻关系需要改进，这种强烈的情绪被她发泄到了练舞当中。刻苦的训练让她暂时远离烦恼，远离试图把父亲的威严和初见大卫时的甜美时光交织起来的焦虑。只有舞蹈，可以给她一件披风，让她把最美好的回忆都藏在里头。她越来越忙，但是内心越来越孤独。

大卫是个喜欢热闹的人，他经常跑出去。他的朋友们也都是一群活在当下的人，根本不去想明天，只求今日痛快，无聊和无趣是他们的死敌，必须统统杀死。但是这些无法引起阿拉巴马的兴趣，就连曾经的雅克和吉布森小姐也不能。她可以忍受寂寞，甚至，她根本不在乎自己是不是形单影只。很多年以后，当回首往事的时候，她惊奇地发现，舞蹈竟然可以把一个人搞得那么疲惫。

邦妮也有了家庭教师，是个傲慢的法国女人，老是一副居高临下的腔调——"不是吗先生？"或者"这个我知道的"，让人大倒胃口。她张着嘴吃饭，牙上粘着面包屑，这让阿拉巴马恶心不已，只好把脸别到一边。窗户外面秋意正浓，阿拉巴马皱皱眉头，是不是该换一个家庭教师了？但是眼下这个也许会有所改观呢？再等等吧。

邦妮长得好快，现在一回家就唠叨学校的事情，还讲同学们的八卦。她给自己订阅了一本儿童读物，也不再对那些小孩子的玩偶感兴趣。她认为法语更优雅，渐渐拒绝说英文。对父母她还算克制，但对她说英文的老保姆，她就完全是一副不耐烦的样子了。

老保姆趁家庭教师不在的时候偷偷带邦妮去吃怪味道的英式小烤饼，每次邦妮都臭着一张脸回来，浑身散发着说不出的味道，家里人只好拼命洒法国香水。老保姆从来不承认是她让邦妮吃烤饼的，她坚持说有些东西是血液里的，喜欢吃什么不是教出来的，言下之意，口味是遗传的。

大卫给阿拉巴马买了一只小狗，起名叫"格言"。女仆称呼它为"先生"，每次做了错事要教训它的时候，女仆先哭得稀里哗啦，所以这只小兽被惯得不像个样子。他们把"格言"养在客房里，客房墙上挂着很多肖像，画的是房主的祖先们，他们一言不发地盯着这只捣乱的小脏狗。

阿拉巴马觉得对大卫有些愧疚，他们俩渐行渐远，除了老生常谈没有什么别的话题，仅靠以前的一点甜来维系夫妻感情。夫妻之间也越来越不知道该怎么沟通，说不了三言两语就生气，有次阿拉巴马觉得自己的舞台设计不错，但是大卫看了之后却对升降机赞不绝口，把阿拉巴马气得够呛。

进入十一月份以来，空气中有了寒意，天越来越高，阳光好像在巴黎上空洒了金粉,一整天都粼光闪闪的。阿拉巴马继续在灰暗的舞蹈室里练舞,虽然这里没有暖气不那么舒服,但是她感觉自己越来越专业了。

阿拉巴马给夫人买了一个小油炉子用来取暖,夫人把它放在更衣室里,女孩们就在炉子旁边换衣服,也把自己的舞鞋放在微弱的火焰旁烤干。房间里因此充满一股鞋子和古龙香水混在一起的臭味,还有一股穷酸气。

如果夫人来得晚,女孩们就自己热身,做上百个脚尖直立①。因为是俄国人的关系,她们从来不开窗户,南希和梅儿说她们都要给熏死了。这两个女孩都曾经和巴普洛娃②一起跳过舞,自我感觉很好。梅儿住在基督教女青年会③里,她曾多次邀请阿拉巴马过去喝茶。有天下课的时候,梅儿偷偷跟阿拉巴马抱怨,说她不想再跳了,因为她无法忍受。

"亲爱的,你没发现夫人的耳朵有多脏,真是看不下去了。"

阿拉巴马暗笑,她知道梅儿真正受不了的是什么,夫人排舞时老让梅儿站在后排。

阿拉巴马热身的时候,姑娘们陆陆续续来了,玛格丽特

---

① 脚尖直立:releve,芭蕾专业动作,双脚同时站立在脚尖之上。
② 巴普洛娃:Pavlova,安娜·巴普洛娃(1881—1931),是19世纪晚期及20世纪初期俄罗斯女演员,她被广泛认为是当时最著名且最受欢迎的古典芭蕾舞者之一,是俄罗斯皇家芭蕾舞团的台柱子。上世纪20年代她访问澳大利亚时,为了纪念她,一个大厨制造出一款以她的名字命名的甜点,时至今日,这款百露华糕已成为澳洲特色蛋糕。
③ 基督教女青年会:Y. W. C. A.,基督教新教的社会活动组织。1855年创办于伦敦,创办初期主要是为组织青年妇女参加宗教活动,为离家自主的职业妇女提供住处,救济贫困,后逐步成为培养妇女德行、进行广泛活动的社会机构。

总是穿一身白；费尼亚穿着她不大干净的橡胶塑形衣；和安尼斯结伴而来的是安娜，她穿着漂亮的天鹅绒短外套，据说她和个有钱人住在一起；斯嘉的衣服是深灰和大红色的，大家都说她是犹太人；还有一个女孩穿着蓝纱裙；另外几个姑娘都瘦得要命，穿着杏仁色的百褶衣，远看像是皮肤一层一层折下来；叫塔娅的姑娘有三个，都是俄国人；还有几个死白死白的姑娘，身材平铺直叙，好像穿着泳衣的小伙子；也有几个穿黑衣的女孩，年纪太小，没怎么发育，远看就是一群孩子；一个神叨叨的女孩穿一身淡紫；还有一个女孩穿得鲜红鲜红的，一看就是妈妈给打扮的，跟个大樱桃似的走起来亮瞎大家的眼；还有可怜的玛尔特，她在法兰西喜剧院①跳舞，每次一上完课，她丈夫就老大不情愿地把她拉走了。

阿里安娜·珍妮特不用更衣室，她用前厅，对着墙换衣服，然后不停地揉自己的脚踝，她一口气为自己准备了五十双舞鞋，一双只用一个星期，然后就扔给斯特拉了。夫人上课的时候，她负责让姑娘们安静。

阿里安娜有一个肉乎乎的大屁股，阿拉巴马并不喜欢，但是这不妨碍她们成为朋友。每次下了课，她俩都去奥林匹亚楼下的咖啡馆里坐坐，喝科西嘉苏打水。阿里安娜曾经带阿拉巴马去那些歌剧院的后台，看那些舞者是多么的受欢迎，两个女孩还经常出去吃午饭。大卫不喜欢她，因为她一看到

---

① 法兰西喜剧院：Opera Comique，法国最古老的国家剧院，1680 年 10 月 21 日奉路易十四之命创建，也被称作莫里哀之家。1959 年，文化部改组法兰西喜剧院，作为法国的戏剧中心，法兰西喜剧院为法国戏剧事业做出了巨大贡献。

大卫喝酒或者说教，就开始口沫横飞地数落他，她并不是矫情的女子，她只是利索爽快，喜欢讲俏皮话，经常无伤大雅地取笑别人。有的时候，她就是个精灵，只不过她的袜子总是皱皱巴巴，还有一说起话来就止不住。

她带着阿拉巴马去看巴普洛娃的最后演出，演出结束后，有两个长得跟漫画人物似的男人过来搭讪，聊了半天问能否登门拜访，阿里安娜没同意。

阿拉巴马悄悄问："他们是谁？"

"不知道，资助舞剧的有钱人呗。"

"你不认识还跟他们聊得那么开心？"

"碰上个资助人不容易，能聊就聊两句，国家剧院的前三排都是给有权有势的人留着的。"阿里安娜满不在乎地说，她借住在布瓦斯特吕当①她的哥哥那里。有些时候她在更衣室里偷偷地哭。

她说："詹芭丽小姐竟然还在跳《葛培丽亚》②，阿拉巴马你不知道生活多艰难，你有先生还有孩子，你不知道。"她哭的时候，睫毛膏在脸上留下黑色印迹，但是她的灰色眼睛里是一片广阔的天地，纯美得好像盛开雏菊的田野。

"哦，阿里安娜，快别哭了。"夫人说，"作为一个舞者，眼泪是毫无用处的。"阿拉巴马因为疲惫已经面无人色了，眼睛深陷，整个人好像秋天旷野里的一缕青烟。

---

① 布瓦斯特吕当：Boistrudan，是法国伊勒－维莱讷省的一个市镇，地处偏远。
② 《葛培丽亚》：Coppelia，经典芭蕾舞剧，偏滑稽的一类。

阿里安娜甩了甩头，过来帮助阿拉巴马掌握交织跳跃①，"落下时不要停歇，接着跳第二次，借助第一次落下的力量继续起跳，就好像一个球落下来再弹起。"

"啧，啧，啧。"夫人摇头说，"跳成这样算勉强过关吧，其实差远了。"

取悦她可是真难啊。

星期天的时候她和大卫狠狠地睡了一个懒觉，晚上他们去富瓦约餐厅或者别的什么比较近的地方吃饭。

席间大卫说："别忘了我们已经答应过你妈妈了，圣诞节回家。"

"我也想啊，但是怎么办呢？回程太贵了，你的巴黎系列画还没有完成。"

"我很高兴你也这样想，我刚刚还在考虑要不拖到春天再说吧。"

"没错，还有邦妮的学校，这个时候换校对孩子不好。"

"那，我们复活节②再回去？"

"就这么定了。"

即使在巴黎没有那么开心，阿拉巴马还是不想离开。故乡已经那么遥远，完全在她旋转的灵魂之外。

圣诞节的时候，斯特拉给排练室带去了一个大蛋糕，还给夫人带了两只鸡，鸡是她诺曼底的叔叔送的。她叔叔写信

---

① 交织跳跃：entrechats，芭蕾专用名词。
② 复活节：Easter，基督徒的节日，在春分月圆之后的第一个星期日，为纪念耶稣基督被钉死十字架之后复活而设。但这个节日变成了人们迎接春天到来的日子。

说，他没法再给她寄钱了，法郎都已经跌至四十。于是斯特拉只好靠替人抄琴谱度日，这几乎毁了她的眼睛，生活也并没因此轻松多少。她住在一个阁楼上，夜以继日地抄琴谱让她的身体很虚弱，但她还是坚持花大把的时间来练舞。

她跟阿拉巴马抱怨过，"一个波兰人在巴黎能做什么呢？"其实任何一个外乡人在巴黎都会面临这个问题，人人都在无奈，说到底，大家没有什么不同。

夫人给斯特拉找了个活——演奏会的时候替音乐家翻琴谱。而阿拉巴马也让斯特拉帮忙在舞鞋前面加防滑线，缝补一双鞋十个法郎。

圣诞节的时候，夫人亲吻了每个人的双颊，姑娘们还一起分吃了斯特拉的蛋糕，这对阿拉巴马来说已经很有圣诞节的味道了。家里一点过节的气氛也没有，这也怨不得别人，作为主妇的她根本没把圣诞节的气息带进家门。

阿里安娜给邦妮买了一件昂贵的厨房围裙作为圣诞礼物，阿拉巴马感动极了，她当然知道这对她的朋友来说是一大笔钱，这个年头，谁手里也没有闲钱。

阿里安娜说："我可能要放弃上课了，剧院的那群猪一个月才给我们一千法郎，根本不够生活的。"

阿拉巴马请夫人过来共进圣诞晚餐，之后又一起去欣赏芭蕾。夫人穿了一件淡绿色的晚礼服，整个人看起来白嫩娇弱。她直勾勾地盯着舞台，她的一个学生在上面跳《天鹅湖》。阿拉巴马特别想知道那双发黄的、哲学家一般的眼睛后面到底在想什么，特别是当那些白纱裙以优雅的姿势一圈一圈地滑过的时候。

"如今舞蹈的格局都太小了,"她摇头叹息,"我跳的时候,可不敢这么敷衍。"

阿拉巴马感到不可思议,"二十四个单腿旋转①,还不算多吗?"看着这些空灵的身躯疯狂地扭着自己,铁棍一样抽打着舞台,她的脚尖似乎也跟着疼起来了。

夫人说:"我不知道她们是不是只能做成这样,反正我跳的跟她们不一样,比这可是好多了。"

演出结束后她并没有去后台祝贺她的学生。相反,她带着大卫和阿拉巴马去小剧场看俄国喜剧。他们邻桌有个巴拉圭人,在桌子上用杯子搭了个香槟塔,他正从顶上倒香槟,大卫起身去帮他,这两个男人竟然一边倒酒一边唱起歌来。阿拉巴马感到有些脸红,她担心夫人会觉得丢脸。

夫人一旦回到俄国人堆儿里,就马上变身成俄罗斯公主。

"让他们玩吧,都是小孩儿性,蛮有趣的。"

阿拉巴马说:"很久了,练舞都是我唯一的乐趣,都忘了娱乐是什么滋味了。"

"手里宽裕的时候还是要及时行乐。"夫人追忆往昔,"在西班牙的时候,演出一完我们就去喝红酒,在俄国,哦,我们喝香槟。"

头顶的大灯是蓝色的,墙角的台灯是红色的,映照之下,夫人的皮肤晶莹剔透,好像北极光照耀在冰雪皇宫上。她没有喝太多,只是抽了几支烟,要了一些鱼子酱。她穿的衣服也都很廉价,这让阿拉巴马心里有些不好受,她曾经可是非

---

① 单腿旋转:fouettes,芭蕾专用名词。

常伟大的演员啊。战争结束之后她本来想隐居,但是手里没有钱,而且儿子还在读巴黎大学,她先生满脑子都是当初在俄罗斯皇家军校里的辉煌日子,他靠着回忆度日,手里除了落魄贵族的空架子什么也不剩。

哦,俄国人,他们生而雄浑宽厚,长成后不乏革命的气魄,巴黎到处都是俄国人,所有的牛鬼蛇神不都在巴黎吗?巴黎就是一个大染缸。

保姆和大卫的一些朋友都过来跟邦妮一起庆祝圣诞节,阿拉巴马离这些热闹倒是远远的,她在回想家乡的圣诞节。美国人跟法国人可不一样,他们不在树上挂那些磨砂的小玻璃房子。在巴黎,一到圣诞,花店里都摆满了紫色的丁香,碰上小雨天,阿拉巴马就买上一束带到排练室里。

夫人高兴坏了,"当我还是个小女孩的时候,我就为花着迷了,我爱那些田野里的花,经常把它们编成花束或者纽扣装饰,如果我父亲有朋友来访,我就给他们戴上。"每当听这个曾经伟大的演员讲述过去的点点滴滴,阿拉巴马都莫名感伤,觉得眼前这个女人真是凄美绝伦。

春天的时候,阿拉巴马的屁股已经浑圆坚挺像个黑人姑娘了,而更令她开心的事是,她越来越能自如地掌控自己的身体,这让她更不在乎汗臭味了。

女孩们抱着脏衣服去洗,凯普金街头又开始春意盎然,奥林匹亚酒店换了一批新的杂技演员,四处都散发着勃勃生机。阳光还单薄,煎饼一样摊在排练室的地板上,阿拉巴马现在已经可以跳贝多芬了。阿拉巴马和阿里安娜在起风的街上说着笑话,在排练室里打打闹闹,其他时间阿拉巴马完全沉浸在舞蹈中。除此之外,她过得好像一个努力要记起昨天晚上梦境的人。

II

"51、52、53,先生,跟您说了,有事就告诉我吧,我是夫人的助理——54、55。"

黑斯廷斯先生冷冷地看着眼前这个气喘吁吁的女孩。斯特拉正在苦练基本功,她尽量模拟夫人的样子,一边踢腿一边冲黑斯廷斯抛个媚眼,自我感觉非常好,好像自己是个大美人儿,人人都想一亲芳泽似的。不过她的小踢腿确实做得很漂亮,下午才刚刚开始,她的脸上已经布满细小的汗珠。

黑斯廷斯先生终于开口了,"我是来找大卫·奈茨太太的。"

"哦,您是说我们的阿拉巴马,她一会儿就来了,用不了多久,您再等等,她可是我们的甜心啊。"

"家里没人,用人们就让我找到这里来了。"他一边说一边眼珠子乱转,四处打量,老大不相信似的。

"不用担心,她每天都来,您只需等一会儿,一会儿,她准来,如果您不介意的话,我要踢腿了。"

57,58,59,等数到380的时候,黑斯廷斯先生起身准备走了。斯特拉大汗淋漓,娇喘吁吁,像一只刚出水的小海豚,她觉得自己完全就是一个漂亮的小女奴,黑斯廷斯应该看一眼就会昏头昏脑掏钱买下。

"请您告诉她,我来过了,可以吗?"

"当然,不过您这就走了吗?很抱歉,我跳得太糟糕了,您都看不下去了,但是五点的时候会有一堂比较好看的课,如果您感兴趣的话——"

"不必了,告诉她我走了,"他又打量了一下舞蹈教室,"算了,看起来她不会有时间参加派对了。"

其实斯特拉没必要那么沮丧,她一直很刻苦,而且跟夫人的其他学生一样,她跳舞的时候自信漂亮,如果有人看了并不觉得迷人,那完全是这个人缺乏审美的缘故。

夫人允许斯特拉欠学费,很多没钱的学生都是这样,有了钱再补上,俄国人一般都这么做。

楼梯上传来行李箱叮叮咣咣的声音,阿拉巴马到了。

"你的一个朋友打电话来了。"斯特拉说。她没有说实话,因为对斯特拉来说,独身一人接待一位先生的来访,却没有任何后续故事,这真让人难堪。其实阿拉巴马对这种生活中的小调剂也是久违了,不过一旦开始扭身旋转、空中踢腿,她就什么都不记得了,只剩下严苛的训练。

"他找我什么事?"

"我怎么知道?"

突然有种莫名的恐惧涌上心头——她不能让跳舞这件事介入她的日常社交,绝不!她有一种预感,一旦搅和在一起,她又会跟以前一样,在别人的品头论足中各种不开心。

"亲爱的斯特拉,如果再有人来,不管是本人还是电话,你都跟他们说你根本不认识我,这里就没我这个人。"

"但是,为什么啊,你会跳舞,你的朋友们不是应该为你感到高兴吗?"

"不，不，不是这样的，我无法同时把两件事做好，我没办法走在大马路上一路高踢腿，也不希望练舞的时候我的朋友们坐在角落里打桥牌。"

斯特拉倒是很乐意分享自己的点点滴滴，不管是她住的小小阁楼，还是那个骂骂咧咧的女房东。

"哦，确实是，为什么要让生活来打扰我们艺术家呢？"她拿腔拿调地说。

"对啊，你记得吗？上次我先生来的时候，他竟然在排练室里抽雪茄。"

"哦，天哪。"斯特拉表示愤怒，"我明白你的意思，如果我在这儿的话，我就会上去请他把烟熄灭，对一个舞者来说，那味道太影响情绪了。"

斯特拉穿着一件破旧的二手舞裙，上身是百货公司买的廉价舞衣。她用别针把上衣别在裙子上，造成连体衣的效果。白天她基本上就待在排练室，收拾学员们给夫人带来的鲜花，擦墙上的大镜子，用清洁药水擦拭唱片，如果弹钢琴的没来，她还要负责给大家伴奏。她觉得自己是夫人的助理，但是夫人觉得她是个甩不掉的麻烦。

斯特拉倒是很勤快，总是手脚不闲着地忙活，但她似乎视其为她的权利，别人如果为夫人做一点事情，她就唧唧歪歪的，老大不高兴。蒙胧的波兰眼睛越发雾蒙蒙的，本来就面黄肌瘦的脸更加难看了。姑娘们只好赶紧安抚她，中午给她带一个羊角包，或者一杯咖啡什么的，管她叫"亲爱的"。

阿拉巴马和阿里安娜总是找个理由给她些钱。夫人也会把自己的旧衣服或者吃不了的蛋糕给她。作为回报，她悄悄告诉她们每一个人——夫人说了你进步比其他人都快,而且她还偷偷在夫人的时间表上做手脚,让自己八个小时的工作时间变成九个,她老是耍这种小心计。

夫人对她很严厉,有时也骂她:"你根本不会跳舞,这你也知道的,你为什么不去另找一份工作?有一天你老了,我也老了,你怎么办?"

"下个星期我还有个在音乐会上翻乐谱的活儿,人家答应给我二十法郎,夫人,请让我留下吧。"

一拿到这二十法郎,她就去找阿拉巴马,极尽游说之能事,"你愿意替我出剩下的钱吗?我想给舞蹈室添一个急救箱,你知道的,我们也需要这个了,上星期有个女孩扭伤了脚,整个舞蹈室竟然连消毒水都找不出来。"斯特拉一直说这事,阿拉巴马终于忍不住跟她出去买了一个。她们去了春天百货①,店还没开门,她们就站在鎏金屋檐下等,阳光泼洒下来,发出炫目的金光,最后这个小药箱花了她们一百法郎。

阿拉巴马说:"你把它给夫人吧,我来付钱,你别把钱花在这种奢侈品上。"

斯特拉喃喃道:"是啊,我也没有个丈夫可以帮我,唉。"

阿拉巴马苦笑着说:"婚姻也让我放弃了很多。"但是对这个可怜的波兰人她又没办法生气。

---

① 春天百货:Au Printemps,巴黎春天百货是世界顶级的时尚品和零售业集团,它创立于 1865 年,一直以来都以一种勇于创新的冒险性格作为企业精神。它是巴黎第一家率先采用电力照明的百货公司,而它那以 3185 块玻璃组合而成的圆形屋顶,除了是 20 世纪 20 年代"新艺术"的代表作之一,如今更被法国政府列为历史文化遗产。

出乎意料，夫人一点也不高兴。

"简直胡闹，更衣室哪有地方放这么一个笨重的大家伙！"接着她看到了斯特拉伤心欲绝的眼睛，只好改口，"但是有个医药箱也不错，放那儿吧，不过以后不许给我花钱了。"

她让阿拉巴马盯着斯特拉点，以后别再乱花钱买礼物了。

斯特拉买得不少了，夫人桌上放着的葡萄干、甘草糖、小包装的俄国面包、起司夹心面包、糖心面包、香芹籽面包、黏黏的糯米面包、刚出炉的热气腾腾的面包，还有那些闻起来臭臭的但是吃起来香香的犹太人面包。只要斯特拉买得起，她都买来孝敬夫人。

阿拉巴马没有改变斯特拉，反而自己也开始大手大脚。既然她不能穿新鞋，因为脚会酸；也不能穿太漂亮的新衣服，因为它们的命运只能是被挂在墙上；也用不着喷香水，因为汗水的味道很快就会压倒一切（也许穷的时候会更专注舞蹈），那么她只好另找花钱的地方了，那就是买花。阿拉巴马买起花来从不手软，常常一买就花上百法郎。

皇家织锦一样的黄玫瑰、娇艳如糖霜般的白丁香和粉郁金香、红得发黑摸起来像天鹅绒的玫瑰、晶莹剔透的山谷百合、清爽高洁的银莲花、黄铜质地的金莲花，还有淡蓝色的绣球花，素雅清新，像刚写就的诗篇，像刚粉刷过的围墙，更别说带刺的鹦鹉莲了，慵懒的枝条在空中舒展，跟帕尔玛紫罗兰缠绵在一起。

她买过柠檬黄的康乃馨，闻起来好像水果硬糖，还有紫红紫红如同蓝莓布丁一样的花园玫瑰。她偏爱白色，任何一种白色的花，她都毫不犹豫买下。她给夫人在玛德琳花市上买过小白羊皮手套一样的栀子花和勿忘我,剑拔弩张的鸢尾花,还有柔软的、好像能发出咕咕声音的黑郁金香。

她就像离不开色拉和水果一样离不开鲜花,她买黄水仙和白水仙,虞美人和仙翁花,还有一些叫不上名字的,但跟凡·高的画一样充满狂野气质的花。她在和平街那些窗户上堆满仙人掌和金属球的花店里买花,从上城那些贩卖植物和紫鸢尾的花店里买花,从左岸那些被各种新潮设计堵得找不着大门的花店买花,她还在露天市场买花,就算花农们把玫瑰染成杏色,用小铁丝绑住花头,号称是牡丹她也毫不在乎。

在她意识到物质并非必需品之前,花钱是生活的重要组成部分。

舞蹈室的姑娘们都不富裕,除了诺迪卡,她坐着劳斯莱斯来上课,只跟阿里莎一起上课,后者一副布林茅尔女校①毕业生的德行,整天端着架子,两人都矫情得要命。后来阿里莎把诺迪卡的男朋友抢走了,但诺迪卡对此没什么怨言,因为这个金主依然出钱养着她,三个人貌似生活得还挺不错。

诺迪卡是个金发碧眼的尤物,阿里莎却是个让男人一看就心生爱恋的小可怜。诺迪卡容易激动,一激动起来就浑身发抖,不能自持。姑娘们偷偷说,就是因为这个,她的很多芭蕾舞服穿过一次就不能再穿了。她跳得不怎么样,始终无法做单腿抬脚旋转,每当转圈的时候,她的朋友们便纷纷挡在她前面,好让她偷偷把脚放在地上。

---

① 布林茅尔女校:Bryn Mawr College,布林茅尔学院位于美国的宾夕法尼亚州,1885年建校,是美国一所著名的百年名校,也是七所"女校常春藤"中的一员。

她俩都扬言要离开这间舞蹈室,因为有次斯特拉把吃了一半的虾罐头放在镜子后面忘掉了,后来罐头发出恶臭,把大家都熏得够呛。斯特拉坚持说这是脏衣服的味道,直到后来大家发现了罐头才明白过来,可怜的斯特拉差点被这姐俩羞辱死。但斯特拉还是希望这两个美人儿别走,因为她俩平常跟个摆设也没什么两样。

"真要命啊。"她们冲斯特拉用法语嚷嚷,"在家吃这种东西就已经让人受不了啦,还把这个臭弹拿这儿来!"

斯特拉住的地方小得可怜,箱子堆得老高,挡着半扇窗户,在这样的家里吃虾罐头只怕会被熏死。

阿拉巴马说:"别理她们,回头我带你去潘尼海鲜餐厅吃虾。"

夫人说阿拉巴马简直蠢死了,竟然要带斯特拉去那种地方吃东西。夫人说她以前跟她的先生去臭气熏天的迪佛街头吃过鱼子酱,那些牡蛎半张着嘴,噩梦一样,至今想起来都让人打寒战,那次经历几乎是场灾难。相同道理,去过潘尼海鲜餐厅之后,接下来斯特拉就会反观自己的贫苦,继而引发强烈的不平衡,以后两人还怎么相处?

夫人是自有一套理论的,她从来不跟别人借针,也从来不穿紫色的舞衣,虽然以前她有钱的时候还是很爱吃鱼的,但她看到鱼还是会觉得不祥。最重要的是,从某种程度上来说,她警惕任何奢侈品。

阿拉巴马还是带斯特拉去了,但她们吃得并不愉快,鱼汤里的番红花让阿拉巴马眼睛不大舒服,巴锡白葡萄酒也没什么味道。午餐期间斯特拉有些手足无措,还偷偷把什么东西藏进餐巾纸里。在阿拉巴马看来,潘尼餐厅并没有让这个女孩真正有所享受。

"今天的巴锡酒好平淡。"阿拉巴马只好没话找话。

斯特拉正全神贯注地从汤底捞东西,无暇回答阿拉巴马,她看起来好像是在打捞尸体。

"亲爱的,你到底在捞什么啊?"阿拉巴马对斯特拉的缺乏热情有些不高兴,心想以后再也不带穷人来这种地方了,简直是浪费钱。

"嘘,亲爱的阿拉巴马,小点声。是珍珠,不小呢,至少有三颗,我把它们都藏在餐巾纸里了,不能让服务生知道。"

"真的?快给我看看!"

"等我们出了门,我向你保证,真的是珍珠,阿拉巴马,我们要发财了,你会有自己的芭蕾舞剧,我可以在里面出演角色。"

两个女孩大气不敢出,飞快地吃完饭,斯特拉那么会讨价还价的人,都忘了在结账的时候砍价了。

出了门,她们迫不及待地躲到大街上的背阴处,小心翼翼打开餐巾纸。

斯特拉乐得合不拢嘴,"我们可以给夫人买礼物了。"

阿拉巴马仔细看了看这些圆圆的黄东西。

"它们只是龙虾的眼睛啊。"她十分肯定地说。

斯特拉的心一下子凉了半截,"天哪,真的吗?我怎么知道,我以前又没吃过龙虾。"

想象一下吧,一个人竟然沦落到要从鱼汤里寻找珍珠的境地。就好像一个穷人家的孩子整天把眼睛黏在马路上,希望能捡到钱,不同的只是孩子不需要用捡来的钱去买面包、葡萄干和小药箱。

阿拉巴马的课在早上第一节。

她一大早就往舞蹈室赶,路过寒冷的军营,看到女佣一边咳嗽一边干活,偶尔在煤油炉子的小火苗上烘烤自己毫无知觉的手指。

斯特拉说:"可怜的女人啊,她老公每天晚上都打她——她给我看过身上的伤——战争让那个男的下颌骨没了,你说我们是不是应该帮帮她,阿拉巴马?"

"不要跟我说这些,斯特拉,我们不可能帮所有人。"

但是已经太晚了——阿拉巴马注意到那个女人指甲里都是黑色的血块,因为常年在漂白剂里浸泡,指甲有些地方已经裂开了。她不忍心,还是给了她十法郎,不过阿拉巴马一点也不喜欢这种被动的感觉,这么冷的天还来跳舞已经够让人心烦的了。

斯特拉一进门就开始忙活,她把玫瑰枝上的刺去掉,又把地板上的花瓣清理了,然后再跟阿拉巴马一起哆哆嗦嗦地开始准备动作。

斯特拉督促阿拉巴马,"快,再给我演示一遍,夫人都教了你些什么?"

阿拉巴马只好一遍遍地演示给她看,怎么通过收缩和放松肌肉来腾空跳跃。每天练习这个动作,三年之后可能跳得比以前高一英寸,当然,也有可能什么进展都没有。

"而且,当身体跳跃之后,你必须慢慢落下,越慢越好,像这样。"她一边说着一边来了一个优美的起跳,然后轻巧慵懒地落下,像在气球上行走。

斯特拉很感激地看着她,叹了口气,"你一定会成为一名舞者的,但是我真不明白,你先生又不是养不了你。"

"你不懂的,我不是要自己有多大成就,我只是想让自己摆脱一些东西,一些困扰我的东西。"

"什么啊?"

"对我来说,最好的生活方式就是现在这样,每天都有一种期盼,如果今天我没有跳,那么时间就会变得毫无意义,虚度光阴。"

"你老是不在家,你先生不生气吗?"

"当然生气,所以我就来得更勤了,免得老吵架。"

"他不喜欢舞蹈?"

"没人喜欢,除了舞者和虐待狂。"

"唉,怎么就学不会呢,再教我一遍小跳①。"

"亲爱的,你不行的,太胖。"

"教教我嘛,你跳舞的时候我给你弹钢琴好吧。"

但是斯特拉一到慢板的时候就出错,阿拉巴马压着脾气,小声地批评她。

夫人突然说:"外面什么声音?你们听到了吗?"

阿拉巴马的姿势让她根本无法聆听任何声音,除非拿臀部当耳朵。

她气鼓鼓地嘟囔:"我只听到斯特拉出错的声音,这丫头就是跳不到点上。"

---

① 小跳:jete,芭蕾舞专业动作,单脚起跳,单脚落地。

夫人一看她的学生们开始较劲了,就悄悄走开了。

她只是简短地说:"一个舞者应该引领音乐,在芭蕾中舞者才是主旋律。"

有一天下午,大卫来了,带了几个朋友。

阿拉巴马忍不住跟斯特拉发火了。

"我们的排练室不是马戏团,你干吗放他们进来?"

"他是你先生啊,我总不能让他跟个门神似的守门口吧。"

"闪身,踢弹,踢弹,闪身,双起双落,闪身,切入,二位中跳,二位中跳,二位中跳,巴斯克舞步,两个旋转。"

高挑漂亮的迪奇小姐也来了,看了一会儿就问:"这不就是《维也纳森林圆舞曲》吗?"

道格拉斯小姐刚做了一个新发型,石头棺材一样,但是她自己觉得挺美,她娉娉婷婷地说:"哎呀,我真不明白,阿拉巴马为什么不跟纳德·维伯恩①先生学呢?"

淡淡的阳光轻轻叩打在窗户上,发出香草色的光晕。"闪身,踢腿,闪身,踢腿。"阿拉巴马恶狠狠地跳着,不小心咬破了舌头。

出血了,"要命!"她赶紧跑到窗户边上把嘴里的血吐了,简直受不了身边的这些女人。

"噢,怎么了,亲爱的?"

"没事。"

道格拉斯小姐义愤填膺起来,"哎呀,简直太荒谬了,这有什么乐趣可言啊,你看她一嘴血沫子。"

---

① 纳德·维伯恩:Ned Weyburn (1874—1942),著名的编舞艺术家。

迪奇也说:"确实太残酷了,她在自己漂亮的起居室里什么时候遭过这样的罪,真不知道这是为了什么?"

阿拉巴马从未像现在这样感觉自己离目标如此之近,"闪身,踢腿,闪身,踢腿"——"为什么?"不要问为什么,夫人明白,而阿拉巴马也慢慢明白了。只要用手臂去听,大腿去看,人人都能明白,但是她的朋友们只会用耳朵听,用眼睛看,她们无法明白。这就是"为什么"。阿拉巴马此刻感觉自己内心充满了对舞蹈的忠诚,她根本无需解释。

大卫看了一会儿就走了,留下一张条子,"我们在街角的小酒吧等你。"

夫人过来看了一眼,"你要去找他们吗?"

"不。"阿拉巴马果断地说。

这个俄国女人叹了口气,"为什么不呢?"

"生活哪里能面面俱到,跳完之后我需要洗澡。"

"你一个人回家做什么呢?"

"六十个单腿旋转。"

"好吧,别忘了小碎步旋转。"

阿拉巴马终于忍不住了,她冲夫人大声喊道:"为什么我不能跟阿里安娜跳一样的舞步,至少跟诺迪卡一样,斯特拉说我跳得跟她们一样好!"

夫人摇摇头,说你跳《梦会爱晚亭》那段复杂的华尔兹我看看吧。阿拉巴马试了几个动作,她知道自己跳起来简直像一个小姑娘在跳橡皮筋,而且还是个笨姑娘。

"看到了吧,现在去给佳吉列夫①跳舞还太早。"

佳吉列夫向来以严苛著称,他的舞团早上八点就开始排练了,接着奔赴剧场,晚上一点才离开,简单休整之后再直奔排练室。

佳吉列夫坚持舞者们应该用最紧张的节奏生活,这样舞蹈就会变成必需品,就像毒品。所以她们不分黑白地疯狂训练。

有一次他们舞团里有人结婚,女演员们都聚集在排练室庆祝,大家难得没有穿舞衣,阿拉巴马发现她们日常的装束都很简单,偶尔有皮草和蕾丝。她们看起来都不年轻了,但每个人都充满了对自己身体的自信,光芒四射,廉价的衣饰根本无法阻挡她们迷人的魅力。

如果有人超过五十公斤,佳吉列夫就尖着嗓门发飙,"你们必须轻盈,大胖子可别想跳好慢板,别逼我把你们统统送到健身房去。"他从来不把手下的女孩们看成舞者,除非她已经成为明星。他对自己的艺术感觉有着近乎宗教般的虔诚,与其他舞团不同,他的舞蹈演员都必须完全放弃自我来迎合他的艺术理念。

在他的作品中,没有小制作,有的只是精益求精。他的舞者当中,有些出身贫寒,来自俄国底层,但经过他的调教,个个是人物。她们都为舞蹈,为她们的主人而生。那次,阿拉巴马看呆了。

---

① 佳吉列夫:Diaghilev,19世纪末至20世纪初杰出的俄罗斯戏剧及艺术活动家,他首次把俄罗斯芭蕾舞艺术介绍给世界,并奠定了俄罗斯芭蕾舞在欧洲乃至全世界的艺术地位。

"你这么七情上脸干什么?"夫人尖厉的声音把她拉回舞蹈室,"我们又不是在拍电影,能不能保持平静!"

"1234,2234——"

斯特拉焦急地哀求:"阿拉巴马,快教我。"

"别问了!我自己都不会。"阿拉巴马没好气地回答,她并不喜欢斯特拉把她俩排在一起。她暗自下了无数决心,不要再给斯特拉钱了,让她离自己远一些。但这个女孩早已深谙生活之道,她会眼泪汪汪地赖着阿拉巴马,给她买一个苹果,或者一袋子薄荷饼干,阿拉巴马不忍心只好再给她十法郎。

斯特拉经常说:"亲爱的,要没有你的话,我怎么活啊,我叔叔一分钱也不会给我的。"

"我要回美国了呢?"

"到时候可能会有另外一个美国人吧,她也像你一样对我这么好。"斯特拉傻乎乎地说,对她的小脑子来说,一天以后的事都想不明白。

马琳娜偶尔也会给斯特拉钱。马琳娜想开一间自己的排练室,她已经盘算很久了。她曾经许诺斯特拉说,一旦舞蹈室开起来,就雇她过去弹钢琴,但前提是特斯拉要能从夫人这儿拉走足够多的学员。这个馊主意是马琳娜的妈出的,她也是个舞者,但终其一生默默无闻。

这个女人胖得像个熟食店的香肠,因为历经沧桑,眼睛已经半瞎。她用胖嘟嘟、油腻腻的手举着长柄眼镜看着她女儿,得意洋洋地跟斯特拉说:"看到了吧,就算巴普洛娃也做不了这么漂亮的碎步小跳,没有人比我的马琳娜跳得更好了,你应该把你的朋友们都介绍过来。"

马琳娜是个鸡胸,她跳起舞来活像一个人在痛苦地被鞭子抽。

这个老女人兀自夸道:"你看她呀,美得像朵花儿。"但是这朵花一出汗就浑身洋葱味。马琳娜表面上对夫人不错,经常拍夫人的马屁。她在这儿学芭蕾也有些年头了,她妈妈一直都觉得夫人应该给马琳娜在俄罗斯芭蕾舞团找个工作。

有一次上课前洗刷地板,水桶从斯特拉的手里滑落,不小心把马琳娜脚下的镶木地板浸透了,马琳娜看见了,但没吱声,她怕夫人觉得她小题大做。

"闪身,踢弹,闪身,踢弹——"

马琳娜扑通一声滑倒在地。

斯特拉赶紧冲过去,"我就知道医药箱能派上用场,阿拉巴马,快帮我拿些创可贴来。"

"1234,2234——"

"你看,玫瑰都死了。"斯特拉这两天对阿拉巴马略有怨言,她一直想要阿拉巴马的那件旧的蝉翼纱裙,其实那件裙子在她身上背后根本扣不起来,而且她的腿也太粗了,把裙子绷出老大的口子。阿拉巴马做这条裙子的时候,专门请人在胯骨两侧缝了四层宽宽的花边,光是在法国洗衣店熨烫这些花边就要五法郎。

她喜欢因天气而变换裙子,在阴郁的天气里,她穿黄绿色,如果是中午上课,就穿粉色,傍晚就穿天蓝色,在早上,她最喜欢白色,跟那清澈的天空是绝配。

她买了一些棉质的紧身上衣,让腰间也有一点颜色,她希望自己在阳光下有柔美的色彩。粉色裙子上面是橘色上衣，沉闷的黄绿色就用翠绿调和。不停地搭配颜色，阿拉巴马觉得好玩极了。她本来行头就不少，可以随心所欲地搭配，她甚至根据心情来变换颜色。

大卫也跟她抱怨，房间里古龙水的味道太浓了，几乎呛人，角落里总是堆着排练后的脏衣服，芭蕾舞裙的裙摆太大，壁橱和抽屉根本塞不下，而且她整天累得精疲力竭，对房间的凌乱几乎视而不见。

有一天早上邦妮进来说早安，阿拉巴马正没好气，已经七点半了，她赶着去舞蹈室，结果发现因为晚上湿气重，笔挺的裙子塌了，所以她气哼哼地问邦妮："你是不是没刷牙？"

小姑娘说："我刷了。"邦妮很明显不高兴，"你告诉过我，早上第一件事就是刷牙。"

"我是这么说的，你是这么做的吗？我都能看见你门牙上的奶油。"

"我确实刷啦。"

"不许撒谎，邦妮。"

邦妮气得大喊大叫，"我没有，你才撒谎。"

"不许这样跟妈妈讲话！"阿拉巴马抓过邦妮的小胳膊，在她大腿上响亮地拍了一下。这个清脆的声音一下子提醒了阿拉巴马，她从来没有这样对待孩子，邦妮也吓了一跳，两个人涨红着脸，面面相觑。

阿拉巴马先开的口，"真对不起，宝贝儿，我并不想伤害你。"

"那你为什么打我？"小姑娘怨气未消。

"我本来只是想给你点教训,让你知道做错事应该得到惩罚。"她简直不相信自己竟然说出这么一番话,但她总要给出点理由啊。

当阿拉巴马准备离家的时候,她停下匆匆的脚步,返回到邦妮的房间。

"家庭教师小姐?"

"什么事,夫人?"

"今天早上邦妮刷牙了吗?"

"当然,夫人,您不是说早上第一件事就是刷牙吗?虽然我觉得这对牙釉质不是那么好——。"

"糟糕!"阿拉巴马追悔莫及,"我冤枉她了,必须做点什么,这可怜的孩子肯定委屈死了。"

一天下午,家庭教师小姐出去了,阿拉巴马让保姆嬷嬷领着邦妮去排练室。姑娘们都跑过来围着这小娃娃。斯特拉给了她很多糖果,邦妮吃得噎着了,把巧克力搞得满脸满手都是。阿拉巴马一直都让孩子咳嗽的时候尽量不要出声,斯特拉就领着这个涨着脸的小宝贝儿去门厅,拍打她的后背,让她咳出来。

斯特拉乐呵呵地逗她:"你长大了也可以跳舞啊。"

"我不要!"邦妮仰着坚定的小脸,"我不要像妈妈那么严肃,以前她温柔多了。"

嬷嬷完全被阿拉巴马折服了,"夫人啊,您太让我吃惊了,我从不知道您跳得这么好,简直跟其他人没什么两样,虽然我是个外行,但是我觉得这对您来说是件好事。"

"哦,天哪。"阿拉巴马脸红了。

嬷嬷自顾自地继续说:"我们都得找些事做,而我们家夫人从不打牌。"

"是啊,我们总是要做事,一旦做上手,就会发现无法离开它了。"其实阿拉巴马最想说的是"闭嘴"。

大卫听说邦妮去了,也要求再去排练室看阿拉巴马跳舞,阿拉巴马说:"一定要这样吗?"

"为什么不让我去?我觉得你应该很高兴我去看你排练。"

她自负地说:"你不会明白的,你去了只会看到我什么也跳不好,你会笑话我的。"

舞者总是在挑战自己,想要不停地超越。

"怎么还在练半圈旋转①?"夫人会说,"你都做过很多次了,可以了。"

大卫又是一副很懂的样子,"你太瘦了,就算把自己搞死也没用,这个世界上最远的距离就是艺术家和爱好者的差距。"

她想了想说:"你是说我和你的差距吧。"

他也在朋友面前说阿拉巴马跳舞的事,只是他每次提起来都油腔滑调,好像她是他的一幅作品。

"感受一下她的肌肉。"关于他的太太,似乎除了这个也没什么好说的。

她越来越疲惫,整个人看起来随时要散开一样。

大卫是成功的,但是他的成功是他自己的——他赢得了对这个世界品头论足的权利——阿拉巴马觉得自己对这个世

---

① 半圈旋转:deboule,芭蕾舞术语,踮起脚尖,连续急速半圈旋转。

界来说毫无用处，她没有大卫那样的超然，也不晓得怎样与世俗为伍。

但是她有她的追求，她要进入佳吉列夫的舞团，这个希望就在不远处若隐若现，仿佛圣地。

大卫说："你又不是第一个想要跳舞的人，用不着这么假模假式的吧。"

阿拉巴马时常陷入自卑境地，只有斯特拉那些过于夸张的阿谀奉承才能稍微安慰她一下，虽然她知道那不过是马屁，并不可信。

斯特拉继续充当整个排练室的笑柄，那些姑娘们都不是省油的灯，她们彼此嫉妒，谁也瞧不上。她们的恶意和坏脾气都发泄在这个笨拙肥大的波兰女孩身上。而她总是做出各种努力取悦大家，对每个人都曲意逢迎。

有一次阿里安娜爆发了，"我刚买的紧身衣不见了，四百法郎的那件，排练室以前还没出现过贼呢，我可没有那么富裕，四百块可以随便从窗户上扔出去。"她一边说一边看着姑娘们，最后盯着斯特拉。

事件不断升级，大家只好把夫人叫出来。最后发现原来是斯特拉把这件紧身衣不小心放到诺迪卡的柜子里了。诺迪卡气得直嚷嚷，扬言要把柜子里的其他衣服都干洗了，虽然她知道根本没这必要，因为阿里安娜那件紧身衣是新的。

排练的时候，斯特拉把阿里安娜身后的位置留给了琪拉。琪拉是个漂亮的女孩子，长长的棕色头发，漂亮的曲线，据说有大佬罩着她，没人知道是谁，但琪拉乖得不行，唯这个人命令是从。

阿里安娜很不满,"叫琪拉离我远点,这个丫头只会把我的舞蹈搞坏,她在把杆上睡,在地板上睡,不知道的还以为我这跳的是睡觉呢。"

琪拉尽量好脾气地说:"阿里安娜,亲爱的,别生气,你教我跳空中打脚①好吗?"

阿里安娜冷笑一声,"空中打脚?你只会空中打鸡蛋吧,我一定得告诉斯特拉别把这丫头放我后面。"

斯特拉只好把琪拉的位置往后安排,小姑娘哭了,抽抽搭搭地去找夫人,"斯特拉有什么权力决定我站在哪里?"

"她当然没权力。"夫人说,"但她是这儿的老学员,给她个面子,有些事你用不着太在意。"

其实夫人希望姑娘们多吵吵小架,她本人平常话并不多,只有说起音乐和舞蹈来才会滔滔不绝。有次说起门德尔松的音乐品质是黄色的还是樱桃色的,说到兴起,她换成了俄语,阿拉巴马于是就迷失在马尔马拉海②的潮汐里了。

夫人有漂亮的棕黑眼睛,她盯着你看时,让人仿佛置身秋天榉树林里的小径,四下里薄雾轻荡,脚下的泥土里偶尔有小股泉水。

整个舞蹈教室都在她的一手掌控之下,女孩们听命于她,好像大海里的小浮标跟随潮汐。用不着她用严厉的东方口音说太多,女孩们一听到钢琴开始演奏《埃及艳后》中的安魂曲,马上明白夫人因为她们刚才的自作主张生气了,当夫人

---

① 空中打脚:batterie,芭蕾专业术语。
② 马尔马拉海:sea of Marmara,土耳其内海,土耳其亚洲和欧洲部分分界线之一,是黑海与地中海之间的唯一通道。

示意演奏勃拉姆斯①的时候,大家就明白接下来的课程要充满挑战性了。夫人好像除了舞蹈之外别无生活可言,她只为她的艺术存在着。

"斯特拉,你知道夫人住哪里吗?"有次阿拉巴马好奇地问。

斯特拉说:"亲爱的,排练室就是她的家,至少对我们来说。"

有一天,阿拉巴马上课的时候,进来几个男的,手里拿着测量杆。他们在地板上走来走去,认真仔细地测量,过了几天,他们又来了。

女孩们窃窃私语:"干什么的?"

夫人黯然神伤,"亲爱的们,我们要搬家了,他们要把这儿变成一个电影工作室。"

到最后一节课的时候,镜子也被拆除了,阿拉巴马使劲盯着那面空白的墙,想要寻找她们做过的上千遍的竖趾旋转和迎风站立②。

但是什么都没有,只剩下厚厚的灰尘,还有墙缝里一个生锈的发夹曾经待过的痕迹,那里以前挂着一幅画。

当她发现夫人正饶有兴趣地看着她时,阿拉巴马有些不好意思,"我以为我能找到些什么。"

夫人笑了,摊开双手,"但是你什么都没发现,可是在我的新工作室里,早就为你准备了一件蓬蓬裙。阿拉巴马你曾

---

① 勃拉姆斯:Brahms(1833—1897),德国古典主义最后的作曲家,浪漫主义中期作曲家。
② 竖趾旋转:pirouettes;迎风站立:arabesques,芭蕾术语。

经不止一次地问我,在舞蹈上你能够到达哪里?但我从来没给过你答案,那是因为答案要等你自己去寻找,也许就在那件蓬蓬裙里,没人知道会发现什么。"

但夫人并不像她表现得那么洒脱,没人的时候她也久久站立在墙前,这面浸染了她太多作品的墙,她依依不舍。

阿拉巴马曾经在这里洒过那么多汗水,经历了那么多苦楚,圣舒尔皮斯大教堂的蜡烛正燃,她不想离开。

她和斯特拉还有阿里安娜一起帮助夫人搬运那堆不用的旧衣裙,穿破的趾尖鞋,还有废弃的箱子。一边整理一边不可避免地想到曾经馥郁芳香的日子,她偷眼看夫人。

夫人面无表情,"是的,真让人伤感。"

III

新的舞蹈室在俄罗斯音乐中心的一角,阳光跟以前一样泼洒下来,发出钻石光芒。

阿拉巴马独自一人茫然地站在那里,脑子里是纷纷思绪,好像一个被往事困扰的悲伤寡妇,她长长的腿在白色蓬蓬裙下无意识地伸展,仿佛一个月亮骑士。

"不错。"教练小姐用俄语说,冰冷的喉音携带着西伯利亚平原的雷电风暴。这位俄国姑娘有张苍白坚毅的小脸,水晶般透彻。她的额头上布满青筋,给人感觉心脏不大好,其实她本人很健康,虽然过着清苦的生活。

她用小饭盒带午饭———一小块奶酪,一个苹果和一小瓶凉茶。午餐的时候,她就坐在舞台下面的台阶上,在音乐阴郁的慢板中放空自己。

阿拉巴马向她走去,看着她的肩胛骨一点点耸起,整个身体依然习惯性地紧绷着,像刀锋。她脸上有一种痛苦的微笑,这是紧张排练造成的。她的脖子和胸膛红扑扑的,肩膀结实浑厚,像是一个大枷锁架在瘦弱的胳膊上。阿拉巴马温柔地看着这个白皙的姑娘。

"你在望什么呢?"

这个俄国姑娘回过神来,她身上带有一种独特的温柔与决绝。

"哦,亲爱的,形体,好多事物的形体。"

"好看吗?"

"好看。"

"那我就把它们跳出来。"

"好吧,注意你的动作组合,你每一步跳得都不错,但是你从来不按章出牌,要知道,没有连贯流畅的衔接,舞蹈就没有生命。"

"那你帮我把关。"

"亲爱的,加油,我当年也是从这个舞剧开始的。"

阿拉巴马决心要谦虚一点,听从这个俄国小姑娘的建议,这个丫头虽然无情,但不乏令人臣服的魅力。慢慢地,她跳到了天鹅湖的那段慢板。

"等一下,音乐! 停!"

阿拉巴马从玻璃中看到那张白色透明的脸,两人相视一笑,又挪开了。

阿拉巴马接着说:"我要按这个速度跳的话,腿会断的。"

俄国姑娘把肩上的披肩拢了拢,她神情自若,像是自言自语,"如果因为这个不去挑战,那么你就别跳舞了。"

阿拉巴马说:"我不认为挑战就是要摔断腿。"

这个故作老成的芭蕾舞演员叹了口气,"小家伙,你可以的,要相信自己,放心去跳吧。"

"我试试吧。"

新的舞蹈室没有以前的大,夫人于是减少了一些免费课程,更衣室也小多了,姑娘们没有办法在里头练习换脚跳。但也因为没有地方挂衣服,舞蹈服反而更干净了。课堂上新来了一些英国女孩,她们还抱有幻想,觉得生活与舞蹈可以兼顾。她们每天早上在前厅热烈地交谈,说些塞纳河游艇上的八卦,或者是蒙帕纳斯①街上的聚会,叽叽喳喳,一群鸟儿一样。

下午的课是可怕的,从火车站出来的浓烟一直糊在舞蹈室的天窗上,而且会来一些男舞者。有一个活像马奈《女神游乐厅的酒吧》里的黑人,他体格健美,但姑娘们还是笑他。事实上,姑娘不放过嘲笑任何一个男舞者。亚历山大长了一副文质彬彬的脸,还戴了一副眼镜,当他在军队服役时,他在莫斯科芭蕾剧院长期拥有一个包厢。鲍里斯是个神经紧张的人,他在来上课之前总要去隔壁咖啡店里给自己来杯咖啡,然后在里面滴上十滴镇静剂。席勒年纪不小了,依然保持化

---

① 蒙帕纳斯:Montparnasse,蒙帕纳斯是一个曾在法国文化艺术史上领过几十年风骚而如今风韵犹存、依然能引起许多人怀旧眷念的街区。凡20世纪稍有点名气且又在巴黎滞留过的无论哪国的艺术家、文学家、思想家,恐怕无一没到过这一当年被美国人成为"世界中心"的蒙帕纳斯。

妆的习惯，以至于脸浮肿得好像是个调酒师或者小丑。丹东技艺高超，他竟然会立足尖，虽然他总是尽量不让自己看起来过于华丽。

她们谁都嘲笑，除了洛伦茨，没有人可以嘲笑洛伦茨。他非常俊美，好像十八世纪农牧神的雕像，体魄也健壮，每一块肌肉都很漂亮，看他跳肖邦的玛祖卡真是一种享受，原来人生可以这样美好。

尽管几乎是全世界最好的舞者，他依然腼腆斯文，课后偶尔跟姑娘们坐坐，用一个玻璃杯子喝咖啡，吃湿乎乎的卷了罂粟种子的俄罗斯卷。他理解莫扎特，能够表达出乐章里优雅的无奈，也能表达其中的疯狂，而理性对这种疯狂的过早免疫与恶意警惕也正是现实生活的写照。相对而言，贝多芬就简单直白多了，至于那些更加现代的音乐家的所谓革命性的作品，他几乎不放在眼里。他说他根本不能跳舒曼，毫无美感可言。对阿拉巴马来说，他堪称完美。

阿里安娜因为自己无与伦比的技术也免于被嘲笑。

人们喊："哇，好大的风。"

"是阿里安娜在旋转啦。"

她最喜欢跳李斯特。她控制自己的身体就好像操控一架木琴，对夫人来说，阿里安娜是独一无二的。当夫人接连喊十个或者更多动作时，只有阿里安娜能把它们一口气都跳出来。她干脆利落的脚步和恰到好处的姿态，好像雕刻家手里的刀子一样划过空气。但是她也有短处，她的手臂因为过于粗壮有力而缺乏线条美，并且因为不够长，所以总也伸不到远处。她也知道，所以常常去找医生咨询。

"亲爱的,你也进步很多了。"女孩儿们一边跟阿拉巴马客套,一边越过她抢先走进教室。

夫人看见会说:"你们不要挤阿拉巴马!"

阿拉巴马坚持每晚做四百个踢腿。

阿里安娜和阿拉巴马每天从协和广场乘出租车一起来,她们分担车费。但是阿里安娜执意让阿拉巴马中午来她的公寓吃午饭。

她说:"我不喜欢欠人情。"

她俩如此亲密有一部分原因是她们彼此嫉妒,而且她们都想搞清楚对方到底嫉妒自己什么。两个女孩身上都有一股叛逆的劲头,这也让她们彼此吸引,结成好友。

"来吧,你一定要看看我的狗。"阿里安娜说,"有两只,一只很乖,一只根本就是个诗人。"

她们去阿里安娜的公寓吃午餐,小桌子上摆放着仙人掌,在阳光里像银针一样,旁边有一些签名的照片。

"很可惜,我没有夫人的签名照片。"

"也许有天她会给我们一张。"

阿里安娜建议说:"我们也可以从摄影师手里买点,我认识那个摄影师,去年夫人跳芭蕾的时候,就是他给拍的样片。"

后来她们真的买了,还把照片带到舞蹈室来,夫人看了又好气又好笑。

"你们想要可以跟我开口啊,我有更好的。"

后来她给了阿拉巴马一张,那是在一个狂欢节上拍的,她穿着波尔卡大波点裙,手指花蝴蝶一样翘起——阿拉巴马发现,夫人的手指短粗,像截小木棍。阿里安娜知道后更加嫉妒了。

搬过来之后,夫人开了个派对庆祝。她们喝了很多甜甜的香槟,还有黏糊糊的俄罗斯蛋糕。阿拉巴马贡献了两大瓶宝禄爵香槟①,但是夫人的老公,就是那个"贵族先生",因为在巴黎上过学,一看这种酒就把它们带回家留着自己享用了。

阿拉巴马可能是吃了太多橡皮糖点心,有点不舒服,于是"贵族先生"叫了辆出租车送她回家。

"为什么到处都是铃兰花的味道?"她头涨如裂,紧紧抓住车门把手以防自己吐出来。

"你把自己搞得太辛苦了。""贵族先生"说。

急驰的路灯下,他脸色憔悴。人们传说他用夫人的钱在外头养了个情妇。那个女的是个钢琴师,还有一个病怏怏的老公。每个人都留一手。

阿拉巴马已经麻木了,都不记得自己什么时候会为这种事情生气,这不过是生活的残酷事实罢了。

大卫说他可以帮助阿拉巴马成为一名成功舞者,不过他看不出她身上有这种潜质。他在巴黎倒是有些朋友,也许能帮上忙。最近他总是带朋友回家,他们还会去歌剧院广场那些华丽的餐厅吃饭,这些餐厅无一例外挂满现代装饰画,到处堆着骄奢的皮草、华丽的玻璃杯、毛绒靠垫和繁琐的鲜花。

---

① 宝禄爵香槟:Pol Roger Brut,宝禄爵香槟位于香槟产区的埃佩尔奈镇,创建于1849。

有时她会劝大卫早些回家，他大发脾气，"你有什么好抱怨的？你已经因为那个该死的芭蕾把自己搞得众叛亲离了！"

他和朋友们在林荫大道上喝查特酒①，高大的树木，玫瑰石的路灯，一溜两排，夜色温柔缱绻，如交际花手里的羽毛折扇。

阿拉巴马的练习越来越困难，高难度的弗韦泰②动作让她感觉自己的大腿活像一块火腿。而空中五次的交织弹跳③，让她的胸快要垂到肚脐眼了，跟个英国老女人似的。

虽然镜子里看起来还好，但是她知道自己毫无美感，就是一堆肌肉。追求成功现在已经变成一件过于痴迷的事，她咬牙苦练，感觉自己就是一匹困于斗兽场的伤马，五脏眼看就要翻出来了，但只要还有一口气，就绝不放弃。

家里的情况也不见得好到哪里去，因为女主人经常不在，家务因为没人管理几乎是一团糟。每天早上阿拉巴马离开家的时候，都会留下一张字条说明午餐吃什么，但是厨子从来不照办，厨娘们把黄油放在脏兮兮的火炭箱子里，每天给炖兔子，给其他人只做她自己喜欢吃的东西。即使换个新厨娘也于事无补，这个家越来越像个客栈，就是一群人生活在一起罢了，彼此之间毫无温情。

家庭教师小姐对邦妮一直很严苛，小姑娘其实更需要一

---

① 查特酒：Chartreuse，法国的一种具有药效的鸡尾酒。传说在1605年，僧侣们偶然从一本东方古籍里面找到了一个所谓的长生不老的配方，僧侣们按方配制出来之后，又用葡萄酒把它调制成药酒，就成了查特酒。
② 弗韦泰：fouette，芭蕾专业动作术语，立脚尖单腿原地旋转。
③ 交织弹跳：entrechat，芭蕾专业动作术语。

对和善亲密的父母,像圣诞老人一样给她温暖。

天气好的时候,家庭教师小姐会带邦妮去卢森堡公园散步,那里都是些法国孩子,戴着小白手套,在百日草和天竺葵的花丛间滚铁环。

阿拉巴马突然发现,邦妮长得好快,她想也许是时候让孩子跳芭蕾了。夫人也答应有时间的话可以面试一下邦妮。邦妮对此却提不起劲头来,她说她一点也不想跳舞,这让阿拉巴马听了气愤不已。

邦妮有次说家庭教师小姐跟一个司机在杜伊勒里宫公园散步。家庭教师赌咒发誓她行得正坐得端,完全经得起闲言碎语的挑衅。厨娘非说汤里的黑发是女仆玛格丽特的。格言大摇大摆地跳到丝绸沙发上吃东西,大卫说这个家已经被害虫们占领了。住在楼上的人早上九点准时打开留声机放"小丑"的音乐,吵得他没法睡觉,而阿拉巴马越来越经常睡在舞蹈室里了。

夫人最后还是收了邦妮做学生,阿拉巴马看着女儿的小胳膊小腿有模有样地做着动作,兴奋难言。她到底是换了一个家庭教师,新的家庭教师曾经为一名英国公爵工作过,她抱怨说舞蹈室的气氛对一个小女孩来说不大好,这也许是因为她根本说不了俄语。这位家庭教师有点神经质,她认为这些女孩们卷着舌头说话简直是场灾难,而在镜子前面毫不掩饰地搔姿弄首更加令人难堪。

夫人说邦妮目前来看没什么天分,不过她还小,也难说。

每天一大早,阿拉巴马就赶去舞蹈室,九点钟的巴黎干净素雅,好像一幅铅笔画。为了躲开巴蒂尼奥大街上的车流,她选择了捷运,车厢里一股炸土豆的味道,她还在湿乎乎的楼梯上滑了一下,一路上她都在担心被人踩了脚,好不容易来到舞蹈室,发现斯特拉在前厅等她,眼泪汪汪的。

"阿拉巴马你必须要为我说句话,阿里安娜她整天什么也不干,就知道欺负我,我为她修鞋子,为她整理音乐,连夫人都同意我在课堂上演奏音乐,她竟然不同意。"

黑暗中,阿里安娜正弯腰整理她的箱子。

"我再也不想跳了,夫人要教小孩子,要教新手,要教所有人,哪里有时间给我?现在连个能弹好钢琴的人都没有,我怎么跳舞?"

斯特拉抽泣着,"你只要告诉我怎么做,我总是尽力而为的。"

"我现在就告诉你,你是个好姑娘,但是你弹起琴来像头猪!"

"你想要什么样的,你可以告诉我啊。"斯特拉为自己尽力辩解,她的小脸又红又肿,皱皱巴巴满是泪水。

阿里安娜也给气哭了,"我再解释一遍,我是个艺术家,不是钢琴老师,好吧,我走,让夫人继续办她的幼儿园吧。"

阿拉巴马说:"如果真的要走,那也应该是我,阿里安娜,我把夫人的时间让给你。"

阿里安娜怔怔地看着她,泣不成声,"我已经跟夫人解释过了,我现在参加晚上的剧团排练,之后就累得不行,根本没有办法上晚上的课,我也是花钱来的,不比你少,课程那么贵,我如果学无所成,意义何在?"

她擦了一下眼泪,不无挑衅地看着阿拉巴马,"跟你不一样，我以此为生。"

"别哭了，孩子们要来上课了，"阿拉巴马说，"我记得第一次见到你的时候，你就跟我说，每个人都应该有机会学习芭蕾。"

"是啊，应该让她们学，哪怕是在浪费生命。"

阿拉巴马叹了口气，"把我的课跟邦妮排在一起吧，你不能走。"

阿里安娜终于笑了，"你真是个甜心，夫人不够强硬，总是喜欢新鲜事物，好吧，我不走了，但是下不为例。"

她竟然吻了吻阿拉巴马的鼻子。

邦妮对上课提不起兴趣来，她每个星期有三个小时的课。夫人倒是很喜欢这个孩子。课程虽然紧凑，但她总是找机会表达她的喜爱之情。她给邦妮买了好些水果和猫舌巧克力饼干①，还煞费苦心摆放她脚的位置。邦妮某种程度上成了她的情感寄托，虽然她知道舞蹈训练应该是理性的，不能允许任何多愁善感存在，但她还是忍不住对这个小姑娘网开一面。

小姑娘回到家也蹦蹦跳跳，还交叉侧踢腿走路。

"上帝啊。"大卫说，"家里有一个还不够吗？真让人受不了。"

大卫和阿拉巴马之间也越来越冷漠，他们在走廊擦肩而过，吃饭时默默相对，空气中都是敌对的味道，彼此别别扭扭的。

---

① 猫舌巧克力饼干：chocolate langue–de–chat，一种薄脆夹心小饼干，名字是法语与日语的结合，据说这种点心是由日本传入法国的。

他有时皱着眉头抱怨:"阿拉巴马,别再哼了,我要疯了。"

阿拉巴马也不知道为什么,音乐老是在她脑海中挥之不去,除了音乐她什么也不想。夫人曾经说过她不是个音乐家。但是阿拉巴马会把音乐理解成一种立体可见的形式,音乐在某种程度上重塑了她——有时她觉得音乐把自己变成暮光下的救赎之神,有时她又觉得自己就是一座遗世独立的雕像——在苍凉的海边被海水洗礼的普罗米修斯的雕像。

舞蹈室最近好事连连,阿里安娜在她的剧院比赛中得了小组第一,她喜气洋洋,也感染了舞蹈室的其他人。她领了一群法国人来舞蹈室,她们都穿着长长的芭蕾舞裙和小腰身的紧身衣,妖媚招摇活脱脱德加①的油画。她们浑身洒满香水,还矫情地说俄国味道好难闻。俄国姑娘们也一脸鄙夷,法国麝香才难闻呢,把她们鼻子都搞坏了,为了安抚双方,夫人在地板上洒了柠檬油,拿水好一顿擦洗。

有一天阿里安娜兴奋地跟阿拉巴马宣布:"告诉了你一个好消息,我要在法国总统面前跳舞了,终于等到这一天了,他们终于发现了我,阿里安娜·珍妮特,一个优秀的舞蹈演员!"

阿拉巴马忍不住地嫉妒她,虽然她也为阿里安娜高兴,她那么努力,生命中除了舞蹈没有别的,但是阿拉巴马还是希望如果是自己去给总统跳舞该有多好啊。

---

① 德加:Degas(1834—1917),法国古典印象主义画家,他是印象派中将传统精确素描与印象派色彩风格绝妙结合的画家,被称为"古典的印象主义",他的早期画作喜欢取材芭蕾舞女演员。

"接下来的三个星期我要开始减肥了,怎么才能瘦点呢?必须戒掉蛋糕和甜点,在此之前我想先开个派对,但是夫人说她不能来,我特别纳闷,她能跟你出去,却不能跟我出去?夫人说那是因为我没有那么多钱。可是,老天爷啊,我不会老这么穷的。"

说完她看着阿拉巴马,好像在等她发表意见或是表达不满,但是阿拉巴马明显对这个话题不感兴趣。

就在阿里安娜演出之前一个星期,剧院打电话过来,安排预演时间,正巧跟夫人的课冲突。

阿里安娜跟夫人商量:"我能不能挪到阿拉巴马那堂课?"

夫人说:"我无所谓,反正只有一个星期,只要她同意跟你换。"

但是阿拉巴马不可能下午六点去跳,这将意味着八点回家,大卫自己一个人吃晚饭,这样的话,她就几乎全天都在舞蹈室了。

夫人耸耸肩,"那我就无能为力了。"

阿里安娜只好把自己搞得疯了一样,紧张地在剧院和舞蹈室之间折腾。

她气势汹汹地说:"这次我一定不能搞砸,我会找到赏识我的人,等着看我一举成名吧。"

夫人只是微笑不语。

阿拉巴马静观其变,她不会对阿里安娜伸出援手的,这两个姑娘现在貌合神离。

阿拉巴马一直认为,同行之间的友谊禁不起耳鬓厮磨,远香近臭,最好人人都为自己打算,为自己的梦想负责,而不是求助于她人。

阿里安娜变得越来越情绪化,除了她自己的舞之外,舞蹈室其他的舞都不跳,有时她会呆呆地坐在舞台台阶上,看着镜子中的自己,不知道为什么就泪流满面。舞者都是最单纯最敏感的人,其他人看了她这个样子也不由得黯然神伤。

舞蹈室的舞者越来越多,鲁宾斯坦舞蹈团也在这里排练,这些舞者们都挣了不少钱,足够付学费的了。那些跟着巴普洛娃去南美演出的女孩,在舞团解散之后也回来了。

阿里安娜认为,舞步不仅仅是力量和技术的象征,舞步更是形而上的,是姿态的一部分,最要紧的是要有对抗性,像舒曼和格林卡①的男高音一样,一点一点打开,最后达到极致。但是阿里安娜不喜欢舒曼和格林卡,她只愿意在李斯特的连续音节和莱翁卡瓦洛②的音乐剧中完全交出自己。

有次她跟阿拉巴马抱怨:"下个星期我就要演出了,夫人再也帮不了我了,跟着她只会白白牺牲掉我的事业,幸好还有其他人赏识我。"

夫人依旧不动声色,"阿里安娜,想要成名的人可不是像你这样的,你必须学会放松。"

阿里安娜说:"在这里我已经学不到什么了,我最好离开。"

女孩们早餐只能胡乱吃些椒盐饼干,舞蹈室现在搬得这么远,她们多半都是凑合一顿,所以人人脾气都不大好。冬

---

① 格林卡:Glinka (1804—1857),俄罗斯作曲家,民族乐派。
② 莱翁卡瓦洛:Leoncavallo (1857—1919),意大利歌剧作曲家。

日的阳光穿过薄雾中灰色的共和广场照了进来,舞蹈室里的清晨冰一样开始融化。

在姑娘们还没来的时候,夫人偷偷给阿拉巴马上一些课,教她比较难的舞步。阿里安娜的技巧已经趋于成熟,对姑娘们未免挑剔,阿拉巴马觉得自己真是怎么做都难以满足这个法国丫头了。当她们一起跳舞时,排练的一定是阿里安娜的舞步,因为不这样阿里安娜就哭起来没完,她还跟别人抱怨说阿拉巴马是个闯入者。

阿拉巴马给夫人买的花在舞蹈室暖气的熏染下慢慢枯黄,一旦习惯了,这个地方越来越令人舒服,观众也渐渐多起来。有次来了个皇家舞团的评论家,这是个气度不凡的人,令人印象深刻,俄国姑娘们一下课就呼啦把他围上了。

阿拉巴马离得远远的,等人走了,她才悄悄问:"他怎么说?我刚才没跳好,他会不会觉得你是个不称职的老师?"夫人看起来一副无所谓的样子,阿拉巴马有些心急,他可是欧洲名气最大的剧评人啊。

夫人雾一样的眼睛看着她,只说了一句话,"他知道我是个什么样的老师。"

几天后,信来了,是给阿拉巴马的:

> 在评论家先生的建议下——我诚挚地邀请您在加浮士德歌剧院的个人首秀,与那不勒斯圣卡洛剧团同台演出。这是个小角色,但是后续的演出机会将会随之而来,演员公寓位于那不勒斯,环境优美,费用仅为每礼拜三十里拉。

阿拉巴马清楚地知道，不管是大卫、邦妮，还是家庭教师，都不可能去住一个星期三十里拉的公寓，大卫甚至连去也不会去那不勒斯——他一直嘲笑那是个明信片城市。再说那里不可能有法国小学，也不适合邦妮。事实上，那里除了珊瑚项链、感冒、肮脏的公寓和芭蕾基本不会有别的。

她跟自己说："算了，别太兴奋了，还是继续练吧。"

夫人满怀期待地问："你会去吗？"

"不，我留下，您知道的，我要跳《猫》。"

夫人不置可否，当阿拉巴马望着她的眼睛，想寻找一丝答案的时候，这个女人的眸子越发深不可测，让人如同置身八月骄阳下赤裸滚烫的石子路。"争取一个首秀机会不容易，应该珍惜。"

大卫想的却是另一个问题。

"你不能去，今年春天我们必须要回家看看，父母年纪都大了，我们去年也答应过他们的。"

"我年纪也大了。"

"可是，我们有义务，不能想干什么就干什么。"

一直以来大卫都比她更体贴，更照顾别人的感受，但是阿拉巴马不想再瞻前顾后了。

"我不想回美国。"她说。

阿里安娜和阿拉巴马现在已经毫不客气地奚落对方，她们比所有人都用功，课后两个人都累得没有力气换衣服，她们坐在前厅的地板上大笑，用浸满柠檬水和古龙水的毛巾打打闹闹。

"我觉得啊——"阿拉巴马说。

阿里安娜尖叫起来:"快来看啊,我的宝贝儿开始思考了,小姑娘啊,你那漂亮的小脑袋不是用来思考的,快回家去,补你老公的袜子吧。"

"啊,讨厌,竟敢跟长辈这样讲话,看我怎么教训你。"阿拉巴马用毛巾拍了她屁股一下。

"哈哈,往那边挪挪,都转不开身了。"阿里安娜看着阿拉巴马,突然收起嬉笑,"真的,阿拉巴马,我确实没有地方,更衣室里都是你漂亮的纱裙,我可怜的线衣都没地方挂了。"

"那就接受这件礼物吧,一条漂亮的新纱裙!"阿拉巴马扔了条毛巾过去。

"讨厌,我不穿绿,在法国这不吉利。"

她噘着嘴又加了一句,"我要有个挣钱的丈夫,我也能买。"

"你操心的事是谁来付钱吗?还是怎么费尽心机去跟前三排的剧院经理搞好关系?"

阿里安娜狠狠地推了阿拉巴马一把,阿拉巴马一头撞向正在换衣服的女孩们,不知道谁又把阿拉巴马推回来了,她扑到阿里安娜身上。大家推搡起来,古龙香水洒了一地,味道让人喘不上气来,有条毛巾甩在阿拉巴马脸上,她睁不开眼,摸摸索索碰到阿里安娜光滑炙热的身体。

阿里安娜尖叫道:"看看你干的好事!你撞到我胸口了,我要找个人给评评理!"她一头说一头揉自己胸口,"说不定我会得肺癌,今天也许没事,但是明天呢?你明明是故意撞我的，我一定要找个证人，你得负责，不管你走到哪里！"

整个舞蹈室都过来看热闹，在屋里教课的夫人也进行不下去了，俄国姑娘们幸灾乐祸地围成一圈，纷纷开始站队，要么站在美国人这边，要么法国人这边。

她们看热闹不嫌麻烦大，兴高采烈地乱喊着："来啊，来真格的啊！"

"要我说，美国人肯定不行的。"

"谁说的？法国人才不怎么样呢。"

"我看俩都一样，虚张声势。"

她们就这么乐呵呵地推波助澜，嘴角挂着一丝俄国人高傲的微笑，好戏要开场了。声音越来越大，震耳欲聋。夫人非常生气，对这两个女孩都动了肝火。

阿拉巴马感到无地自容，她飞快地穿上衣服，冲出舞蹈室，站在寒风中等出租车，双腿冷得直打战，帽子下的头发还没有干，她不知道自己会不会感冒。

她冻得直哆嗦，感到汗水流过嘴唇一阵辛辣，忙乱中她竟然穿了别人的袜子出来了。到底是怎么一回事啊，她跟自己说，竟然像厨房的女佣一样，为了争芝麻大的一个东西，吵成这个样子。

"天哪。"她浑身打了个冷战，"真丢脸，彻头彻尾地丢脸！"

她现在好想找个温暖舒适的床睡下。

下午的课她根本没去，一个人躲在公寓里，她能听到格言在抓门，四周空荡荡的，邦妮房间里有一枝康乃馨，好像是上次出去吃饭时餐馆赠送的，她还记得那只可怜的康乃馨，如果不送给客人,唯一的结局就是在果酱瓶里慢慢凋零。

她自言自语:"也许,我可以给女儿买束花。"

孩子床上放了一个给玩具娃娃穿的蓬蓬裙,正等着主人来修补,门口有双磨破的鞋子。桌子上摊着绘画书,邦妮画了一个黄色拖把头的女战士,下面写着:"我妈妈是这世界上最美的女人。"在另一页上画着两个小心翼翼牵手的人,后面跟了一条奇怪的狗,邦妮写道:"这是爸爸妈妈出去散步。"然后又换了法语写道:"跟爸爸妈妈一起好开心。"

"上帝啊。"阿拉巴马暗暗惊叹,不知不觉中邦妮已成大姑娘了,有了自己的心思。她崇拜自己的父母,就好像阿拉巴马小时候那样,觉得自己的父母无所不能,事事正确。邦妮一定是希望自己的家跟其他小孩的一样,父母相爱,家庭美满,所以才会在想象中描述这一切。阿拉巴马为此深深地责备自己。

她昏睡了一个下午,迷迷糊糊中老有一种受了委屈的感觉,她像个孩子似的把身体抱成一团,不知道过了多久,醒来的时候,发现自己喉咙干裂,浑身疲惫,仿佛刚刚哭了几个小时。

星星在床头闪耀,楼下的街道熙熙攘攘,她一定是已经躺了好久了。

为了避免再起冲突,阿拉巴马处处躲着阿里安娜,除了自己的私人课程,其他时间她几乎不去舞蹈室。有时她跳舞的时候,能听到阿里安娜在前厅跟女孩们笑得咯咯的,她应该是在拉帮结派吧,因为女孩们看阿拉巴马的眼神都意味深长。但是夫人劝阿拉巴马,不要理会。

下了课之后,阿拉巴马飞快地穿好衣服,她不忙着回家,而是躲在落满灰尘的幕布后面偷看舞者。斯特拉的笨拙,阿里安娜的高傲,那些虚伪的奉承话,那些为了站在前排的争吵,阳光从玻璃屋顶滑落下来,把她们统统罩住,就好像玻璃瓶里搅作一团的小虫子。

"幼稚!"阿拉巴马鼻子里哼了一声。

她真希望自己与芭蕾同生命,这样的话,她就可以同时放弃了。

但是一想到要放弃,她就感到一阵痛苦,她将在何处安葬那些细碎优雅的舞步啊。

佳吉列夫死了,这个芭蕾舞艺术的风云人物就胡乱被埋在法国某处的小院子里,一生挣的钱,所剩无几。

他的芭蕾舞团也作鸟兽散,那些姑娘们也各有各的营生,一些去了丽都酒店,夏天的时候在游泳池边给那些喝得醉醺醺的美国人表演,一些去了音乐厅做些可有可无的演出,英国的女孩子们都回英国了。而那些曾经在巴黎、蒙特卡洛、伦敦和柏林让观众惊艳的《猫》的道具,如今都堆在塞纳河边潮湿阴冷的仓库里,河上的灯光穿过黑暗和烂醉的世界,大摇大摆地抚摸它们。那些玳瑁制成的,曾经光彩夺目的道具,被锁在时光的封印里,仓库门口挂着牌子:"禁止吸烟"。

阿拉巴马说:"意义何在?"

大卫说:"如果你无法放弃这么多年来耗在上面的心血、时间和金钱。回了美国你可以继续跳。"

大卫说这样的话真让人温暖,但是阿拉巴马知道她回到美国后就不会跳了。

最后一堂课也要结束了,天窗上灰暗的太阳也终于要不见了。

夫人说:"你不会忘记你的慢板吧,回到美国后,记得推荐学生过来。"

阿拉巴马突然说:"夫人,您觉得我还能去那不勒斯吗?那个位置还在吗?我愿意马上走。"

阿拉巴马看着夫人的眼睛,里面好像充满黑白相间的小金字塔,时而六个,时而七个,她的眼睛充满迷炫人的魔力,阿拉巴马又一次迷失了。

"据我所知,他们还是需要人的,你明天能走吗?要走就不要再耽误。"

阿拉巴马咬牙说:"是的,我能。"

4

♦

I

车站上摆了一些绿铁桶,大丽花从里面推推搡搡地探出头来,好像是在爆米花盒子上插了一排折扇。报亭前面的杂货摊上码着橘子,自助餐厅的窗户开着,窗台上摆着三个硕大的美国葡萄柚,车窗和巴黎之间的空气沉闷黏滞,如同一床厚毯子蒙头盖下。

大卫陪着阿拉巴马来到冒着黄烟的二等卧铺车厢。坐下后,大卫拉了拉铃,他想给阿拉巴马要一个靠枕。

他说:"如果需要的话,记得我一直在这里。"

阿拉巴马忍不住哭了,她擦了擦眼泪,起身给自己倒了一勺镇静剂,"我走了,你怎么跟别人解释?"

"别担心,退了房之后我们也会离开,去瑞士——等你安顿好了,我就把邦妮送过去看你。"

窗户外水汽氤染,潮湿的空气让大卫不大舒服。

"真不懂为什么要坐二等车厢,你真不需要我帮你换成头等车厢吗?"

"不用了,刚开始我想省点钱。"

两个人都客客气气的,这反而更尴尬。周围无数的道别都带着绝望,这让他俩也难免伤感起来。

"我会给你寄钱的,火车要开了,我下车了。"

"再见——哦,大卫!"火车开起来了,她想起什么似的喊道,"别忘了告诉家庭教师,邦妮的内衣要买'老英格兰'的。"

"我会告诉她的,再见,亲爱的!"

车厢里灯光昏暗怪异,阿拉巴马看了看镜子,里面是一个面容扁平的女人,活像一个巫婆。阿拉巴马穿了一身跟二等车厢格格不入的衣服。这件衣服是伊冯娜·戴维斯的作品,据说灵感是来自美国的节日游行,头饰是地平线一样的蓝色,宽大的斗篷荷叶一样散开,穿这么一身华丽的衣服坐在破破烂烂的车座上,阿拉巴马自己也觉得实在不搭配。

阿拉巴马脑子里乱糟糟的,她叹了口气,试图整理一下:她到的第二天才能看到青春女孩芭蕾舞团。离开巴黎的时候,家庭教师小姐送给了她一束龙舌兰,很不幸,她把花忘在家里的壁炉上了,她还有一些脏衣服撂在家里,也许搬家的时候女佣们可以整理好,让大卫把它们寄走。他们的东西并不多,收拾起来不会多么麻烦:一套破损了的茶具,从圣拉斐尔去瓦伦西亚①游玩时的纪念品,几张照片——她有些遗憾没有带上大卫在康州的家门廊上拍的那些照片,一些书,还有大卫的那些画。

---

① 瓦伦西亚:Valence,西班牙第三大城市,第二大海港,号称是欧洲的"阳光之城"。

火车渐渐离开了巴黎，城里的电子招牌发出耀眼的强光，让这座城市远远望去活像一个火热的土窑。她的手在粗糙的毯子下大汗淋漓，车厢闻起来活像一个小男孩的口袋。在火车咔嗒咔嗒的行进声中，她满脑子都是乱七八糟的法语。

> 美丽的左手里是迷幻之药
> 空气悄然荡开
> 多么完美的节奏
> 悲伤的小鸟落下，慢慢地

　　阿拉巴马站起身来想找一支铅笔。
　　"嘈杂，上千只麻雀呵。"她又添了一句。突然想起舞蹈团的推荐信不知放哪儿了，赶紧起身寻找，还好，它安静地躺在首饰盒里。
　　火车老态龙钟地行进着，让人昏昏欲睡，走廊里有人来回走动，她睁开眼睛，可能到边境了吧，她摇了摇铃，半天没人来，最后，一个穿着马戏团驯兽衣一样绿制服的男的出现了。
　　"有水吗？"阿拉巴马尽量在脸上挤出一个甜美的微笑。
　　这个男的面无表情地看着她，一点反应也没有。
　　"请问，有水吗？"阿拉巴马又换成法语问他。
　　"小姐，摇铃？"这个男的用意大利语说。
　　"听着。"阿拉巴马一边说，一边比画出喝水的动作，活像一头澳大利亚的爬行动物，她夸张地咽了一下口水，又作势漱了漱口，然后满怀期待地希望他能懂。

"哦，不是，不，不！"也不知道他理解成什么了，连连惊呼，然后就跑没影了。

阿拉巴马只好拿出她的意大利语法书，然后又摇铃。

她一字一句地照着书念："那个，请问，我，嗯，哪里，买水，去？"那个男的笑得前仰后合，她肯定是又说错了。

"算了。"阿拉巴马放弃了，还是接着想自己的诗吧，这个男的把她脑子都搞乱了。她现在可能已经在瑞士了，她忘了是拜伦还是谁的，过阿尔卑斯山的时候把窗帘放下来。她可不想错过窗外的景色，一些牛奶罐在暗夜里闪着白光。她想起来忘记把邦妮的内衣拿去找裁缝缝补了，希望家庭教师小姐能完成这件事，她站起身来，抓着门把手，活动活动身体。

这时那个男的又过来，高傲地说："二等车厢的门不能打开，而且也不会有早餐送到车厢里来。"

第二天，阿拉巴马前往餐车去用餐，从窗户望出去，这个国家平坦得好像刚刚退潮的大海，一片空地接着一片空地，零星几棵树鸡毛掸子一样戳在旷野上，好像在给天空挠痒痒。小片的云彩漫无目的地四处飘散，像啤酒桶里的泡沫。城堡斜插在小山包上，仿佛斜戴的皇冠，没有人唱《我的太阳》。

早餐有面包和蜂蜜，但是面包硬得石锤似的，让人难以下咽。大卫不在身边，这让她感觉心里没底，罗马是个什么样子呢？

出乎她的意料，罗马车站比想象的好，很多棕榈树，街对面卡拉卡拉浴场①上的喷泉在阳光下喷洒，一切看起来又愉快又轻松，阿拉巴马感觉一下子好起来了。

"只是还要换车，好讨厌。"她用法语小声嘀咕。去往那不勒斯的火车脏乱不堪，车厢里没有地毯，还充斥着一种类似枪火的味道。车上的招牌都是意大利味儿的：阿蒂斯酒，拉题玛葡萄酒，斯巴莫蒂冰淇淋，托托尼冰淇淋。

推荐信还在小箱子里，但阿拉巴马老觉得丢了什么。她对保管财物这事向来不怎么拿手，怎么说呢，就好像小男孩在漆黑的花园里用双手围住一只萤火虫。

列车员用意大利语喊道："那不勒斯，五分钟后到达。"

"几分钟?"她一边说一边屈起手指用意大利语数："一，二，三，四——明白了。"

终于到了那不勒斯，火车扭来扭去进了站，路两旁堆满了乱七八糟的东西。马车夫们把车大摇大摆地跨在车轨上，昏昏欲睡的人在大街上东张西望，不知道是梦游还是迷路，孩子们打着哈欠，揉着发酸的眼睛，说不上是哭泣还是傻乐。

城市中充斥着白色烟尘，熟食店在出售味道古怪的东西，方的，扁的，圆的。夜幕降临，公共广场的灯光笼罩下来，那不勒斯变成一个躲在阴影里的小孩子，一切的无序杂乱都被遮盖了，只剩下石头房子的影子黑黢黢地立着。"二十里拉!"马车夫看了她的地址，准确地报上价。

"什么?"阿拉巴马简直不敢相信，"信上说，在那不勒斯

---

① 卡拉卡拉浴场：baths of Caracalla，位于罗马，是古罗马的公共浴场，建于公元212年到216年，其遗址如今为一个旅游胜地。

住公寓,一个星期也不过三十里拉。"

"二十,二十,二十。"这个意大利人头也不回地唱着。

阿拉巴马深叹一口气,"不可理喻,不能交流真麻烦。"

她只好把剧院地址递给他。车夫夸张地甩起鞭子,引着他的马车走进漫漫夜色。当她最后给钱的时候,这个男人肆无忌惮地盯着她的眼睛,好像挂在树上接树汁的杯子,牢牢地抓着树干一样。

点了点钱,他说话了,竟然是雅致的英文,"小姐,您会喜欢那不勒斯的,'这个城市的呢喃,温软如同寂寞'①。"

阿拉巴马看着马车晃晃荡荡地穿过红红绿绿的灯光,消失在烁烁发光的夜晚里。蜿蜒的海岸线温柔地怀抱着那不勒斯,这个城市仿佛文艺复兴时期一枚掐丝镶银的酒杯。微风中有蜜糖的味道,轻轻抚摸着这颗半透明的海蓝宝石,美国南方的空气也是这样的甜蜜,一种久违的情感倏然升起。

演员公寓就在眼前,门厅里的灯光透出来,在阿拉巴马的指甲上形成小小的圆斑。她暗暗打量了一番,拉开门,走了进去,无边夜色被留在了身后。

阿拉巴马暗下决心,"我要住在这里,看来这就是了。"

但是,现实总是让人瞠目结舌,女房东说她的房间有个阳台——确实有。只是根本不能站人,一排铁栅栏插在外墙上,就这样形成一个中看不中用的阳台。粉色的墙皮凌乱地剥落,但是洗手台却是豪华的,有一个巨大的水龙头,一拧开,水喷得到处都是,下面的油布马上会湿一片。远处的浪

---

① 这个城市的呢喃,温软如同寂寞:雪莱的诗。

坝在她的窗户外面环抱成球，海港上新鲜沥青的味道飘了过来。

三十里拉就是这样的房间啊，阿拉巴马看着满屋子家当：一张白色的床，这床以前是绿的，白漆掩盖不住的地方一片绿莹莹的；一个枫木衣柜，上面镶着歪歪扭扭的镜子，一个摇椅，以古怪的方式缠满布鲁塞尔的织毯碎条。唯一美好的东西是月光，毫不吝啬地把自己蛋白一样的光泽抹在上面。

住宿费还包括一天三顿的白菜、一杯阿马尔菲酒，星期天可以吃一碗意大利面疙瘩。公寓的楼下老是聚着一帮混混，半夜会准时送上"唐娜"的歌剧大合唱，这"美妙"的噪音不知道包不包括在住宿费里。

说起来房间还是很大的，但形状奇特，到处是拐角和圆弧，给人的感觉是住在一个套房里。整个那不勒斯都沉迷于裱金的装饰风格，奇怪的是，阿拉巴马的房间却找不到一点金色，谁知道呢？也许天花板里面就镶嵌着金叶子呢。

坐在屋里可以听到楼下行人走过的声音，这些踢踢踏踏的脚步声，温暖着异乡人的孤寂。夜色温柔，人语呢喃，美好的事物——飘忽眼前，夏夜里拼命伸展的仙人掌，还有云母片一样的小船舱，里面是金光闪闪的鱼。

斯科娃夫人的舞团就在剧院里练习，她是个喜欢抱怨的女人，不停地抱怨电灯的费用，抱怨钢琴上维多利亚时代的花纹让琴声多么糟糕。剧场两翼漆黑，中间的舞台上也只有三盏小灯，空间被温柔地分割，让人觉得亲密而幽静。夫人在姑娘们中间飘来飘去，穿过摇摆的薄纱裙，刷刷响的趾尖鞋和被压制的喘息声。

夫人喜欢强调:"不许出声,小点声!"她苍白、干瘪,皮肤好像刚在酸里泡过一样,一望便知长期以来为贫穷所苦。黑色的染发剂还残留在她的头发上,有些部分已经发黄了,一团乱麻一样,她上课的时候穿着泡泡袖上衣和百褶裙,下了课也不换,大衣一罩就出门了。

旋转、再旋转,阿拉巴马在灯光下舞影婆娑,像是一支奋笔疾书的羽毛。

"你跟你老师一样。"斯科娃夫人说,"我们曾经在俄罗斯皇家芭蕾舞学院一起待过。她的空中交织小跳就是我教的,可惜她一直也跳不好。哦,我的孩子啊,四连拍要跳出四个节拍来啊,用点心,用,点,心!"

阿拉巴马一点一点地把自己放进芭蕾里,好像一台机械钢琴一口一口吞噬音乐。

这些女孩不像俄国女孩那样明朗,她们的脖子都脏乎乎的,她们随身带着纸袋,纸袋里都是厚厚的三明治。她们吃大蒜,比俄国姑娘胖,腿也短,跳舞的时候膝盖总也打不直,意大利紧身绸衣把身上勒得一道一道的。

"我的老天爷啊。"斯科娃夫人尖叫道,"莫伊拉你怎么总是跳错,还有三个星期就上台了!"

"天哪,我的夫人啊!"莫伊拉抗议说,"我跳得还不够好吗?"

"要命,"夫人倒吸一口凉气,转过头跟阿拉巴马说,"你看到了吧,不管我自己有多大本身,架不住我一转身她们就跳得跟扁平足一样,给这么一群人教舞,我一个月只拿一千六百里拉,谢天谢地,我还有一个俄国学校出来的学生。"夫人站在那里喋喋不休,活像一根聒噪的木棍,一边说一边冲自己的手帕咳嗽,在这潮湿的剧院里,她还披着严丝合缝的斗篷,破旧,黯淡,就好像她的头发。

"圣母玛丽亚啊。"女孩子们都暗暗不服气,但谁也拿夫人没办法。跳完舞后她们聚拢在一起,明显不想让阿拉巴马加入,因为她穿得太不一样了。

更衣室的帆布椅背上老是搭着她的衣服:星云一样的黑丝绢纱裙子,绣在上面的蔷薇点点如草莓冰淇淋上的黑子;时髦的明黄色条纹穗饰;黄绿色的连帽披风;白色的鞋子,蓝色的鞋子,红色的鞋子,带着星座标志的鞋子;如童话般可爱的扣子,银扣子,钢扣子,各式扣子;还有野鸡羽毛装饰的帽子;柔软得好像城堡屋顶的天鹅绒斗篷——天哪,在巴黎她从来没想到自己竟然有这么多衣服。她现在一个月只有六百里拉的生活费,无法再购置新装,正是穿它们的时候。她有些庆幸大卫给她买了这些衣服。下课后,她就轮换着穿这些漂亮的衣服,好像一个大人突然在不起眼的玩具中找到了无穷乐趣。

"圣母玛丽亚啊。"女孩们都羡慕极了,纷纷去摸阿拉巴马的内衣。每次她们这么做的时候阿拉巴马都很不高兴,她不希望她们短香肠一样的手指把她的雪纺搞脏。

她每个星期给大卫写两封信——巴黎的那个公寓现在离她是如此遥远——排演就要开始了,与此无关的事情都失去了吸引力。邦妮在小纸条上给她写了回信,文法还是个法国小姑娘。

亲爱的妈咪——

家里来客人了,爸爸戴上他的袖扣,我就是家里的女主人。我生活得很好。你送的画笔漂亮极了,家庭教师小姐和女佣小姐都说从来没见过这么好看的颜色,我也高兴得跳了起来。我用它们画了好多画,一幅是一个人在大海边,还有一幅是我玩完球之后,看到的漂亮的花瓶和花。星期天的时候,我去教会查经了,我学到了耶稣基督曾经受过那么多的痛苦。

爱你的女儿
邦妮·奈茨

晚上的时候,阿拉巴马给自己吃了点止疼药,不去想邦妮的信。她交了个朋友,是那个皮肤黝黑的俄国女孩,这个姑娘跳起舞来像一阵热带风暴。她们一起去广场散步,累了就在石头围起的空地上喝啤酒,周围的脚步声像雨点一样落下,两个人享受难得的休闲时光。

她不敢相信阿拉巴马已经结婚了,她还有一种奢望,希望她的女朋友找一个多金的男友,然后她再出面施展魅力把他抢走。并肩走过的男人对她俩都无觉,还略带轻蔑,好像在说,谁要认识独自出来逛街的女人。阿拉巴马给她看邦妮的照片。

"你真幸福,"她说,"我还以为没结婚的人才更开心一些。"她的眼睛是深棕色的,喝了酒更加明亮,好像小提琴的松香。每当特殊场合,她都穿上黑丝袜,上面有薰衣草颜色的蝴蝶结，这还是她在鲁塞芭蕾舞团时候买的，那时候佳吉列夫还没死。

排演的地点在一个空荡荡的大剧院里，整个剧团都在，一遍又一遍地排演《浮士德》。乐队的指挥给了阿拉巴马三分钟的独舞时间，让她像闪电一样旋转。对此斯科娃夫人不敢说什么，但阿拉巴马表演完的时候，她发现夫人的眼睛湿了。

"她不可能转这么快，你要把我的姑娘搞死了，这是不人道的。"

指挥把指挥棒冲着钢琴扔了过去，头发根根竖起，大声咆哮道："妈的！音乐就是这么写的。"

他气哼哼地甩身走了，姑娘们只好在没有伴奏的情况下继续排练。到了第二天的下午，指挥反而变本加厉了，音乐比以往都快。黑色的小提琴弓子上下直窜，好像蚂蚱腿乱蹬，指挥家的腰弯得像橡皮弹弓一样，指引最快的和弦从地板上极速升起。

阿拉巴马对倾斜的舞台还不是太熟悉。在上面保持平衡很有挑战性，她只能利用午餐时间独自练习，不停地旋转，不肯放过每一分钟，当她终于可以坐下来休息的时候，她感觉自己活像个坐在炉火边苟延残喘的北欧老妇人，整个人都枯了。

那不勒斯的海湾跟以往一样湛蓝，走在回家的路上，阿拉巴马发现自己头晕目眩，几乎站不稳，到了家之后，她把自己往床上一扔，完全顾不上自己的脚在流血。

第一场演出终于结束了，她枯坐在《米洛的维纳斯》的雕像底座上，演员休息室的大门上镶嵌着星星，雅典娜的雕像站在充满霉味的大厅的另一头。她眼皮悸动，心乱如麻，头发僵硬如同橡皮泥。耳边是此起彼伏的喝彩声，蚊虫一样萦绕。"干得不错，姑娘。"她悄声对自己说。

她不敢回到更衣室去看那些姑娘们，她想保留这美好的感觉，她不想看到那些下垂干瘪的乳房，好像八月的葫芦，还有松弛摇晃的屁股，活像乔治亚·欧姬芙①画中那些烂熟的水果。

大卫通过电报为她订了一提篮的马蹄莲，卡片上写着"来自你心爱的两个人"。结果那不勒斯的这家花店给写成了"心汗的两个人"。她没有笑，她已经三个星期没给大卫写信了。

她敷上面霜，然后从手提箱里拿出半个柠檬在脸上滚。她的俄国朋友过来拥抱了她，其他的姑娘们似乎都在期待着什么，但是没有男人等在门口徘徊不去，她们大多不漂亮，而且年纪也不小了，早已过了艳遇的年龄。

她们面容空洞，筋疲力尽，那些多年挥洒汗水才练就的漂亮肌肉，仿佛马上要土崩瓦解一样。当她们消瘦的时候，僵硬的脖子就像脏乎乎的打结线头。但是当她们稍微丰满些，肥肉就一坨一坨地挂在骨头上，活像从烤盘里涨出来的胖面包。不跳舞的时候，她们黯淡无光完全打不起精神来。

"上帝啊，马蹄莲！"她们看到阿拉巴马的花时纷纷惊呼，"它们要花不少钱吧，这么多，装点大教堂都够了！"

---

① 乔治亚·欧姬芙：Georgia O'Keefe（1887—1986），美国画家，她的作品是 20 世纪 20 年代美国艺术的经典代表，并享有"美国毕加索"的美誉。她的绘画作品以半抽象半写实的手法闻名。

斯科娃夫人满怀赞许地亲吻了阿拉巴马。

在她耳边轻轻说:"亲爱的,跳得漂亮,我们这个舞要表演一年,你可以做领舞了,那些姑娘太难看,我拿她们没办法,搞得我自己都没什么兴趣了,但是现在不一样了。别担心,我会写信给夫人的。哦,你的花真漂亮,我的女主角。"

阿拉巴马坐在窗前,楼下小混混的大合唱一如往常地响起。

"唉,"她不禁心烦意乱,"成功之后呢?做什么?"

她花了些时间整理衣柜,也在心里想她巴黎的朋友:星期天那些带上漂亮太太,在异域阳光下用最纯正的法语敬酒的朋友;那些吵吵嚷嚷,一边用摩登的爵士风演奏肖邦,一边享受最好的葡萄酒的朋友;那些谈吐儒雅,时刻围绕着大卫好像彼此一起长大的朋友。他们总是到处游玩,而且,在巴黎,鲜花更讲究,扎马蹄莲从来不用白色的薄纱。

她给大卫寄了一份剪报,报纸上说这场演出堪称成功,特别是斯科娃夫人的舞团新进的女演员非常优秀,夫人已经许诺,让这个女演员继续担当重要角色,她比舞团的其他人都纤细,又有一头惹人喜爱的金发,空灵得好像弗拉·安杰利科①画中的天使。

斯科娃夫人对这篇报道很得意。但是对阿拉巴马来说,让她更高兴的是在米兰找到了一家舞鞋店,做出来的鞋子轻巧如云朵。阿拉巴马用大卫刚寄给她的钱一口气买了一百双。

---

① 弗拉·安杰利科: Fra Angelico(1387—1455),意大利佛罗伦萨画派画家,安杰利科的画纯洁清高,又有点孩子气,善于描绘天使,使人看起来有美好优雅的感觉。

他和邦妮现在住在瑞士,她希望他能给邦妮买一条羊毛灯笼裤,大姑娘了,应该注意肚子的保暖。圣诞节的时候大卫写信说,他给邦妮买了一件蓝色的滑雪服,还寄来一张照片,他们父女二人乐呵呵地摔在雪地里。

圣诞钟声终于敲响了,不知道为什么,那不勒斯的圣诞钟声比别处要沉闷,窸窸窣窣的,好像屋顶上的瓦片,公共场合都摆上了黄水仙和染了色的玫瑰,滴滴答答地往下淌红水。

阿拉巴马去教堂参加圣诞宗教仪式,那里也摆满了马蹄莲,但是花束细小,花叶也枯萎,人们互相打招呼,面庞暗淡,笑容僵硬。镀金蜡烛台上的烛影婆娑,圣歌响起时好像远古混沌的海潮。可是,当头戴蕾丝面纱的妇人们走过来的时候,脚步声那么清澈,阿拉巴马感到一阵兴奋,不由自主地参与到这无比神圣的精神世界里来。

那不勒斯的祭司穿着白绸缎的法衣,上面绣着怒放的鲜花和石榴。在仪式中,阿拉巴马想到波旁王子们和血友病,一代一代的教皇和樱桃酒,祭坛上的金色云锦,温暖丰饶,满含意义。往事在她脑海中翻腾,如兽困于笼。

因为大量的舞蹈训练,她的身体更加娴雅平静,不像以前那样不安分。她跟自己说,生而为人就应该永不言败。她从来不知失败的味道。她想到了邦妮画的树,也许她为了舞蹈亏欠孩子很多,只能寄希望于家庭教师小姐了,但愿她能安抚邦妮那小小的心灵。

仪式还在进行,她低头跟她的俄国朋友说:"宗教确实繁琐,但是意义深远。"

这个俄国姑娘告诉阿拉巴马,她认识一个神父,因为在告解室里听了太多的忏悔,把自己搞得兴奋难言,又不能跟别人讲,只好在圣餐的时候喝得酩酊大醉。平常他也不少喝,以至于星期天根本没办法跟忏悔的人有正常的交流,有时他还会把自己喝懵过去,搞得教堂肮脏不堪,最后大家都不去了,包括她本人。

"我以前非常虔诚。"这个女孩继续说道,"但是有次在俄国的时候,我发现我的马车被人拖走了,是一匹从来没见过的白马,他们不知道要把我拖到哪儿去,我赶紧跳下车,在雪地里步行了三英里回到剧院,之后我得了肺炎,大病一场,从那以后我就不怎么在乎上帝了——那些神父和白马。"

这个冬天《浮士德》在剧院上演了三次,阿拉巴马山茶花一样的舞裙旋转升起,好像美艳绝伦的冰雪喷泉。她特别喜欢在演出之后的那个早上来排练,松懈之后的平静如鲜花盛开一样美好,又如同狂欢之后甜熟而安静的果园。她面容娇白,汗水把眼角的残妆冲刷出来。

"真是受苦受难啊。"女孩们抱怨,"腿疼得要死,困得要命,昨天回去晚了,我妈打我了,我爸从来不舍得买好奶酪,光吃山羊奶酪,我哪有力气跳舞?"

"啊,我漂亮的女儿啊,"那些胖丫头们瘪着嘴学她妈妈讲话,"你应该成为芭蕾舞女演员的,但是那个美国人把一切都夺走了,不过,墨索里尼会教训她的,圣母圣灵啊。"

四旬斋①结束的时候,剧院准备搞一整场的芭蕾演出,阿

---

① 四月斋:西方基督教会大斋节的第一个星期日。

拉巴马也终于如愿以偿了,她们要跳《天鹅湖》。

排练开始之后不久,大卫来信了,邦妮很想念妈妈,她想过来看阿拉巴马,计划待两个星期。阿拉巴马于是请了一上午的假去车站接邦妮。远远看到邦妮和家庭教师小姐走出火车站,一个热心的军官帮助她们拿着行李,"噢,我的宝贝,"她心里说,"欢迎来到梦幻般的那不勒斯。"

"妈咪!"邦妮大喊一声跑过来,抱住阿拉巴马的膝盖,不停地喊"妈咪!妈咪!妈咪!"一阵微风吹过来,吹动她的刘海。她的小圆脸红扑扑的晶莹剔透,鼻子开始隆起,手指也开始成形,只是她的手掌宽大,像个西班牙人,她越长越像大卫了。

"这一路上,她懂事听话,非常优雅,堪称典范。"家庭教师小姐一边撩拨头发一边咬文嚼字地跟阿拉巴马汇报,邦妮像一个小树熊一样亲昵地抱着妈妈不肯撒手,家庭教师忍不住酸溜溜的。

她现在七岁了,开始有角色感了,而且对这个世界充满了孩子气的判断。

她叽叽喳喳地问:"你的车子停在外面吗?"

"宝贝儿,我没有车,但是外面有一架小跳蚤寄居的马车,会把我们平安送到公寓的。"

孩子脸上满是失望之情,但她认真地忍住,不想让妈妈看出来,"爸爸有一辆车。"

"好吧,但是我们的是战车耶,比爸爸的车更酷。"阿拉巴马一边说一边把她放在皱巴巴的亚麻布车座上。

"你和爸爸一样,都是特别精致的人,"邦妮还是不肯停止她的思考,"所以,你应该有一辆车——"

"'精致'?家庭教师小姐,是你告诉邦妮的吗?"

"当然,夫人,我自然是要站在邦妮小姐的立场上看问题的,好的父母有助于提高孩子的自尊心。"家庭教师小姐振振有词。

邦妮说:"我觉得我应该是很有钱的。"

"上帝,不是这样的。你不能这么想,孩子,只有通过工作才可以富有,这就是为什么我要送你去跳舞,但是很遗憾,你半途而废了。"

"我不喜欢跳舞,不过跳完之后夫人给我的礼物我倒是喜欢的,她给过我一个银色的小宴会包,里面有一个玻璃杯,一把梳子,还有真正的蜜粉呢——妈妈你要看吗?"

她打开小小的手提箱,里面有一副不全的扑克牌,几个破损的纸娃娃,一个空火柴盒,一个小瓶子,两把旅游纪念扇子,还有一个笔记本。

"我以前不是跟你说过嘛,要把自己的东西搞整齐了。"阿拉巴马看了一眼乱七八糟的手提箱,忍不住提醒她。

邦妮笑了,"有空的时候我会的,妈妈你看,这就是那个宴会包。"

打开这个小小的宴会包,阿拉巴马的喉头不禁哽咽。熟悉的古龙香水味好像把阿拉巴马又带回夫人那个水晶灯光闪烁的舞蹈室。下午的音乐响起,如同珍珠落在银盘子上,大卫和邦妮等着她吃晚饭,而她在旋转,好像水晶球里的雪花飘落。

"非常漂亮。"她说。

"妈妈,你为什么哭呢?你如果喜欢,我可以送给你的。"

"哦,没什么,手提箱的味道让我眼睛湿湿的,这是什么味儿啊?"

"夫人,您有所不知,这种香水非常难得,"家庭教师赶紧解释,"是威尔士亲王的方子,一份柠檬,一份古龙水,一份科蒂①的茉莉,还有——"

阿拉巴马忍不住乐了,"你把它们摇匀,我估计能倒出两份的酒精,还有半只死猫!"

邦妮眼睛睁得溜圆,要替自己的香水辩护:"妈妈,你旅行的时候可以随身携带它,非常好用,手脏的时候可以用它杀死细菌,当你眩晕的时候也可以用。"

"哦,这样啊,火车需要上油的时候也可以用。好了,我们到了。"

马车摇摇摆摆地停在一栋粉红色的公寓楼门口,邦妮难以置信地盯着剥落的墙皮和空荡荡的前厅。门口一股冲鼻的尿骚味,石头台阶历经百年,马鞍子一样,中间陷下一个窝。

家庭教师首先发难,"夫人,您没搞错吧?"

"没有。"阿拉巴马尽量愉快地说,"你和邦妮有自己的房间,怎么样,那不勒斯不错吧。"

"我讨厌意大利,"邦妮说,"还是法国好。"

"别急着下结论,小姐,你才刚到不久。"

"反正一路上看到的意大利人没一个干干净净的。"家庭

---

① 科蒂:Coty,科蒂集团于1904年在法国巴黎创立,因开创现代香水业而享誉全球。目前科蒂集团是全球最大的香水公司,也是全球美容界公认的领导厂商。

教师小姐一边嘟囔一边很不情愿地下车,一脸别扭。

房东太太一阵风一样扑过来,搂着邦妮不停地赞叹:"我的神啊,多漂亮的娃娃啊。"她硕大的乳房挂在邦妮眼前活像两个大沙包。

"张嘴闭嘴神啊神啊的,这些意大利人还真虔诚。"家庭教师打鼻子里哼了一声。

桌子上还摆着复活节的装饰,干枯的棕榈叶子做成的十字架死气沉沉地摊在那里。晚饭是意大利面团和卡普里酒,还有一张紫色卡片,丘比特站在万道金光之中,不仔细看还以为是国家勋章。

下午的时候她们出门散步,沿着白色石子铺成的小径,一路蜿蜒而上,阳光正好,小路两边是各家晾晒的衣服。到了晚上,当阿拉巴马为排演做准备的时候,邦妮就在妈妈的房间里陪她,在摇椅上画画。

"我老是画不好,所以只好把他画成漫画了,这是爸爸年轻的时候。"

阿拉巴马笑了,"你爸爸也不过三十二而已。"

"三十二已经很老了,你不觉得吗?"

"宝贝儿,七岁才很老好吧。"

"当然,如果你从后往前算的话。"小家伙一本正经地表示同意。

阿拉巴马忍不住乐了,"如果我们从中间开始算呢,我们就是特别年轻的一家子了!"

"妈妈,我想二十岁的时候结婚,然后生六个孩子。"

"几个丈夫呢?"

"没有丈夫,哦,也许有吧,但是他们都离得远远的,不来烦我。"邦妮犹犹豫豫地说,"我看电影里他们都是这样。"

"这是哪一部了不起的电影啊?"

"这是一部讲跳舞的电影,爸爸领我去看的,讲一个小姐,她在俄国芭蕾舞团里跳舞,她没有孩子,但是有个先生一直跟着她,他俩凑在一起老哭。"

"听起来是个很有趣的电影啊。"

"是啊,是盖布丽艾尔·吉布森小姐演的,你喜欢她吗?妈妈?"

"我倒是见过她,不过从来没看过她演的电影,所以,不好说。"

"她是我最喜欢的女演员,她好漂亮。"

"那我要看看这部电影了。"

"如果是在巴黎的话就好了,我们现在就可以去,我会带上我的银色晚宴包。"

阿拉巴马在剧院排练的时候,邦妮就跟家庭教师坐在台下等她,天气很冷,两个人缩成一团。剧院的幔帐扎成玫瑰花样子,天长日久,玫瑰花枯萎了,这些幔帐就没精打采地耷拉着。四周寂静空旷,斯科娃夫人又极严肃,把这个可怜的孩子吓坏了,大气不敢喘地看着阿拉巴马一遍又一遍地练习慢板。

"这个死变态,"夫人正在生乐队指挥的气,"没人能在这个节拍里转两圈,亲爱的阿拉巴马,等乐队来了你再试试,我说的绝对没错。"

演出结束之后,她们一起回家,路边有个演杂耍的,正在表演吞咽青蛙。青蛙腿被绑成一线,他从嘴里费劲地拉进拉出,至少四次。邦妮虽然觉得恶心,但还是好奇地看了老半天。

但她怎么也适应不了宿舍提供的那些饭,黏糊糊的,吃了几天之后小姑娘身上就起疹子了。

"给我们吃的破玩意里有癣虫,"家庭教师很不高兴,气哼哼地说,"夫人,再待下去,邦妮小姐非得皮炎不可。再说了,洗澡水脏得什么似的。"

"那水就像羊肉汤,"邦妮跟着添油加醋,"除了没有豆子。"

阿拉巴马说:"可是,我还想给邦妮举办欢迎派对。"

"对了,夫人,请问我们有温度计吗?"家庭教师没接茬,草草地转移了话题。

阿拉巴马还是把欢迎派对办起来了,邀请了一些小朋友,她的俄国朋友娜吉娅带来一个小男孩,斯科娃夫人也出人意料地贡献了一个侄子。

那不勒斯早已四处花开——怒放的银莲花,夜间盛开的夜来香,如同釉彩一样的紫罗兰,终年不败的野花和矢车菊,如火如荼的杜鹃,到处都是花。但女房东还是坚持用假花装饰桌子,她把抹了蜂蜜的岩皮饼和粉红色的柠檬汁摆在桌子上,中间插上些假惺惺的纸花,不粉不白的。

她带了两个意大利孩子过来,一个鼻子底下有块伤,另一个新近刚剃了头。他们都穿着灯芯绒的裤子,屁股处磨得锃亮,像犯人的头。

那个俄国男孩竟然带来一只猴子,这只猴子明显不懂礼仪为何物,全程上蹿下跳,把所有的果酱都尝了个遍,还不顾一切地乱扔勺子。阿拉巴马待在屋里,站在窗前远远地看着,一边看一边摇头,可怜的法国家庭女教师简直要疯了,她被一大片混乱包围,束手无策,气得直抓狂。

她不停地尖叫:"天啊!邦妮,你看你,啊,我可怜的宝贝儿!"

阿拉巴马脑子里却在胡思乱想:岁月流逝如神鬼的咒语,这对女人来说,未免太无情,到底要吃什么样的灵丹妙药才能与命运对抗。邦妮的一声尖叫把她拉回现实——"脏死了!这只破猴子。"

阿拉巴马从窗户这边喊她:"过来宝贝儿,我给你擦点碘酒。"

邦妮结结巴巴地跟她母亲说:"塞吉带了这只猴子来,然后,然后,还把它扔过来,他是个坏孩子,坏孩子,我讨厌那不勒斯的小孩儿。"

阿拉巴马领着她回到桌子前,轻轻揽着她,小小的身躯如此纤细无助。

她逗她:"猴子总要吃东西的啊。"

塞吉在一旁满不在乎地说:"你应该庆幸它没咬你的鼻子。"那两个意大利孩子只关心猴子,温柔地抚摸它,还用意大利语轻声安慰,唱歌一般。

"切,切,切。"鹦鹉在架上来回忙活着。

阿拉巴马跟孩子们说:"好了,别管那只猴子了,过来,我给你们讲个故事。"

小朋友们转过头来看她,清澈的眼神好像篱笆小路上的雨滴，他们站在原地想了想，拿不定主意是不是要去听故事，小脸儿充满犹豫，像月光里云朵遮掩的小池塘。

塞吉嘀咕说："早知道没有基安蒂红酒①，我就不来了。"

意大利小孩们表示赞同："我们也不会，圣母玛丽亚。"

阿拉巴马继续哄他们："你们不想听希腊神话故事吗？有红色的神庙和蓝色的神仙哟。"

"好吧，夫人。"

"但是，她们现在都是白色的了，因为她们变老了，原先的颜色刷一下都没有了。"

"妈妈，我可以吃水果吗？"

"你到底还要不要听了？"阿拉巴马生气地大声说，整个桌子都安静下来。

小孩子们一闹，她讲故事的兴致也没了，只好草草了事，"好了，这就是她们的故事。"

"妈妈，请问，我可以吃水果了吗？"

乱哄哄的派对终于结束了，家庭教师小姐一脸惊魂未定，"夫人，您不觉得我们这个下午有些太闹腾了吗？"邦妮衣服皱褶上不小心沾上了水果汁，留下一个紫色的污渍，小姑娘脸色苍白地靠在妈妈身上，"我觉得有点，不舒服。"她虚弱得令人担心。

医生说可能是水土不服吧，到底是给开了些催吐剂，阿拉巴马忙得也忘了去药房拿。邦妮在床上躺了一个礼拜，这

---

① 基安蒂红酒，Chianti，是一种产自意大利基安蒂地区，世界驰名的红葡萄酒。

期间阿拉巴马在剧院排演排得昏天黑地,邦妮躺在洗澡水跟羊肉汤一样的小房间里。阿拉巴马简直分身乏术,但是斯科娃夫人说对了,她确实没有办法在这么快的旋律里连转两圈,乐队的那位大师又如此固执,死活不肯慢下来。

女孩们在角落里一边看一边感慨:"我们的亲娘啊,这个丫头是准备把脊梁转断吗?"

终于邦妮身体好些了,可以乘坐火车了,她们想马上回去,阿拉巴马在车站给她们买了个小酒精灯。

家庭教师小姐疑惑地问:"夫人,我们干吗要买这个东西?"

阿拉巴马解释说:"英国人家家都有一个酒精灯,孩子们得喉炎的时候就用得上了。我以前也没注意过这些,但是孩子们慢慢长大,总要生这样那样的病,多了解一些医疗常识总是好的,这次就是个教训。"

家庭教师小姐不乐意了,"邦妮没得喉炎,夫人,她这次生病完全是因为那不勒斯。"她气鼓鼓地登上火车,迫不及待地要把这个乱哄哄的城市甩在脑后。其实阿拉巴马也同样迫不及待,她们走了,她才得以解脱。

邦妮说:"我们应该乘坐豪华列车,这样就能更快回去了。"

"这就是豪华列车,小势利鬼!"

邦妮故作老成地看着妈妈,"这世界上很多事情你不明白,妈妈。"

"也许是吧。"

"啊。"一说到离开,家庭教师就难掩喜悦之情,"再见了夫人，再见了，祝您好运。"

"再见妈妈，注意身体，不要练得太辛苦了！"小姑娘礼数周到地挥挥手，火车开走了。

高大的白杨树哗啦哗啦，好像一口袋银币在耳边乱响，火车长鸣一声，转了个弯，不见了。

阿拉巴马叫来一个长着小狗耳朵的马车车夫，"五个里拉，到剧院。"

邦妮走了，她独自静坐，突然觉得日子一下子空了许多。她心里有些愧疚，孩子生病的时候她也没在病床前多陪陪她。她想让她的孩子看到一个跳芭蕾的妈妈，所以不想错过任何一次排演，再有一个星期，她的首演就来了。

阿拉巴马把邦妮来不及带走的东西——一把破扇子，一盒明信片——统统扔到垃圾桶里，它们也不值得再寄回去了。她坐下来，缝补她在米兰买的紧身衣，意大利的鞋子很好，但是紧身衣实在不敢恭维，在跳阿拉贝斯科①动作的时候勒得人生疼。

II

"宝贝儿，玩得开心吗？"

大卫在瑞士的沃韦②车站迎接邦妮，初夏时分，苹果树繁花似锦，日内瓦湖在连绵起伏的群山下粼光闪闪。车站对面

---

① 阿拉贝斯科：arabesque，芭蕾专业动作名词。
② 沃韦：Vevey，瑞士西部城镇，在日内瓦湖东岸，是疗养地和旅游业中心。

有一座笔直的桥,凌驾空中,岸边有成片的蔷薇和铁线莲,绕着山脚,好像裙摆。大自然如此偏爱这个地方,每一个缝隙都填满了花朵,水仙绵延而行,白练一般。远处的小房舍依稀可见,奶牛悠闲吃草,每家门口都有一盆天竺葵。穿蕾丝的女人撑着伞,穿亚麻的女人穿着精致的小白鞋,蜜糖一样的笑容给这景色增添了很多柔美。初夏如此美好,日内瓦湖神采奕奕,这里就是天堂。

"挺好的。"邦妮简单地回答。

大卫又问:"妈妈好吗?"

大卫已经穿轻装了,即使邦妮这样的小娃娃都能看出他衣着考究。他一身珍珠灰,上身是毛绒薄毛衣,下身穿着灯芯绒裤子,一步一步走过来,漂亮矫健。只有她帅气的父亲,才可以把这身衣服穿得又儒雅又俏皮,邦妮为她的父亲感到骄傲。

"妈妈一直在跳舞。"

清凉树影轻抚沃韦小镇,如夏日里懒洋洋的饮者在伸懒腰,水汽氤氲的云朵飘在天上,像是一小方百合花池塘。

他们登上了去往酒店的车。

"阁下,因为近期的游园会,游客蜂拥而至,所以您的房间需要八美金一天。"酒店经理挺英俊的,但总是苦着脸。

服务生把他们的行李带到一个白色镶金的套间。

邦妮惊叹道:"哇,多么漂亮的起居室啊,竟然还有电话,优雅!"

她奔过去,一下子扭开那个奢华的落地灯。

"而且,我还有自己的房间,自己的洗手间,爸爸,你简直太好了，这样家庭教师小姐就可以好好歇一歇了。"

大卫问："我们的小公主对洗手间有什么要求呢？"

"嗯，只要干净就行，至少比那不勒斯的干净。"

"那不勒斯的洗手间不干净吗？"

邦妮犹犹豫豫地说："妈妈说干净，小姐说不干净。"

大卫说："妈妈如果觉得那不勒斯的叫干净，她应该看看你现在的洗手间。"

他轻轻地关上洗手间的门，让邦妮在里面洗漱，一会儿，愉快的法国童谣就传出来了——"卷心菜，怎么种？卷心菜，怎么种！"没有水流的声音。

"宝贝儿，你洗膝盖了吗？"

"爸爸，还没有洗到呢——'卷心菜、卷心菜，这样种、这样种'。"

"邦妮，你要快点儿了。"

"爸爸，今天晚上我可以十点睡觉吗？'卷心菜，用手种'。"

邦妮整晚都乐呵呵地在屋子里跑来跑去。

早上的时候，小姑娘一睁开眼就看到灿烂的阳光，微风徐徐，窗帘柔软地摇摆，落地灯在房间一角发出粉红的光芒，好像营地里渐渐熄灭的篝火。房间里那么多迷人的花朵，孩子伸了个懒腰，墙上要是有个挂钟就更好了，她高高兴兴地想啊想啊，窗外的树梢上是亮闪闪的蓝天。

大卫问："妈妈还做什么了？"

邦妮回答："哦，是的，她为我举办了一个派对。"

"听起来不错，给我讲讲。"

"嗯,派对上有一只猴子,我又生病了,家庭教师小姐因为我裙子上沾了块果酱哭了。"

"这样啊,妈妈怎么说?"

"妈妈说,如果不是乐队演奏得那么快,她可以转两圈。"

"听起来真有趣啊。"

"是的,特别有意思。嗯,爸爸?"

"什么事亲爱的?"

"爸爸我爱你。"

大卫忍不住哈哈乐起来,爽朗的笑声像是织布机上扔过来的梭子。

"好把,你爱我,最好这样。"

"爸爸,今晚我可以睡在你床上吗?"

"当然不能。"

"可是你的床舒服啊。"

"你的床也一样。"

孩子沉吟片刻,决定还是说实话,"在你身边我会感觉好安全,无怪妈妈要睡在你床上。"

"真是个小傻瓜。"

"等我结婚以后,我要全家人都睡一张大床上,我不会赶他们下去,他们再也不会怕黑了。"孩子自顾自地说下去,"没有妈妈之前,你是不是也跟爷爷奶奶挤一张床?"

"我们以前有父母——然后我们有了你,中间这一代注定要坚强独立,没有人可以依靠的。"

"为什么?"

"因为慰藉,宝贝儿,这是个关于过去和未来的话题,说了你也不明白，好了，你要快点了，否则还没等你穿好衣服，我的朋友就要来了。"

"你朋友会带小孩来吗？"

"是的，我请了他们一家。我们一起去蒙特勒①看露天舞剧，但是……"大卫向窗外望了一眼，"天空有些阴沉，怕是要下雨了。"

"哦，爸爸，不要啊。"

"我也不希望下雨，但是好事总是多磨，意外时有发生，你不知道要遭遇什么，有时是猴子，有时是雨。哦，好像我的朋友们来了。"

三个金发碧眼的孩子跟着他们的家庭教师从酒店大厅里走了进来，薄薄的阳光温柔地裹着冷杉树，形成一抹明艳动人的浅粉色。

"你好。"邦妮像一个小贵妇一样软绵绵地伸出手。仔细打量了一下对面的小姑娘，马上把仪态扔到九霄云外去了，"哎呀，你怎么穿得像梦游仙境的爱丽丝？"

这个孩子实际比邦妮还大几岁。

"你好，"她矜持地回答，"你的衣服也很漂亮。"

"见到你很高兴，小姐。"两个男孩要年少一些，一板一眼的。

三个漂亮的孩子站在漂亮的树下，这画面很美。远处是起伏的山丘，像一大匹画布，里面不知道蕴藏着多少传说。

---

① 蒙特勒：Montreux，瑞士小镇，位于日内瓦湖东岸，以气候舒适的度假胜地闻名。这是一个田园诗般的小城镇，被称为"瑞士的里维埃拉"。

蓝色和浅紫色的山地植被肆意生长，一直蔓延到酒店门口。孩子们稚气的交谈在山谷中清晰可辨，那些悄悄话都被一旁不言不语的阿尔卑斯山听去了。

一个八岁的声音说："我在报纸上看到'此物'，你们知道这是什么？"

一个十岁的声音回答说："这都不知道？是关于性感的事情啊。"

邦妮说："在电影里，只有漂亮的女士才可以拥有'此物'。"

一个小男孩略带失望地说："但是，男的就不能有吗？"

那个叫吉娜芙拉，年纪大些的姑娘说："爸爸说，每个人都有。"

"但是，妈妈说，很少人才会有，邦妮，你家大人怎么说？"

"他们什么也没说，因为我从来没在报纸上看到这个。"

"等你长大了，"吉娜芙拉说，"你会看到的——如果报纸还在的话。"

最小的那个男孩兴奋地说："我看过我爸爸洗澡。"

"这有什么了不起的？"邦妮嗤之以鼻。

"当然了不起了。"小男孩执拗地说。

邦妮也执拗，"哪里了不起了？我还跟我爸游泳呢，他什么也没穿。"

"好了，孩子们！不要吵了，你们看，天气不妙啊。"大卫说。

乌云慢慢飘过来，悄无声息地沿着山脊而下，在湖水和天空之间画下一大片阴影。紧接着,下雨了,一场瑞士式的倾盆大雨,要把这土地完全浇透似的。窗台上的藤蔓在疯狂摇摆,大丽花也被吹得东倒西歪。

孩子们惊恐地喊叫:"这么大的雨怎么跳舞?"

"也许芭蕾舞演员都穿着雨衣,跟我们一样。"邦妮说。

小男孩倒是很乐观,"他们可以有海豹表演。"

木头搭的舞台早已湿透,到处都是演出前撒的彩纸,黏糊糊的,颜色被冲刷下来,随处流淌。天光还是亮的,雨珠水晶一样落下,乌云背后偶尔有阳光闪现,有气无力地扑在那些蘑菇伞上,红色的,橘色的,像是灯具店的橱窗。打扮体面的观众们出现了,无一不披着光溜溜的雨衣。

接着乐团出现了,背后的山峦早已被浸透,灰茫茫的,像一群栗鼠,邦妮不无担心,"如果雨水灌进小号怎么办啊?"

小男孩倒不大在乎,"那也没什么,可能更好,我洗澡的时候在水底下吹过气,声音非常好听。"

吉娜芙拉补充说:"确实不错。"

潮湿的空气像个大海绵一样稀释着音乐,女孩们一边跳一边从帽子上往下甩水。她们都跳得小心翼翼,舞台上虽然铺了防滑的焦油帆布,但是卷起来的地方还是很滑的。

大卫一边看节目单一边说:"接下来的节目是《普罗米修斯》,我倒是可以给你们讲讲他的故事。"

跳普罗米修斯的演员有漂亮的棕色皮肤,雨水冲刷着他赤裸的身体,在漩涡一样的跳跃中,他的表现堪称完美,他握紧拳头,面对神秘的天空,高昂起头颅,做出备受折磨的姿态,起身,跳跃,然后像一张纸一样翩然落地。

"看啊,邦妮,"大卫喊,"那里有咱们的一个老朋友。"

是阿里安娜,她饰演爱神丘比特,漂亮而且高傲,虽然大雨倾盆,但她还是出色地完成了每一个跳跃和旋转,她天生有股艺术家的韧性,不管多困难都要完成她的角色。

一想到在这种鬼天气里浑身湿透了还要继续跳,大卫就忍不住地同情她们,还有比这更不舒服的吗?而舞蹈演员们又何尝不知道呢,跳到最后高潮的地方,大家都顾不上舞姿了,纷纷往下甩水。

邦妮说:"我喜欢黑色的舞者,就是抱在一起好像打架的那些。"

"是的,"小男孩也表示赞同,"他们撞在一起的时候最好看。"

大卫说:"看来我们要在蒙特勒吃晚饭了,这个大雨天开车回去不合适。"

酒店大厅已经挤了好些人了,空气中弥漫着咖啡和法式点心的味道,雨衣被揉成一团团扔在门厅里。

"你好!"邦妮突然冲一个姑娘大声喊道,"你跳得真好,比在巴黎跳得还好。"

装扮靓丽的阿里安娜听到喊声停下脚步,她依然端着架子,好像模特一样转过身来,发现是邦妮,灰色淳朴的眉目之间闪过一丝尴尬。

"亲爱的,原来是你,我很抱歉,哦,我的样子,穿这件巴杜①做的旧衣服真让人难为情，"她一边说一边夸张地抖动上衣，"但是，你已经这么大了，对了，你妈妈怎么样了。"她做作地摸了摸邦妮。

"她还在跳舞。"

"我知道了。"

阿里安娜的目的也达到了，她让邦妮知道了自己是多么成功——只有芭蕾明星才能穿得上巴杜的衣服，阿里安娜已经明确告诉邦妮了，"巴杜"，是的，她是重点强调的。

"我必须走了，我的舞群还在房间里等着我呢，再见了，亲爱的大卫，再见，小邦妮。"

孩子们在晚宴上表现得还行，即使在这样一个弹奏着战前音乐的怀旧夜晚，他们也没有大吵大闹，可以算得上是乖巧懂事了。

桌上的酒瓶栅栏似的摆了一排，银色的啤酒杯里是冰凉的啤酒，大人们低声管教孩子，孩子们咯咯地笑着，好像小锅盖儿下煮开的水。

邦妮说："我想要开胃小菜。"

"为什么啊？宝贝儿，晚上吃这个不大好消化。"

小男孩也哭丧着脸说："我也想要。"

"小孩没权利点餐，"大卫宣布，"我给你们讲普罗米修斯的故事吧，别惦记开胃小菜了，话说普罗米修斯被绑在一个巨大的岩石上，于是呢——"

---

① 巴杜：让·巴杜，Jean Patou，是 20 世纪 20 年代到 30 年代最伟大的服装设计师之一。

"我可以要杏仁酱吗?"吉娜芙拉打断他。

大卫快要失去耐心了,"还听不听普罗米修斯了,你们?"

"要听,先生,当然,我们当然要听。"

"好吧,"大卫继续,"他在那里挣扎了好多好多好多年,然后——"

邦妮骄傲地说:"这个故事我以前听过。"

小男孩问:"然后呢?他挣扎了好多年,之后呢?"

"好吧,之后呢,故事是这样的,"受到小家伙的鼓舞,大卫终于来了兴致,他性格中本来就有童真可爱的一面,只消把它展现出来就好,孩子们很吃他这一套,他逗邦妮,"你还记得接下来的故事吗?"

"不记得了,我早就忘了。"

"如果已经讲完了,我可以吃果盘吗?"吉娜芙拉礼貌地问道。

晚宴之后雨停了,大卫开车带孩子们回家,在这样的夜晚里赶路是件非常惬意的事情,星光闪烁,沿路的小村庄干净湿润,农舍的花园门闲闲地开着,向日葵从篱笆墙里探头出来。

大卫的车亮闪闪的,仿佛披挂着盔甲,孩子们蜷在里面打瞌睡。他们的小脸蛋红扑扑的,脑子里一定在想象那些光怪陆离的事情——也许这不是普通的汽车,而是充满神秘力量的车,或者是国王的辇车、大富翁的豪车,他们威风凛凛,不可一世,在这安静的夏日夜晚里呼风唤雨。

夜空映着湖光像是一个巨大的水银碗,他们就是里面上升的气泡。路边的大树参天,树影浮动,如炼金房里漫出的蒸汽一样覆盖道路,一切好像充满魔法,令人着迷的魔法,群山上之透出一线月光,他们呼啸而过。

"我不想成为一个艺术家,"小男孩睡意蒙眬地说,"我能变成一只训练有素的海豹吗?"

"我想当艺术家,"邦妮说,"别人都睡着了,他们还可以吃东西。"

"但是,"吉娜芙拉一本正经地反驳,"我们已经吃过东西了呀。"

"是的,"这点邦妮倒不否认,"但是再吃一遍也不错。"

吉娜芙拉说:"你是没吃饱吧?吃饱了你就不会这么想了。"

邦妮说:"没错,当你吃饱了,你就不在乎多一顿还是少一顿了。"

"你为什么总是跟我拌嘴?"吉娜芙拉从寒冷的窗户边往里挪了挪。

"因为我每次说了一半你就出来打断我。"

"我们直接去你们的酒店,"大卫说,"你们看起来都好疲惫。"

"爸爸说过,冲突产生个性。"大一点的那个男孩说。

"我觉得冲突对这个漂亮的夜晚不好。"大卫说。

"妈妈说冲突对脾气也不好。"吉娜芙拉补充了一句。

把小孩子们送走了之后只剩他们父女俩了,大卫也在这家酒店开了一间房,邦妮拉着爸爸的衣角嘀咕:"本来以为今天晚上挺好玩的。"

"是啊,有的时候你会发现跟什么样的人吃饭比吃什么样的饭更重要。"

"他们至少也应该顾及顾及我的感受,你觉得呢?爸爸,他们总是抱成一团。"

"孩子们都爱拉帮结派,其实人都是这样,他们自动分成群体,好像年鉴,你永远找不到你想要的那页,但是随便翻翻未尝不可,即使偶尔会有麻烦。"

"这些房间看起来不错,"邦妮说,"洗手间那个可以喷出水的软皮管子是什么?"

"跟你说了好多遍了,不要去碰,那是灭火器。"

"洗手间会经常起火吗?"

"虽然不大常见,但备着总是没错。"

"当然了,起火多可怕啊,"邦妮说,"不过如果隔得远,看看也挺有意思的。"

"你洗漱好了吗?应该写信给妈妈了。"

"好的,爸爸。"

邦妮坐在安静的客厅里开始写信,巨大的窗户正对着灰暗的广场。

亲爱的妈妈:

　　正如你所知,我们已经到瑞士了,房间好大好安静。

　　瑞士人也特别有意思,酒店服务员管爸爸叫"王子"。

　　(窗帘在飘来飘去,现在它们停下来了。)

　　爸爸如果是王子,我就是公主了,这儿的人想事情多有趣。

（屋子很大，也非常优雅，摆放了好多台灯。）

阿里安娜小姐穿着一件巴杜做的衣服，她说她为你的成功感到高兴。

（酒店的服务很周到，房间里到处都是鲜花。）

如果我是公主，我就可以任性了，我要把你弄到瑞士来。

（靠垫虽然很硬，但是流苏顺着椅子腿垂下来的样子非常漂亮。）

我多想念以前你在家的时候啊。

（影子好像在移动，但是我不怕，只有小孩子才会害怕影子。）

我一切都好，没有什么，爸爸对我很好，我只要不惹祸他就满意了。

（影子里其实什么都没有，虽然它们动起来很奇怪，有人开门了吗?）

"啊!"邦妮吓得大叫一声。

"嘘，小声点。"是大卫，他把门在身后关上，过来温柔地搂住邦妮，"我吓着你了吗?"

"没有，是影子，我自己一个人的时候会害怕。"

"我明白，大人也这样，经常的。"

酒店的灯光昏昏欲睡，慵懒的空气覆盖着街道，好像一面纹丝不动的旗子。

"爸爸，我想开着灯睡觉。"

"干吗这么想呢？没什么好怕的——你有妈妈和我呢。"

"妈妈在那不勒斯，"邦妮说，"我睡着了之后，你再出去好吗？"

"好吧，但是这真孩子气。"

邦妮沉沉睡去，几个小时之后，大卫蹑手蹑脚地进来查看，他发现邦妮醒了，房间黑着灯，小姑娘紧紧闭着眼睛，她还把卧室同客厅的门开了个小缝。

"宝贝儿，你怎么还不睡呢？"

邦妮小声说："我在想，虽然妈妈那么成功，我还是不喜欢跟她住在意大利，我喜欢跟爸爸一起待在这儿。"

大卫笑了说："但是，我也成功啊，只是我是在你出生之前就已经成功了，所以你就觉得理所当然似的。"

屋外的树上昆虫在嗡嗡作响。

"那不勒斯那么糟糕吗？"既然睡不着，他索性跟邦妮聊天。

邦妮有些犹豫，"那个，不知道妈妈怎么想的，是的，很糟糕。"

"她有没有提到我呢？"

"她说——让我想想——虽然我也不大明白，但是她说她必须给我一句忠告，那就是不要让别人左右自己的人生。"

"你明白这句话的意思吗？"

"不明白。"邦妮叹了口气。

夏天步履蹒跚，从洛桑①一路走到日内瓦，所经之地鲜花

---

① 洛桑：Lausanne，瑞士西南部城市，位于日内瓦湖北岸。

盛开，日内瓦湖岸好像瓷盘子的漂亮花边。气温渐渐高起来，田野有些地方开始发黄，但窗户外的高山依然郁郁葱葱，在明亮的天空下高高耸立。

邦妮在湖边玩耍，尤拉斯山脉的漆黑阴影一点一点挤进水边的芦苇丛中。白色的鸟儿扑棱棱飞起来了，各种各样的鸣叫仿佛提醒这个无垠世界终有边界。

"小家伙睡得好吗？"一个在花园里写生的人问她，很长时间没见到这个人了，以前他常常来，据说刚刚大病一场。

"是的。"邦妮很有礼貌地回答，"但是您要小点声，不能打扰我——我是一个守望者，如果敌人来了，我就飞快地发出警报。"

"那么，我可以做城堡之王吗？"大卫从窗户里喊道，"你如果犯了错误，耽误了正事儿，我就把你脑袋砍掉。"

"你？"邦妮说，"你只是一个囚犯，我已经把你舌头拔掉了，所以你不能抱怨。但是，我对你一直挺好的。"看来小姑娘有点不忍心，"所以你不必觉得不开心，爸爸，除非你想表演不开心，嗯，还是不开心吧，这样更好。"

"好吧，"大卫说，"我是这世上最不开心的人了，我的衬衣刚刚被洗坏了，竟然变成了粉红色，我怎么穿着它去参加婚礼啊。"

邦妮故作严厉地说："你这个囚徒，我不允许你出去参加婚礼。"

"好吧，现在我心情好点了。"

"你再这样我就不让你玩了，你应该非常伤心，想念远在家乡的妻子。"

"看啊，我眼泪成河。"大卫像个木偶一样靠到窗台上擦眼泪。

这时门童进来了，手上拿了一封电报，看到"美国王子"先生这副模样有些吃惊。大卫一边和邦妮玩耍，一边撕开信封——"父亲病危，难以康复，速归，慎告阿拉巴马，爱你的，蜜莉·贝格斯。"

大卫愣住了，窗户外面有白蝴蝶飞来飞去，几根大树杈垂下来，一晃一晃地敲打着地面。往事历历在目，他好像回到从前，如同在玻璃管道中穿梭的一封信。这封电报硬生生地切入他的生活就像断头台上的铡刀落下。他抓起一支铅笔准备写电报给阿拉巴马，抬起笔来又停下了，还是打电话吧，他记得剧院下午是关门的，他给宿舍打了电话，阿拉巴马不在，他留下口信。

"爸爸，怎么了？你还在玩吗？"

"没有，宝贝儿，你最好赶紧回来，邦妮，我有一个不好的消息。"

"出什么事了？"

"你外祖父要去世了，我们必须马上回美国。我会叫家庭教师小姐来陪你，我要去跟妈妈商量一下，我们可以从巴黎走，或者咱俩去意大利，从那儿上船。"

"我不去意大利，"邦妮建议，"我们肯定要从法国走。"

一整天，父女俩都在心神不宁地等待那不勒斯的消息。

阿拉巴马的回信流星一样飞来，像一大块石头，咣当砸在大卫脑袋上，信是别人写的，充满了歇斯底里的意大利语，大卫费了半天劲才搞清楚它说了些什么。

"夫人两天前就已经住院了,您必须来救她,这里根本没人照顾她,她也不告诉我们您的地址,她觉得自己能好起来。但是情况不容乐观,我们谁也指望不上了,除了您和上帝。"

"邦妮,"大卫难过地说,"家庭教师小姐的地址,你知道我把它放哪儿了吗?"

"我不知道爸爸。"

"那么你就要自己打包行李了——要快。"

"哦,爸爸,"邦妮哭丧着脸说,"我刚从那不勒斯来,我不想这么快就回去。"

大卫只说了一句:"你妈妈需要我们。"

他们以最快的速度收拾妥当,坐了半夜的快车走了。

意大利的医院像监狱一样——他们必须和阿拉巴马的女房东还有斯科娃夫人等在门外,直到下午两点开了门才能进去。

"这么好的条件,可惜了,"夫人悲伤地说,"假以时日,她会成功的。"

意大利女房东也悲哀不已,"上帝啊,她还那么年轻。"

斯科娃夫人哭丧着脸,"这下完了,等病好了,她也老了。"

"而且总是一个人,身边连个照顾的人都没有,先生,看在上帝的分上。"女房东虔诚地叹了口气。

医院外面的草坪修建得小巧整齐,走道黑板上的解剖图被擦去了一半,一个清洁女工把门打开了。

大卫并不介意乙醚的味道,但是两个医生坐在接待室里,讨论的竟然是高尔夫球,他们穿着奇怪的制服,让人仿佛置身宗教法庭,屋子里都是绿色香皂的味道。

大卫对邦妮感到很愧疚,竟然带她来这种地方。

大卫也不相信这个英国实习医生能一杆进洞。

医生们告诉他,细菌是来自鞋盒里面的胶水,脚上的水泡破了,本来是小事,但是切口被细菌感染了。是的,是"切口",他们用"切口"这个词的频率之高,几乎可以媲美意大利人用"圣母马利亚"。

"不要抱很大希望,只是时间问题。"他们一遍一遍地重复。

斯科娃夫人说:"既然这样,我还是把邦妮留在这里,你进去吧。"

病房里全是悲伤的味道,好人进来也活不了几天。

阿拉巴马发出尖厉的喊叫:"我的脚根本没事!是我的胃!疼死我了!"

她一边喊一边在心里抗议,医生为什么不听听她怎么说,毕竟她才是病人!难道医生是另外一个世界的人吗?只会站在那里傻乎乎地讨论敷冰。

"我们只好走一步看一步了。"医生木着脸说,茫然地望着窗外。

"我要喝水,请给我水!"

护士慢条斯理地整理小推车上的药品。

"没水。"她头也不抬地说。

她干吗这么神秘兮兮的?

阿拉巴马感觉自己一阵头晕,医院的墙在她眼前开了又合,整个屋子臭气熏天,像是个地狱。她的脚泡在一堆黄色液体里,已经发白了。她的背好疼,像被一根大梁击中了一样。

"我要喝橙汁。"这话像是从她嘴里发出的,但其实不是,是邦妮说的。老天啊,大卫千万不要给我巧克力冰淇淋,那些闻起来好像下水道的东西,令人恶心透了,我会全吐出来。她的脚上缠了些玻璃管子,像是东方女皇的头饰——他们把她的脚毁了。

房间里的墙纷纷退去,一个叠一个,像是影集中片片飘落的照片,也像秋天里的叶子,灰色的,玫瑰色的,紫红色的,落下的时候悄无声息。

两个医生走进来,头抵着头聊起来了,她的脚还能治好吗?希望渺茫啊。

她虚弱地说:"给我一个枕头,脖子都要断了。"

医生们无动于衷地站在床尾,像是没听到她的话一样,打开的窗户仿佛炫目的洞穴,延伸出一个白色的漏斗,帐篷一样罩在她的床上,在这个充满白光的帐篷里什么都好像很自在,她几乎不用呼吸,也感受不到自己的身体,周围的空气是如此之轻。

"今天下午再会诊吧,三点。"一个医生撂下这句话就离开了。另外一个继续待在原地自言自语。

她听不清楚他在嘀咕什么,好像是:"我可不能做手术,今天我要站在这里数白色的蝴蝶。"

"难道这个女孩是马蹄莲的香味闻多了吗?哦,不不不,我觉得是因为洗澡间喷头的缘故。"

他得意地笑起来,恶魔一般。为什么他笑起来那么像

《普钦内拉》① 里的小丑？他骨瘦如柴，高得像埃菲尔铁塔。护士也一个接一个地笑起来了。

"你们不能这样笑，节拍错了，音乐也不对，完全不对，这不是《普钦内拉》的音乐，"阿拉巴马恍惚间好像对护士嚷嚷了："你们不能表演《普钦内拉》，这分明是《众神领袖阿波罗》② 的音乐。"

她们惊讶地看着她，好像她是个怪物。

"算了，你们不明白的，我怎么能期望你们懂这些呢？"她轻蔑地尖叫着。

护士们意味深长地交换眼神，脸上挂着古怪的微笑离开了房间。那些该死的墙又出现了，她无奈地躺在那儿，来吧，让两面墙过来压扁她吧，就像把婚礼上的花朵在书页之间压扁。

阿拉巴马已经躺了几个星期了，碗里不知道什么东西，散发出让她难过的气味，没多久她就开始吐血红色的黏液了。

在这几个星期里，大卫伤心欲绝，走着走着就忍不住哭起来，夜里他也会躲在角落里偷偷地哭，生命变得毫无意义，似乎已到尽头，冷血与绝望在他心头交织，他拼命挣扎，不知道什么时候才是解脱。

他每天来两次医院，听医生讲血毒的事情。

医生终于肯让大卫靠近她了。他就把头深埋在床单里，用自己的手臂紧紧抱住她支离破碎的身体，哭得像个孩子一

---

① 《普钦内拉》：*Pulcinella*，芭蕾舞剧，荒诞的丑角戏。
② 《众神领袖阿波罗》：*Apollon – Musagete*，基于希腊神话的芭蕾舞剧。

样。她的腿被高高吊起来，浑身的重量都压在她脖子和后背上，像背了个中世纪的十字架。

大卫把她搂在怀里，泣不成声，她感觉到他是属于另外一个世界的，跟医院这个死气沉沉的世界不同，他的世界没有奄奄一息，他的世界里生命旺盛而且坚硬，热气腾腾，她觉得自己几乎要不认识眼前这个人了。

他直盯着她的脸看，他没有勇气看她的脚。

"亲爱的，没事的，"他尽量保持平静地说，"你马上就会好起来的。"但是她丝毫感受不到任何安慰。他一定是在掩盖着什么。妈妈的来信里只字不提她的脚，而且邦妮一直没有进来看她。

"我一定非常瘦吧。"身子下的便盆硌得她生疼，她茫然地伸出手，使劲地向前伸展着，好像鸟儿要去抓紧树枝，她觉得这样能让她的脚休息一下。她的手指细长，苍白，关节上布满青筋，真的像一只没有羽毛的鸟。

痛苦从脚上传过来，一点一点蚕食她，实在太疼了，她就闭上眼睛，想象自己在下午的阳光里飘起来，绕过医生绕过护士溜走了，每一次她都去了相同的地方。那里有一个清澈的湖，一眼望不到底，还有一个尖尖的小岛，横陈在水中央，神气得像一道被遗忘的闪电。四周是笔直的杨树，遮天蔽日的粉色天竺葵，还有雪白雪白的森林，叶子倾泻下来覆盖大地。星云般的杂草随风摆动，处处是紫色的根茎和肥大的叶子，还有长满触角的古怪植物。

那些沾满碘酒的小棉球和可疑的化学物质在湖边的小水

洼里繁衍。深深的迷雾中传来乌鸦的啼叫。"生病"这个词好像有了生命，它藏在有毒的空气中，悄悄在岛屿之间穿行，当找到一条白色小径时，它就毫不犹豫地从中间穿过去，继而在缎带一样的路上奔波，扭曲着，旋转着，然后大声号叫起来，活像一只被烤炙的猪，那些尖锐的字母纷纷跳起来，要来挖阿拉巴马的眼睛，她大叫一声，从梦中惊醒。

有时她闭上眼睛，看见妈妈端来一杯凉凉的柠檬汁，她忍不住微笑起来，但这多半发生在她不那么疼的时候。

每当医生有新诊断的时候，大卫就来了。

"其实，阿拉巴马，有些事情你必须知道。"他决定和盘托出。她感到胃里一阵翻腾，仿佛什么东西穿肠而过。

她用虚弱的语气安静地说："我一早就知道了。"

"可怜的宝贝儿，你还是不明白。"他难过地几乎说不下去，"你的脚没事，但是，你可能永远也不会跳舞了，你会介意吗？"

"我需要拐杖吗？"她问。

"不，不需要，只是肌腱被切断了，动脉可能受到影响，你还是可以走路，虽然可能会没力气，答应我别难过好吗？"

"天啊，我的身体，什么也做不了。"

"我可怜的宝贝儿——你还有我，我们又在一起了。"

"是的——只剩下这个了。"她哭了。

她躺在那儿，心乱如麻，自己一直是生活的宠儿，想要什么就有什么。但是，她从来也不想要这个。这个一点也不好玩，这就是一块大石头，加多少佐料也成不了大餐。

但是，事情哪能尽如人意呢，就像母亲从来没想到自己唯一的儿子会死掉，父亲也不曾想过会生这么一大群女儿打扰他清静的生活。

父亲！她心里一阵绞痛，她要在父亲还活着的时候赶回家。没有了父亲，这个世界最后一个依靠也没了。

她打了一个激灵，"父亲如果不在了，我就只能靠自己了。"

Ⅲ

奈茨一家又一次来到这个古老的红砖车站，他们下了车，眼前是那个再熟悉不过的美国南方小镇，悄无声息地躺在一大片棉花田里。耳边响起一片轰鸣声，好像刚刚走进一个真空。黑人们坐在台阶上打瞌睡，耷拉着脑袋，仿佛一个懒洋洋的雕像。天鹅绒一样的树荫覆盖着宽阔的广场，平静的南方像沉睡的婴儿，又如同一张软软的吸墨纸，静静地填满一代又一代人的生活。

邦妮问："我们的房子漂亮吗？我们要住在那里吗？"

"天哪，太不可思议了。"家庭教师小姐失声尖叫，"这么多黑人，有传教士教他们吗？"

"教他们什么？"阿拉巴马问。

"比方——宗教。"

"他们已经足够虔诚了，如果你听过他们唱赞美诗的话。"

"谢天谢地，这样最好，他们看上去好可怜。"

邦妮问："他们会来烦我吗？"

"当然不会，你在这里跟在其他地方一样安全，这里是你妈妈长大的地方。"

"而且，当我还是小姑娘的时候，我参加过黑人的受洗仪式，就在那条河里，是国庆节，没错，七月四号的早上五点。他们穿着白色的袍子，温暖的阳光照进水边的泥沼里，我当时感到快活极了，恨不得加入他们的教会。"

"妈妈，我也想去看看。"

"也许有天会吧。"

琼坐在一辆棕色的福特小车里等她们。

时隔多年又看到了姐姐，阿拉巴马好像回到了少女时代。老城区在她眼前慈祥地展开，长者一样迎接她，她父亲曾经每天都来这里工作。当你充满野心又贪婪的时候，去远方是个很好的选择，但是当你疲倦了，累了的时候，那就最好回到故乡，把自己交给那些爱你的人，放心地躲进他们为你编织的庇护所里。

琼脸上有凄苦之色，但她还是开心地说："你终于回来了。"

邦妮问："外祖父病得很严重吗？"

"是的，哦，亲爱的，我一直记得邦妮是个懂事的好孩子。"

"你的孩子们好吗？琼。"琼没有什么变化，她很传统，像妈妈。

"还好，我没法带他们来，这对孩子来说太难受了。"

"是啊，我们也最好让邦妮待在宾馆里，她可以早上的时候过来。"

"还是让她来吧，只说一声'哈啰'，妈妈一直那么喜欢她，"琼说着转向大卫，"这几个孩子里，妈妈最喜欢阿拉巴马。"

"其实，我不过是最小的一个而已。"

汽车在熟悉的街道上驰骋，夜晚如此柔软，四下里是汗津津的泥土味道，草地里满是蟋蟀的叫声，浓密的树冠在热乎乎的马路上面合抱，阿拉巴马心里的不安渐渐褪去，变成懒洋洋的舒适。

"有什么是我们能做的吗？"她问琼。

"我们已经尽力了，生老病死无药可医。"

"妈妈好吗？"

"一如既往的坚强——但是我还是高兴你来了，你一直以来都是她的慰藉。"

汽车在一座安静的房子面前停下来了。多少个夜晚，跳舞回来，她不让那些男孩子们踩刹车，怕把父亲吵醒，就这样让车子滑行回来。空气中飘来花园的阵阵甜香。海湾的微风吹来，在山核桃树之间凄美地穿梭。什么都没改变，熟悉的窗户后面仿佛坐着父亲，大门一打开就能看到他，他在这栋房子里住了三十年了，看着门前黄水仙开了又谢，看着牵牛花在明亮的阳光里打卷，他替玫瑰修枝，称赞蜜莉小姐的仙人掌好漂亮。

"他们很漂亮不是吗？"他会这样说，斟词酌句，不让自己有一点口音，他谨言慎行，是一个多么高贵的人。

他有次在蔓藤上捉到一只红色的蛾子，他把它放到壁炉上方的地图上。"这个地方很不错，去看看吧。"他把蛾子的翅膀小心翼翼地铺展在南方铁路上，法官也有幽默感。

他有时也孩子气：他用小刀和蜜莉针线盒里的针哆哆嗦嗦地杀鸡；在周日晚宴上笨手笨脚打翻冰茶杯子；把一大块火鸡酱汁甩在感恩节干净的桌布上，今天一想起这些总是让人忍俊不禁，这个刻板的人也有活泼的一面啊。

和大卫一起走上台阶，离父亲越来越近了，阿拉巴马陷入一种即将失去亲人的恐惧中。

当她还是小孩子的时候，这些台阶显得那么高，上面攀爬着藤蔓，她小时候常常坐在这里，那时她第一次知道圣诞老人并不存在，她气极了，恼恨父母告诉她真相。神话即使不是真实的，但有些情况下必须存在，她哭得很伤心："我不信，圣诞老人一定是真的。"砖缝中的狼牙草已经老高了，在她腿上蹭来蹭去，痒痒的。门前还有一棵树，父亲不许她在树杈上打秋千，现在看来难以置信，这么瘦的一根树枝怎么能禁得住她呢？"一草一木都要善待。"父亲总是这样说。

"可是，爸爸，这棵树没事的。"

"我觉得有事，如果你拥有了什么，最好学会照顾它们。"

父亲一生清廉，自己的东西很少，都放在他衣柜最上面的抽屉里，阿拉巴马记得只有几样东西：祖父的小雕像，妈妈的小照片，去田纳西度假时带回来的三片七叶树的叶子，一对金袖扣，一份保险单，还有几双夏天穿的袜子。

"哦，我亲爱的。"妈妈颤抖着吻了吻阿拉巴马，然后转向邦妮，"还有你，小宝贝儿，让我亲亲你的头顶心吧。"邦妮走过来紧紧依偎在外祖母身边。

"我们可以看外祖父吗？外祖母？"

"宝贝儿，你会伤心的。"

母亲的脸色苍白,人也沉静,她坐在门口的那个老摇椅上,心中充满哀伤。

"喔,蜜莉。"父亲的声音微弱地响起。

疲惫的医生出来了,站在门廊上跟大家打招呼:"亲爱的蜜莉,他刚刚恢复意识,如果孩子们想见父亲,她们可以进去了。"然后他和蔼地对阿拉巴马说:"真高兴你回来了。"

她跟在医生身后进了屋子,忍不住浑身颤抖,她的父亲!她的父亲!他看上去多么瘦弱苍白,她为自己的无能为力感到痛苦,几乎要哭出来了。

她平息了一下心情,走过去安静地坐在床边,她曾经威武漂亮的父亲啊。

"你好啊,宝贝儿,"他的目光在她脸上逡巡,"你会待得久一些吗?"

"是的,家里多好。"

"我也一直这么认为。"

父亲疲惫的眼睛看到了门口的邦妮,小姑娘等在那里,小心翼翼,不知道该不该进来。

"让我看看孩子。"法官的脸上浮出慈祥的笑容。邦妮胆怯地来到外祖父床边。

"过来,我的宝贝儿,你这只漂亮的小鸟,"祖父微笑着,"啊,不,你比两只小鸟加起来还漂亮。"

"外祖父,你什么时候能好起来?"

"很快,今天我累了,我明天再见你。"他挥挥手让孩子走了。

只剩下她和父亲两个人了,阿拉巴马感到自己的心在下沉，他病了，那么瘦那么小，经历了那么多生活的坎坷，他一直是她们的保护伞，给她们提供平稳富足的生活。这高贵的生命如今就要在床上慢慢枯萎了，可是她还有那么多事想为他做。

"哦，爸爸，我还有很多疑问要跟你说。"

"宝贝。"父亲轻轻拍拍她的手，他的手腕不比一只鸟的大，他是怎么把她们养大的？"我从来没想到有一天你会这么懂事。"

她慢慢抚平他花白的头发。

"我要睡觉了，宝贝。"

"睡觉？哦，是的，睡觉。"

她长久地站在床前，她讨厌护士们在屋子里跑来跑去，好像父亲是个小孩子。她父亲是个无所不能的人啊。她的心在不停地哭泣。

过了一会儿，老人睁开眼睛，带着骄傲的神情，一如往昔。

"你刚才说你有事要问我？"

"我想问您，我们的身体跟灵魂到底是不是背道而驰的？我想您一定知道，为什么当灵魂备受折磨，身体应该给予支持的时候，它反而垮掉了。而当我的身体在煎熬的时候，灵魂本应成为其唯一的避难所，结果它却弃我们而去。"

老人沉默了。

"为什么我们这么多年来锤炼身体，以求心智的健全，但是到头来却发现灵魂总是在遍体鳞伤，几乎要在枯寂的身体里才倍感慰藉，这是为什么呢，父亲。"

"问我一点简单的问题吧孩子。"老人的声音听起来那么虚弱遥远。

护士轻声说:"法官先生需要休息了。"

"那我还是走吧。"

阿拉巴马站在门厅里。以前父亲上床前都要把门厅的灯关上,那里还有一个小钉子,父亲用来挂帽子。

如果一个人没有力气再坚守他的信念和理想,那他还是他吗?阿拉巴马想,床上躺的不是以往的那个人——可他还是她的父亲,一直被她深爱的父亲。如果没有他,我将不复存在。虽然我没有在复制他的生活,但是,他对生命的态度,对信念的坚守,潜移默化地影响了我,成为我生命目标的一部分。

她去找妈妈。

蜜莉对着阴影说:"你父亲昨天说了,他想开车上街看看,哪怕只是看看人们在自家门廊里闲坐。他曾经用了一整个夏天学习开车,不过他太老了。他还跟我说,'蜜莉,叫白头发天使给我穿衣服,我想出去。'你看,他管护士小姐叫'白头发天使',他一直都有幽默感。他其实很喜欢他的小车。"

一直以来她都是那么好的一个女人,她不停地说啊说啊,就好像一个诉说自家孩子的母亲,又好像不停唠叨父亲的细微小事就可以让他康复一样。

"他说他要去费城定做一些新衬衣,他说他早餐想吃些培根。"

琼说:"爸爸还给了妈妈一张一千美金的支票,说是葬礼的费用。"

"可不是吗?"蜜莉笑了,好像看到一个小孩子在胡闹,"然后他还说,'如果我没死,钱可要还给我。'"

"哦,我可怜的妈妈,"阿拉巴马想,"她心里是明白的,爸爸要死了,但是她不肯承认,其实我们又何尝不是这样。"

一直以来蜜莉都在照顾他,当他还是个年轻人,被办公室的同事称呼为"贝格斯先生"的时候,当他中年经历挫折疾病缠身的时候,当他年老,终于学会温柔对待生活的时候,妈妈一直在他身边,不离左右。

"哦,亲爱的妈妈,"阿拉巴马说,"你的一生都给了爸爸。"

"婚姻是你外公答应的,"蜜莉说,"当他得知你父亲的叔叔担任参议员已经三十二年了,还有个叔叔是联邦将军的时候,他就答应了你父亲的请求,准许我们结婚了。那个时候你外公自己也在国会里做了十八年的参议员了。"

母亲是男权社会下的传统女性,蜜莉似乎没有注意到,如果丈夫不在了,自己的生命里也剩不下什么了。他是她孩子们的父亲,她的孩子们都是女儿,家里将不再有男人存在了。

"你们外公是个非常骄傲的人,"蜜莉自豪地说,"当我还是个小姑娘的时候,我就特别崇拜我的父亲,家里有二十口人,只有两个女孩。"

大卫好奇地问:"您有那么多兄弟,那他们现在呢?"

"死的死,走的走,很久没联系了。"

"他们很多是同父异母兄弟。"琼说。

"我亲弟弟有年春天来过,走的时候说要给我写信,但是后来也没了音信。"

"舅舅人非常好,"琼说,"他在芝加哥有一家药铺。"

"你父亲很喜欢他,还开车带他出去兜风。"

"妈妈你为什么不写信给他呢?"

"我都没想到去要他的地址,自从我嫁给你父亲之后,太多的事情要操心,几乎没有时间去管你外婆家的事情。"

邦妮在门廊的凳子上睡着了,阿拉巴马小时候也常常这样,父亲会把她抱上床的。现在是大卫,他轻轻抱起了沉睡的女儿。

"我们应该走了。"他轻声说。

"爸爸,"邦妮喃喃道,依偎着父亲的胸膛,"我的爸爸。"

"你们明天再来吗?"

"明天一大早就来。"阿拉巴马说。母亲华发渐生,盘在头顶,像弗罗伦萨圣人之冠,她轻轻把母亲揽在怀里,哦,她真怀念这种母女俩紧紧依偎的感觉。

阿拉巴马每天都回家,家里还跟以前一样,一尘不染处处明亮,她每次来的时候都给父亲带一点小玩意儿,或者是小吃,或者是花。父亲喜欢黄色的花。

母亲说:"当我们年轻的时候,经常去林子里采摘黄色的紫罗兰。"

医生们来了,都摇头,很多朋友也来了,没有人像父亲这样,一生交下这么多朋友,他们带着蛋糕和鲜花来看望他。以前的仆人也来了,送牛奶的人在门口多放了一瓶牛奶,表示慰问。法官的同事们也陆续而来,带着悲伤和高贵的神情,好像邮票上的头像。法官却躺在床上为钱发愁。

"太浪费钱了,"他不停地重复,"我不能这么躺着,纯粹是浪费。"

孩子们凑在一起商量,她们想要分担这个费用,父亲一旦知道自己好不起来了,就不会允许她们再从国家那里替他领工资了。但是她们都愿意分担。

阿拉巴马和大卫在家旁边租了一个更大的房子,花园里有女贞树丛,盛开着玫瑰和鸢尾花,窗户底下有许多灌木。

阿拉巴马劝妈妈多出来走走,她待在家里都好几个月了。

蜜莉说:"我不能出去,万一你父亲需要我呢,我不能不在。"她固执地认为父亲在离开之前一定会有些话要说。

经不住阿拉巴马的一再建议,蜜莉答应了,"好吧,最多半小时。"

阿拉巴马带妈妈开车经过议会大厅,父亲曾经在这里工作了一辈子,办事员们把窗户底下的玫瑰采摘下来送给她们。阿拉巴马想起父亲的办公桌,上面的书是不是布满灰尘?也许抽屉里还有一些没来得及处理的信件吧?

"妈妈,您是怎么认识父亲并决定嫁给他的?"

"是他追我的,我那时追求者可多了。"

母亲用苍老的面孔对着女儿,好像在等待她的抗议。但是她确实比三个女儿都好看,她脸上自然有一种迷人的神气,可以想见年轻时多么讨人喜欢。

"有一个小伙子为了讨好我,曾经想要送我一只猴子,他告诉我妈妈说,猴子都是得过肺结核的,所以免疫。我妈妈看了看他说,'你看起来不像得过肺结核啊。'你外婆是个非常漂亮的法国女人,入她的法眼难着呢。还有一个小伙子送我一只种植园里的小乳猪,另外一个小伙子从新墨西哥州弄了一只狼来,后来这两个人,一个成了酒鬼,另外一个娶了莉莉表妹。"

"其他人呢?"

"死的死,走的走,即使再见他们,我也认不出来了。那些树好漂亮啊。"

"看到吗?就是那栋房子,我和你父亲第一次相遇就是在那里,"蜜莉告诉她,"那是一个新年晚宴,他当时非常帅气,我恰巧来看望你的玛丽表姐。"

阿拉巴马记得玛丽表姐,她年纪很大了,戴眼镜,爱哭,所以眼睛总是红的。她看上去毫无特别之处,但是她曾经组织过一次新年晚宴。

阿拉巴马从来不曾想象过父亲会跳舞。

后来,当她看着躺在灵柩里的父亲的时候,他的脸年轻、漂亮、风趣,阿拉巴马竟然想起了多年前的那场新年晚宴。

"死亡才是真正的优雅。"她对自己说。她以前不敢看死人的面容,现在她发现,没什么好怕的,一切都被调整美化过,用胶水固定了。

在父亲简朴的办公室里,除了法律文件别无长物,小保险箱里有一份保单,还有一个发霉的小钱包,里面是旧报纸包的三个五分钱硬币。

"这肯定是他挣的第一笔钱。"

"你祖母给了他一毛五让他割前园的草。"

他的衣服口袋里和书里也没有夹什么东西,阿拉巴马老觉得父亲会留下只字片语,"他一定是忘了。"她自言自语道。

葬礼上摆放着联邦和法院送来的花圈,阿拉巴马为自己的父亲感到骄傲。

可怜的蜜莉小姐,从去年开始她就在自己的黑色草帽上罩了一层黑色面纱,这顶帽子还是那年她和父亲去爬山的时候买的。

琼看到黑色哭了,"我根本做不到。"

于是大家也都不穿黑。

在葬礼上她们也没有演奏音乐,父亲生前不喜欢音乐,他曾经给孩子们唱过《老格雷姆斯》,但荒腔走板的,把大家都逗乐了。后来,她们在葬礼上朗诵了《指引温柔之光》的赞美诗。

法官的墓地安置在山坡那边,在一片山核桃树和橡树底下,远处是议会大厅,金光闪闪的穹顶依稀可见,花儿谢了,孩子们又种了一些茉莉花和风信子。墓地虽然老旧,但是一切平静。野花肆意生长,玫瑰花丛因为时间太久,花瓣的颜色都淡了。紫薇和黎巴嫩雪松遮掩着墓碑。一个生锈的南方邦联十字架深陷在威灵仙藤蔓和烧草之间。水仙和白色的小花在石头台阶上纠缠,边墙上满是爬藤,法官的墓碑上写着:

奥斯丁·贝格斯

4月,1857

1931 年 12 月

阿拉巴马站在山坡上,她高昂着头,遥望着地平线,希望能再次听到父亲的声音。

"生病太花钱了，"弥留之际，他迷迷糊糊地说，"孩子们，我可能再也不能起来挣钱了。"他还说过，邦妮比两只小鸟加起来还漂亮，但是父亲在她还是个小女孩时都说过什么？她怎么也想不起来了，鱼脊色的天空里除了寒冷的春雨，什么都没有。

他曾经说过，"女孩子要乖巧懂事，要风得风，要雨得雨的那是女神。"他说这话是因为她太任性，但是奥林匹斯山那么远，她怎么能成为女神呢？

下雨了，阿拉巴马匆忙跑下山坡，"我们的生命之间一定有所关联，"她想，"我的性格中也有父亲的一面，我们都对生活充满疑惑。"

喘息着，她扭开车，从红色黏土路上滑下。她这次是独自来看父亲的。

"人们看上去自信睿智，"事后她跟大卫说，"但当你有问题的时候，却几乎没有人能够给你解答，人们只是用礼貌的回答不让你失望而已，到头来还是你自己去寻找。真的，要找一个人能回答一切真的太难了。"

"被爱容易——爱人太难。"大卫如是说。

一个月之后蒂克西才回来。

蜜莉悲伤地说："现在家里足够大了，谁想留下来就留下来吧。"

女孩们天天陪着母亲，希望转移她的注意力。

"阿拉巴马，把这个红色的天竺葵搬到你们房子里去吧，"母亲有一天开始整理屋子，"在这里也没什么用了。"

办公桌给了琼，她把它装箱运走了。

"桌子角破了，但是不要修补它，那是北佬的炮弹炸的，先是穿破了你们外公的屋顶，接着留下这块疤，留着它吧。"

蒂克西一直喜欢那套饮酒杯，也把它们打包运回纽约了。

"小心些，别把它们弄瘪了，"蜜莉说，"你外公家的奴隶们在解放之后，用多年积攒的银币亲手打造的——唉，你们喜欢什么就拿什么吧。"

阿拉巴马想要那些画像。蒂克西要走了那架老床，母亲，她，还有蒂克西的儿子都生在这张床上。

蜜莉小姐越来越愿意回忆往事，也许只有这样才可以寻找慰藉。

"你们外公的房子是正正方方的，有一个穿堂的大厅，"她说，"客厅的窗户外面种了好多丁香，在不远处的河边是苹果园，你们还记得吗？当你们外公去世的时候，我不想你们待在家里太伤心，还带你们去那里玩过。你们的外婆是个温柔的女人，但是自从外公去世后，她也垮了。"

"哦，妈妈，我很喜欢那张老照片，"阿拉巴马说，"是谁？"

"我妈妈和我妹妹，战争的时候她死在北方的监狱里，他们认为你们外公是个叛变者，肯塔基虽然没有脱离联邦，但他们还是觉得他不支持联邦，应该被绞死。"

父亲喜欢大房子，一直以来妈妈都依着他的性子来，现在父亲不在了，姑娘们又一直劝妈妈，蜜莉终于答应搬去小一点的房子。她们把壁炉上的小玩意收走，把百叶窗放下来，让父亲的气息留在这栋房子里，这对母亲会好一些，父亲走了之后，这些气息对她来说会是致命的。

孩子们住的房子都很大，比父亲留给母亲的还要大，她们时常会回到母亲身边，听母亲唠叨一些父亲的陈年旧事，好像宗教仪式一样。

父亲曾经说："等你老了病了，你就知道平常攒点钱多重要了。"

从某一天开始，她们学会了接受这个残酷的世界，并离开父母，寻找自己人生的起点。

阿拉巴马晚上睡不着，反复思索生命中必然发生的事情，历经坎坷，人们终会体会到人生，而孩子们，一旦她们知晓了生命的本质，就会原谅自己的父母。

"我们可能要重新开始了，"她跟大卫说，"重新认识我们的人际关系，对夫妻生活重新定义，也许我们的关系也会就此改善。"

"人到中年，说教连篇！"

"是的，但是我们确实已经中年了，不是吗，亲爱的？"

"天哪，我还没想过这个！你觉得我的作品也'人到中年'了吗？"

"没事，别担心，它们还是不错的。"

"阿拉巴马，这本是我们生命中最好的几年，我应该去创作的，为什么就这么挥霍掉了。"

"这样到了最后我们就毫无遗憾了。"

"你这个诡辩家，无可救药。"

"诡辩家？每个人都是啊，只是有人在生活中，有人在理念上。"

"是吗?"

"是啊,生活的目的其实是让事情和谐共处,这样当邦妮长大之后,回头看她父母的时候,会发现我们如此美满般配,就好像两个漂亮的石像完美无缺地拼接在一起。她就会觉得生活并没有欺骗她,等她到了人生的某个阶段,开始心烦意乱的时候,她自然也会学我们的样子,控制自己的欲望,规范自己的行为,最终她的内心会更坚定,以抵挡生命的迷失和不安。"

邦妮的声音在午后响起,她正在跟客人挥手再见。

"再见,约翰逊夫人,我父母会非常高兴的,感谢您与我度过的美好时光。"

她听起来很愉快,蹦蹦跳跳地登上台阶,推门进来。

"宝贝儿,你听起来很开心——"

"我讨厌他们家的派对,无聊透顶。"

"那你还那么客套地感谢人家。"

"你不是说我上次态度不好吗?说我不够礼貌,"邦妮轻蔑地看着她父母,"我还指望你们这次夸我做得不错呢。"

"哦,小声点。"

人际关系哪里那么简单,一旦被看穿了,就弄巧成拙了。"刻意为之,"阿拉巴马喃喃自语道,"不会长久的。"她只是希望邦妮照顾到别人的感受而已。

这个孩子经常去外祖母的房子里玩。她们把整理房间当作游戏。邦妮扮演一家之主,外祖母扮演一个乖巧的小女孩。

"在我们那个时代,孩子要轻松愉快得多。"外祖母说,她觉得邦妮太可怜了,这个小姑娘的人生还没有开始,阿拉巴马和大卫已经给她安排了那么多东西要学。但是阿拉巴马和大卫坚持这样。

"你妈妈小的时候，总是去街角的那家糖果店买糖，一次就买好多好多，我就帮她把这些糖藏起来，不让她父亲发现，可费了不少劲呢。"

"那么，我也要像妈妈那样。"邦妮说。

"对，能藏多少就藏多少，"蜜莉笑了，"世道变了，当我还是小女孩的时候，女仆和马车夫因为我是不是该带一个水罐子去教堂而差点吵起来。纪律以前是一种礼仪，而现在呢，变成一种任务。"

邦妮目不转睛地看着蜜莉。

"外祖母，跟我讲讲你小时候的事情吧。"

"好吧，我小时候在肯塔基，很愉快地长大。"

"还有呢？"

"嗯，记不大清楚了，可能跟你现在差不多吧。"

"我可能跟您还是不大一样，妈妈说我长大后可以做演员，如果我想的话，而且我要去欧洲上学。"

"我是去费城上的学，那个时候，这也算是了不起的长途了。"

"我要成为一个非常棒的淑女，还要穿好多漂亮的衣服。"

"我妈妈的丝绸都是从新奥尔良进口的。"

"您还记得别的事情吗？"

"我还记得我的父亲，他从路易斯维尔①给我买玩具，而

---

① 路易斯维尔：Louisville，肯塔基州最大的城市，主要港口。

且他认为,女孩子趁着年轻要赶紧嫁出去。"

"外祖母,我也是这么觉得。"

"哦,我当时可不这么想,自己一个人多么无忧无虑。"

"但是,您结婚以后就不快乐了吗?"

"宝贝儿,当然也很快乐,但是是另外一种了。"

"我知道,这两种快乐肯定是不一样的。"

"没错!"

老人大笑起来,她太为她的孙儿们感到自傲了。他们都那么乖巧,那么聪明。看着她跟邦妮聊天也让人心情愉悦,两个人假装对世事洞若观火,好像人生尽在掌握。

"我们总要走了。"小姑娘叹气。

"可不是嘛。"外祖母也长叹一口气。

大卫说:"后天吧,后天我们就离开了。"

奈茨家临走之前,请了很多朋友过来,大家济济一堂,餐厅的窗户外面是明亮温暖的天空,树冠毛茸茸的,好像刚出生的小鸡,窗帘被微风吹起,轻轻飘浮在空气中,像远航的风帆。

"你们从来不在一个地方长久待。"一个蓬蓬头的小姑娘说,"但是我觉得这也没什么不好。"

阿拉巴马笑了,"我们曾经相信,每个地方必有其独特的风情。"

"姐姐去年夏天去了巴黎,她说,巴黎的厕所都在马路上——我倒真想去看看。"

餐桌上的声音此起彼伏，交织在一起像是普罗科菲耶夫①的谐谑曲。阿拉巴马无法逃离，唯一能做的就是把这些细碎的音调变成脑海里的舞步，她有种感觉，终此一生她都摆脱不了在脑子里跳舞这个习惯了。

"在想什么呢？阿拉巴马？"

"哦，没什么，胡思乱想。"她机械地回答，来宾们七嘴八舌的谈话像是马蹄阵阵，毫无意识地从她耳边掠过。

"——你们听说了吗？他一脚踢在她胸口上。"

"子弹乱飞，邻居必须把门关上。"

"而且他们四个睡一张床，能想象吗？"

"杰克总是蹦来蹦去，没有人愿意租房子给他们了。"

"但是我不觉得他太太有什么不对，虽然他已经被赶到阳台上睡觉了。"

"她说最好的堕胎医生都在伯明翰，但是他们最后还是去了纽约。"

"所以说这事儿是詹姆斯太太在得克萨斯的时候发生的？但是詹姆斯先生真有本事，就把纪录给抹了。"

"听说警察局长是用巡逻车把她拉走的。"

"你们知道吗？他们是在她丈夫的墓地里认识的，还有一种说法是，他为了认识她，故意把死去的太太也葬在那个墓地里，还特意埋在她丈夫的坟旁边。"

"难以置信啊。"

"可是，亲爱的，做人总得有底线吧。"

---

① 普罗科菲耶夫：Prokofiev（1891—1953），苏联著名作曲家、钢琴家。

"话是这么说,但人类的冲动是无法遏制的。"

"冲动是魔鬼啊!"

"谁想来点家酿葡萄酒?我用细纱布过滤的,味道不错,虽然还是有点沉淀物。"在圣拉斐尔,她曾经想过,酒又甜蜜又温暖,它们像糖浆一样黏在口腔里,如海水和火焰,完美地结合在一起。

"你的画展进行得怎么样了?"他们问,"我们在报纸上看到图片了。"

"最后那几张太棒了,"他们说,"太有生命力了,没有人那样表现芭蕾,很久都没有了——"

"我认为,"大卫说,"当你看到一幅画的时候,好的构图能让你感同身受,用不着真去立着脚尖跳舞就能感受到相同的节奏。"

"噢,奈茨先生,"一个女人惊呼道,"多么棒的想法!"

男人们又开始有一搭没一搭地说些流行乐队的闲话。

阳光在他们脸上逡巡,然后在他们眼中沉迷,好像小池塘上的玩具帆船,又如小石子落入水中惊起的涟漪,慢慢变浅,直至消失,人们的眼睛又重归深沉。

"噢,"客人们哀叹,"这个世界真悲惨,我们都是欲望的奴隶。"

"无处可藏啊——生而为人,肩头总有压力和焦虑。"

"敢问都是些什么样的压力和焦虑呢?"他们问。

"噢,男人女人的那些事啊——总是在设想我们要是别人的话该有多好,或者在懊恼,有些事情本来可以做得更好,但是往事不能重来,人生只能活一次,于是难免怀才不遇,感叹自己的潜力没有完全发挥。我早就没了朝气，只会说些胡话，日子过得不咸不淡，周身腐朽之气，睡前呢，也只能看看统计类的书，真睡下了，又觉得手脚放哪里都不舒服。"

"想太多未必是件好事，"大卫继续，"基督徒们老是看不上那些底层的人，觉得这些人傻乎乎的，这些人倒是绝口不提生活艰难了，但是你知道，你只要手指松一松，他们上来就会给你手里的三明治一口。"

"我们应该都去纽约见识见识。"他们说。

"以前的罗马士兵也是一副准备咬三明治的样子，但是他们有尊严。"

"这也会是非常好的题材啊，你可以用画笔把它完成啊。"

"噢，过几年吧——等我把手上的活忙完。"

鸡尾酒托盘上是成堆的食物，每一种都精雕细琢呈现出不同的形状。小面包是金鱼的样子，鱼子酱是球形。桌子边上是油乎乎的脸和雾蒙蒙的镜片，在汗水中发出充满食欲的光芒。

"你们两个真幸运。"他们说。

"你的意思是，我们比其他人更容易在异见面前分离，以保证我们每个人的完整性。"阿拉巴马说。

"你们是赶上好时候了。"他们说。

"我们一直训练自己，在经验中寻找逻辑，"阿拉巴马说，"当一个人用了好多年终于为自己选定了方向，死亡差不多也来了，一切都晚了。我是在无休无止的美国梦中长大的，我从小就被教育要这样要那样，一个人可以通过书信学习钢琴，用泥土敷脸为了有个好气色。"

"跟别人比起来,你们还是开心的。"

"我安静地坐在一旁,盯着这个世界,我跟自己说,噢,那些幸运的人依然可以用'不可抗拒'这个词。"

"不要老这么想,会让自己无立足之地的。"大卫说。

"平衡,"他们说,"我们需要平衡,你们在欧洲找到平衡了吗?"

"还是再来一杯吧,这个更管用——这就是你们来的目的,不是吗?"

麦金蒂太太一头白色的短发,有一张纵欲过度的脸。简的头发就是一堆乱石。芬尼的头发像是红木家具上厚厚的一层灰尘。维罗尼卡的头发在两边染上了古怪的颜色。玛丽和莫德的头发像乡下人。梅尔垂德的头发是"胜利女神"的衣带,飞在半空。

"他们说他有个铁胃?噢,亲爱的,他只是一边吃一边把食物收进暗藏的小口袋里罢了,他就这么蹭吃蹭喝地活了好几年。"

"他头顶上的那个疤就是这么给人打的,虽然他撒谎说是打仗留下的。"

"所以,她是每经历一个画家就剪一次头发,最后不得不找个立体派的,把她的头皮画花。"

"我跟玛丽说过,不应该碰大麻,但是她说,必须找点东西犒劳自己,这下好了,她整天神经兮兮的。"

"但是,这个跟印度王子一点关系没有,这个是老佛爷百货公司老板的老婆。"阿拉巴马跟一个追着她讨论国外生活的女孩坚定地说。

终于，大家起身了，是时候离开这个愉快的地方了。

"我们七嘴八舌的，一定把你们烦死了。"

"对一场派对来说，曲终人散就是死亡。"

"好吧，我死了，不过亲爱的，谢谢你美妙的派对。"

"那么，再见了，没事的时候回来看我们啊。"

"我们总是要回来看家庭的。"

人生不过如此，阿拉巴马想，不管如何的离经叛道，我们终将回到父辈的轨道上，在与世界的重重关联中寻求自我的价值。

"我们会回来的。"

一辆接一辆的车从水泥车道开走了。

"再见！"

"再见！"

"我去给房间通通风，"阿拉巴马看着大家远去的背影说，"我希望他们没把脏杯子扔在租来的家具上。"

"阿拉巴马，"大卫说，"下次能不能等到客人都走了再开始倒烟灰缸？"

"这就是我啊，我总是把一堆事情放在一起，标志上大大的'过去'，一口气把它们清了，然后我就舒服了，可以继续了。"

他们坐在舒服的黄昏里，在一屋子狼藉中看着对方，饮酒杯和银托盘散落各处，香水的余味在房间里纠缠，他们安静地坐着，彼此不发一言，想着自己就要离开这里了，人生际遇不过如此，就像一尾鳟鱼，扭个身，银光一闪，不见了。